금인의 전설
1권

금인의 전설
1권

김용길

뱅크북

머리말

'세종 임금이 한글(훈민정음)을 창제했다.'

이는 세상 사람 모두가 믿고 있는 상식이다.

여기에 대해 '훈민정음은 4천여년 전부터 존재해온 가림토 문자를 간추리고 이에 음가(音價)를 붙여 세상에 반포한 것이다. 그러므로 세종 임금의 창제설은 잘못된 것이다'라고 주장하는 사람들도 있다.

인간의 무지에서 비롯된 천동설(天動說)은 중세까지 유럽 사회를 지배해온 불변의 상식이었다.

즉 오늘날 우리들이 알고있는 한글과 중국문자에 대한 상식 역시 무지와 오류 그리고 역사 왜곡에 따른 잘못된 믿음일 수도 있다는 말이다.

30여년 전 필자는 근대중국의 금문(金文)학자인 낙빈기 선생의 ≪금문신고(金文新考)≫를 한국고문자학회 김재섭 회장으로부터 접할 수 있었다.

중국인인 낙 선생의 고대금문해석은 도저히 믿을 수 없는 충격적인 것이었다.

'중국 땅엔 오제시기(五帝時期 4300~4500여년전) 이전부터 혈통과 언어 및 생활습관이 근본적으로 다른 양대민족이 살고 있었다. 신농씨(神農氏)로 대표되는 양족(陽族:羊族)과 곰족(熊族)과 호족(虎族)의 연합체인 황제족(黃帝族:漢族의 조상)이 그들이다. 이들 중 한국인의 선조인 양족은 오제시기부터 본격적인 농경사회로 진입했고 청동 야련 기술도 보유하고 있었다. 그러나 황제족은 아직도 채집과 수렵 및 목축 위주의 생활에서 벗어나지 못한 후진 종족이었다. 따라서 중국의 문명과 중국문자는 후일 동이족(東夷族)으로 불린 양족에게서 비롯된 것이다. 한국인의 선조들이 중국 대륙에서 주도한 이러한 상고사(上古史)는 성인으로 받들어진 공자(孔子)가 꾸며낸 만이활하설(蠻夷滑夏設:미개한 夷족이 夏나라를 침탈했다)에 따라 한족 위주의 중국 역사인 것처럼 왜곡시킨 것이다.'

　그 당시의 기록이기도 한 고대 금문자를 해석한 낙 선생의 학설은 필자에게 크나큰 혼란을 주었다. 그래서 선생의 이론이 사실인지 아닌지를 확인해 보기로 했다. 즉 낙 선생의 주장이 사실이라면 모든 문화문명의 근간이 되는 중국문자 속에 한국인의 생활습관과 언어가 들어있을 것이고 이를 분석해 보자는 것이었다. 그래서 고대금문과 상나라 때의 갑골문(甲骨文) 그리고 전서와 진서(秦書) 등을 20여년간 연구했다. 결과는 낙 선생의 주장이 사실로 받아들여졌다. 아, 참으로 슬기롭고 위대한 우리 민족! 그런데도 엉터리 역사만을 배워 거짓을 진실이라 여기고 있었다니~

　필자는 이를 널리 알리기 위해 고명하다는 국어 및 한문학자들을 찾아가 검토를 부탁했다. 그러나 상대조차 해주지 않는 외면과 기피를 받았다. 차라리 재미있는 소설을 써서 유명인이 되면 필자의 주장이 먹혀들 것 같았다.

2001년 명상출판사에서 출간했으나 겨우 7만권 정도만 팔렸다. 필자의 의도는 실패했다.

거짓이 진실이 되고 진실은 어둠 속에 묻혀 있는 세상!

그래서 던져버리고 있었다. 그런데 서울에 사시는 고소현이란 여성이 우연히 이 책을 보게 되고 필자를 찾아왔다. 진실된 우리 역사가 어둠 속에 묻혀 빛을 보지 못하고 있는 이 현실이 너무나 안타깝다 했다. 그러면서 재출간하여 슬기롭고 진실된 우리 역사를 널리 알리는 계기가 되도록 하자고 권유했다.

그녀의 똑바른 안목과 마음에 필자는 감동했다. 그래서 재출간하게 되었으며 다시 한 번 더 고소현님께 깊고 깊은 감사를 표하는 바이다.

2022년 12월
한밝 김용길

목차

금인(金人)

춘추 시대 진(秦)의 9대 임금 목공(穆公) 임호(任好)가 혁사만하(赫使蠻夏, 미개한 하족을 벌벌 떨게 하자)의 기치를 내걸며 만든 진(秦)의 지보(至寶), 동이족(東夷族)의 이상(理想)인 큰 밝음과 불변의 민족 정신을 상징한다. 천부금인(天符金人)이라고도 불렸으며 여기에서 제천금인(祭天金人, 쇠로 사람을 만들어 놓고 하늘에 제사지내다)의 의식이 생겨났다.

김 알(김 처사)

세종 임금과의 인연줄을 만들기 위해 운종가에서 주역 및 측자점을 치며 때를 기다린다. 이징옥, 성삼문, 김시습의 스승으로 축지(縮地)와 차력(借力)을 터득한 이인(異人), 천부금인의 후계자이나 불우하고 파란만장한 일생을 보낸다.

대불이

김알의 아비. 가보(家寶)를 탈취해 간 정요상 아버지를 쫓아 고려로 들어온 여진인. 가보를 되찾기 위해 정요상의 집 머슴이 되어 10여 년을 기다린다.

이징옥

경상도 양산에서 태어났다. 마고 할미를 만나 금정산(金井山)에 있는 금샘(金井)의 물을 마시고 절륜한 용력을 얻게 된다. 백두산 호랑이를 잡으러 갔다가 여진 제일 용사 바로한을 만나 한바탕 겨룬 후 의형제를 맺고 기구한 인연으로 금인을 얻는다.

바로한

장백산 천지(天池)에서 천신(天神, 하느님)의 아들로 태어났다고 알려진 여진 청년. 살만(巫師)인 부그런의 명으로 여진인들의 회맹(會盟)을 주선하다가 명나라 첩자인 초 통령의 간계에 빠져 오욕의 이름을 쓰고 죽었다 살아난다. 나중에 김알(김 처사)의 아들로 판명되며 짧은 부자 상봉이 이루어진다. 청나라 태조 누르하치의 증조부.

하니

고려 유신의 후예로 성삼문 가(家)의 노비로 있다가 김알(김 처사)을 만나게 된다. 가림토 문자 연구에 빠진 김알을 지극 정성으로 모시는 가련한 운명의 여인.

이헌규

김알(김 처사)의 스승으로서 구월산에서 도를 닦다가 경박호(만주)에서 가림토 38자를 탁본하는 작업을 한다. 이때 빈사지경에 처한 바로한을 되살리기 위해 자신의 생명마저 단축한다. 고려 때의 이름난 학자 문정공(文貞公) 이암 선생의 손자.

세종 임금

내관 엄자치와 갑사(甲士) 이징석만을 데리고 미복 잠행을 나갔다가 새우젓 파는 떠꺼머리 총각이 내민 이상한 그림의 뜻풀이 때문에 김알(김 처사)을 만나게 된다. 이때부터 세종의 머리 속에 훈민정음이 그려지기 시작한다.

차만이

구월산 삼성사(三聖寺)의 신녀(神女). 문화현 사또 이팔조의 아들인 이탁의 꼬임에 넘어가 순결을 잃고 핏덩이 하나만 남긴 채 자살하는 비련의 여인으로 김알(김 처사)의 외조모가 된다.

성삼문

스승인 김알(김 처사)이 해독하여 정리한 가림토 28자를 세종에게 전해 준다. 단종 복위 운동을 하다가 일족 몰살을 당하는 사육신(死六臣) 가운데 한 명.

김시습

스승인 김알(김 처사)과 함께 조식의 칠보시를 읊어 수양대군을 응징하려는 징옥의 마음을 저쪽 드넓은 만주 대륙으로 돌리게 한다. 김알의 도맥을 이었으나 불의와 거짓이 활개치는 세상이 싫어 기행으로 한 세상을 살다 간 인물.

만득

이팔조의 사주를 받아 삼성사(三聖寺)의 신모와 시녀들을 겁탈하고 죽인 흉악범. 이헌규의 깨우침에 의해 참회하게 된다. 해룡방의 두령으로 있다가 불문에 귀의한다. 빈사지경에 빠진 대불이 부자를 구해 주었고 왕타오에게 뺏겼던 금인을 찾아 준다.

이조화

요동 총관의 앞잡이 노릇을 하는 고려인. 자신의 영달을 위해 여진인들을 무수히 학살한다. 이성량(명나라 장군 이여송의 아비)의 조상.

초 통령

금의위(錦衣衛)총령으로 명나라의 이이제이(以夷制夷) 정책을 수행하는 첩자 조직의 우두머리.

왕타오

명나라의 유학자(儒學者). 제자를 따라 고려 땅에 왔다가 금인을 보고 탐욕을 일으킨다. 내가 권법의 고수로, 모녀 무당과 대불이를 죽이고 금인을 탈취한다.

정구런

김알(김 처사)의 가슴속에 30여년 간 자리잡고 있던 가죽 주머니 속 물건의 임자. 김알을 그리며 홀로 살아온 우디거(野人)땅의 무당. 바로한의 이모.

부그런

갑주(甲州, 甲山)에 사는 여진족의 살만(巫師). 언니인 정구런의 사랑을 부정하게 깨 버린 여인. 회한에 찬 고통 속에 평생을 살다가 가슴병으로 죽는 바로한의 어미.

태청

발해 시조 대조영의 후예. 미친 바로한을 구하기 위해 라마승의 황금 해골을 훔치려 음산 괴기한 라마 사원으로 잠입한다. 이때 남송(南宋)의 잃어버린 보물 더미를 발견한다.

타루시

남송의 보물을 찾기 위해 라마 사원에 침거하고 있는 라마 승. 아골타(금나라 태조)의 해골로 고루반혼법을 성취하려 한다.

금인의 행로

» **진 목공** : 동이족의 후예인 진나라 목공이 금인을 만들다.

» **진 시황** : 대대로 이어져 진시황의 손에 전해진다.

» **부소** : 태자 부소가 금인을 가지고 흉노로 망명하다.

» **휴저** : 부소의 아들인 흉노왕 휴저에게 물려주다.

» **김일제** : 휴저의 후손인 김일제에게 물려주다.

» **왕망** : 김일제의 일족 왕망이 신(新)나라를 세우다.

» **신라조정** : 신나라가 후한에 망하면서 왕망 일족이 신라로 옮겨 갖고 가 신라의 궁중 보물이 되다.

» **김함보** : 신라 마지막 마의태자 김함보가 갖고 탈출하고, 완안 씨족을 만들어 후손에 전달하다.

» **금나라** : 아골타 대에 금나라 건국, 이후 대대로 전해진다.

» **정요상** : 장손인 대불이 아버지가 정요상과 정요상 아버지에게 금인을 탈취당하다. 정요상 일행이 송도로 도망 가던 중 정요상의 아버지는 죽고 정요상이 금인을 갖고 돌아간다.

» **대불이** : 정요상 집 머슴으로 들어가 10년 동안 금인을 노리다가 탈취에 성공하다.

» **김알** : 대불이의 아들 김알이 만주로 가지고 가다.

» **송도 의원** : 만주에서 여진족에게 쫓기던 알이에게 몽혼약을 지어 주고 탈취하다.

» **의원의 아들** : 아버지로부터 이어받다.

» **여진 계집종** : 여진 계집종을 죽이고 금인을 빼앗아 달아났으나 산삼을 캐러 왔던 사람에게 탈취당하고, 그 사람 역시 호환으로 죽음을 당하여 혼령이 되다.

» **이징옥** : 꿈에서 혼령이 알려 주어 이징옥이 금인을 얻는다.

» **바로한** : 이징옥이 죽으면서 금인은 바로한에게 전달된다.

1

꿈 속에서 만난 사람

천지는 캄캄했다. 눈에 시퍼렇게 불을 켠 야수들이 으르렁대는 섬뜩한 소리가 어둠을 흔들어 댔다. 먹이를 앞에 놓고 다투는 포효 속에 왈칵 피 냄새가 풍겨 왔다.

암흑 속에서 벌어지는 이 광경은, 흡사 처절한 축생도(畜生道) 그것이었다. 이 참혹한 광경에 아연 간담이 서늘해진 성승은 환한 빛 한 줄기를 발견했다.

새하얀 백양의 무리가 어디서인지 흘러 들어와 북두칠성 자리에서 남(南)을 거쳐 동(東)으로 움직이고 있었다. 그 환한 빛은 백양의 무리에서 나오고 있었다. 어둠 속으로 하얀빛을 몰고 들어오던 백양의 무리는 거대한 물줄기처럼 끊임없이 흘러 들어왔다. 백양들의 울음 소리와 함께 금방울을 울리는 듯한 새 울음 소리가 들려 왔다. 이 백양들을 이끌고 오는 것은 한 마리 큰 까마귀였고 금방울을 울리는 듯한 그의 울음 소리와 함께 동녘 하늘은 조금씩 열려 오는가 싶더니 이내 푸른 하늘이 드러나며 온 천지가 밝아졌다. 색색이 붉고 노란 꽃들은 산과 들을 뒤덮었고, 그 속에서 뭇 새들이 서로 소리 높여 노래하고, 온순한 짐승들은 천진하게 뛰어 놀고 있었다.

끝없이 펼쳐진 초원 위로 백양들은 유유히 풀을 뜯으며 흩어져 갔다. 백양들은 아침 햇살을 받아 하얀빛을 더욱 눈부시게 발산했다. 백양들의 무리가 지나가는 곳은 모두 빛의 축복을 받은 듯 풀잎에 맺힌 이슬 하나까지 선명하게 드러내며 반짝거렸다.

이 아름다운 광경에 도취된 성승은 조금 전의 그 축생도 같은 광경은 저만치 잊어버리고 있었다. 평화로운 시간이 얼마나 흘렀을까.

순간, 서쪽 땅 너머에서 곰의 형상을 한 거대한 검은 먹구름이 피어올랐다. 하늘은 순식간에 먹장 구름으로 뒤덮였고, 이내 잿물 같은 검은 빗줄기가 쏟아져 내렸다.

여기저기서 평화로이 노닐던 짐승들은 어디론가 자취를 감추었고, 백양의 무리도 놀라 우왕좌왕하며 겁에 질린 울음 소리만을 온 천지에 가득 토해냈다. 어둠이 짙어지자 순백의 백양들은 하나둘 검게 얼룩져 갔고, 끝내 새까만 덩어리가 되어 죽어 가는 것들도 있었다. 음산한 바람 소리에 실린 야수들의 표독한 울부짖음이 들려왔다.

'그 끔찍한 축생도가 다시……. 어찌하면 좋은가?'

가슴 졸이며 서 있는 성승에게 어린 백양 한 마리가 필사적으로 뛰어들었다. 몸 여기저기 검은 얼룩이 묻었지만, 아직은 그 순백의 빛을 잃지 않고 있었다.

"어서 그 양을 쏘아 잡아라!"

어디선가 홀연히 거대한 체구의 사람이 나타나 활과 화살을 내밀며 소리쳤다. 검은 옷을 입은 낯익은 모습이긴 하나, 누구인지 명확히 기억이 나지 않았다.

성승의 할아버지 같기도 하였고, 태조 대왕과 비슷하기도 하였다. 어찌 보면 문왕묘에 모셔진 영정 속의 문왕(文王, 孔子)같기도 하였다. 누구인지는 알 수 없으나 절대적인 권위와 위엄을 가진 그의 목소리를 거역할 수는 없었다.

그에게서 공손히 활을 받아 든 성승은 곧장 시위에 화살을 메겨 자신을 향해 달려오는 어린 백양을 쏘았다. 화살은 곧장 날아가 백양의 목을 맞췄고, 어린 백양은 곧바로 구슬픈 비명을 지르며 풀썩 쓰러졌다.

'아니, 이럴수가!'

성승은 쓰러진 어린 백양을 향해 급히 달려 나갔다. 쓰러진 백양이 지른 비명 소리가 사람의 목에서 나오는 그것과 똑같았을 뿐만 아니라, 귀에 익은 것이기 때문이었다.

역시 그러했다. 자신이 쏜 화살에 맞아 몸을 바르르 떨며 거친 숨을 몰아쉬고 있는 것은 바로 그가 사랑하는 아들 삼문(三問)이었다.

'애비가 아들의 목에 화살을 날리다니, 어찌 이런 일이!'

성승은 가슴을 치며 쓰러진 아들을 껴안았다. 눈물이 주르르 흘러내렸다.

어둠 속을 흐느끼며 걸어가는 성승의 품에 안긴 아들의 몸은 이미 차갑게 식어가고 있었다. 그 어둠을 깨고 샛별과 같이 영롱한 빛 하나가 성승을 비추었다.

그 빛을 따라 까마귀 한 마리가 성승을 인도했다. 보통의 까마귀 보다
는 조금 몸집이 크고 부리가 날카롭게 구부러진 발이 셋 달린 까마귀였
다. 삼족오(三足烏). 조금 전 새하얀 백양의 무리를 이끌던 그 까마귀였다.

삼족오(三足烏).

삼족오는 고구려 고분 벽화에 집중적으로 나타나는 고구려의
독특한 상징물이다. 중국 지린(吉林) 지방의 오회분 4호묘, 각저
총, 북한 평남의 덕흥리 1, 2호분 등 고구려 고분에 그려진 삼족
오를 대표적으로 꼽을 수 있다.

이러한 삼족오가 일본축구협회(JFA)의 엠블럼으로 사용되고 있
다. 현재 이 엠블럼은 2002월드컵을 홍보하기 위한 각종 책자와
홈페이지에 빠짐없이 실려 있어, 외국인들이 삼족오를 일본의 상
징물로 오해하기 십상이다.

중국, 한국, 일본을 포함한 동아시아 지역에서 까마귀를 태양
신으로 숭배해 오긴 했어도 '삼족오'만은 고구려 고유의 상징물
이라는 것이 학계의 공통된 견해이다. 고구려 사람들이 세 발 달
린 까마귀를 숭배했던 것은 전통적으로 우리 민족이 '셋'이라는
숫자를 신성한 숫자로 생각해 왔기 때문이다.

≪동아일보≫(2001년 2월 20일) 기사 발췌

낯익은 거리가 보였다. 그곳까지 성승을 인도해 온 까마귀는 길모퉁

이에 앉아 있는 어떤 이의 품속으로 훌쩍 날아들었다. 아까의 백양들처럼 온몸이 희게 빛나는 사람이었다. 어디선가 몇 번 본 사람처럼 친근한 얼굴이었다.

사흘째 같은 꿈이었다. 대수롭지 않은 꿈이라고 생각하기엔, 석달째 앓아 누워 있는 아들의 기괴한 병마와 깊이 연관되어 있다는 느낌을 지울 수 없었다. 대수롭지 않은 악몽에 동요되는 자신이 장부답지 못하다고는 느껴졌으나, 아무래도 심상치 않은 꿈이었다.

조반상을 물린 성승은 마당으로 내려왔다. 한동안 마당 안을 서성이던 성승은 반쯤 눈을 감고 나뭇가지마다 어린 풋풋한 봄 냄새를 가슴 깊이 들이마신 후 번쩍 눈을 떴다.

생긴 지 얼마 안되는 운종가(종로)는 백목전이 있는 입구에서부터 오가는 인파로 출렁거리고 있었다. 성승은 왁자지껄한 사람들 속에 몸을 실은 채 이쪽저쪽을 유심히 살펴 가며 느릿느릿 발걸음을 옮겼다. 이따금 한눈을 파는 사이에 남의 발을 밟기도 했고 부딪히기도 했다.

꿈 속에서 본 그 길모퉁이가 일전에 와 보았던 운종가의 모습과 비슷하다는 막연한 생각이 그의 발길을 이끈 것이다. 그렇게 육의전이 끝나는 곳까지 걸었으나 꿈에서 본 낯익은 듯한 이상한 행색을 한 그 사람은 보이지 않았다.

어물전이 끝나는 곳에서부터는 자질구레한 잡동사니들과 각종 채소 등을 벌여 놓은 난장이 있었다.

'안사람 말마따나 꿈이란 역시 허망한 것이로고!'

고개를 빼 들고 난장 저쪽까지 대강 훑어본 성승의 입 속에서 맥 빠진 중얼거림이 흘러나왔다.

가슴에 아롱져 있던 안개 구름 같은 기대가 '확'하니 빠져 버린 성승의 몸과 마음은 갑자기 허전해졌다. 그래서인지 무예로 단련된 날렵한 몸뚱이가 무겁게 느껴졌고 심한 시장기마저 들었다. 고개를 들어 하늘을 보는 그의 눈에 제법 후끈한 열기를 내쏘고 있는 태양이 들어왔다.

벌써 미시 말(未時末)이 된 듯했다.

'할 수 없지. 이제는 여기서 요기나 하고 집으로 돌아가 아들 녀석이나 지켜 봐야지.'

나지막하게 중얼거린 성승은 어물전 끝 모퉁이에 붙어 있는 주막으로 들어갔다. 주막 안은 아직 밥 때가 아니라 그런지 손님이 없었다.

성승이 국밥 한 그릇과 막걸리 한 사발을 시원하게 비워 놓고 이마에 맺힌 땀방울을 닦고 있을 때였다. 갓을 쓰고 도포를 입은 늙고 젊은 두 사람이 팔자걸음으로 들어섰다.

"여보게 주모! 여기 냉큼 술 한 상 내오도록 하게."

둘 중 어깨가 딱 벌어지고 엄장한 젊은이가 삼각 눈을 치뜨고 큰 소리로 외쳤다.

미처 자리에 앉기도 전에 주위 사람들을 아랑곳하지 않고 내지른 그 목소리는 입성과는 어울리지 않는 경박한 왈짜 냄새가 물씬거렸다. 허겁지겁 술상을 차려 들고 다가온 주모에게 이번에는 키 작은 늙은이가 염소 수염을 쓰다듬으며 물었다.

"여보게 주모! 이 근처 어디에 용한 점쟁이가 있다는데, 어디쯤 사는지 아는가?"

"아아, 세눈박이 도사님을 말씀하시는가 보군요. 그분은 요 아래 팥죽집 옆 작은 공터에 앉아 계시지요. 맑은 날이면 매일 사시 초(巳時初, 오전 9시경)에 나와 신시 말(申時末, 오후 5시경)이 되면 어김없이 자리를 뜨지요. 그러니까 지금 가시면 틀림없이 만나 뵐 수 있습죠. 나으리께서 우째 그 어른을 찾는지는 모로나 참으로 잘 찾아오신 것 같습니다. 눈이 하나 더 달린 탓인지 모르겠지만, 어떤 사람이든 척 한 번 보면 무엇 때문에 왔으며 어떻게 될 것인지를 말하는데, 참으로 똑 떨어지게 맞히지요. 정말이지 귀신 같습죠. 쇤네도 직접 경험해 보았습죠."

"예끼 이 사람아! 눈이 셋 달렸다면 그게 사람인가? 괴물이지. 그 사람들 말 하난 기막히게 만들어 내는군! 여하튼 자네의 경험담을 한 번 예기해 보게."

수다스런 주막집 여편네의 졸졸거리는 말소리를 듣고 있던 늙은이는 또 한 번 염소 수염을 쓰다듬으며 쉰 듯한 소리로 말했다.

주모는 두 사람의 술잔에 술을 쳐주고 난 후 혓바닥으로 입술을 한 번 핥고 나서 말하기 시작했다.

"여기 이 자리에 저희가 이사를 와서 이 장사를 한 지도 석 달 남짓 되었습죠. 그런데 이사 온 첫날 밤부터 거의 매일 밤마다 무섭고 몸서리치는 꿈을 생시같이 또렷이 꾸게 되었습죠. 아래 위 할 것 없이 온통 시커먼 옷을 입고 혓바닥을 쏙 빼문 창백한 얼굴의 젊은 여자가 내 머리채를 잡아쥐고 어두운 굴 속으로 끌고 들어가기도 하고 내 배 위에 걸터앉아 목을 조르기도 하는 꿈이었습죠. 가위에 눌려 식은땀을 줄줄 흘리다가 '아악' 하는 고함을 지르며 잠에서 깨어난 것이 한두 번이 아니었답니다.

처음 며칠 간은 이사 때문에 무리를 하여 헛된 꿈을 꾸게 된 것이라 생각했습지요. 그러나 열흘이 지나고 스무 날이 지나도 여전히 그런 꿈을 계속 꾸게 되어 잠자리에 드는 것마저 무서워졌습죠.

그러던 어느 날 아침이었지요. 늦잠을 자려는 듯 일어날 생각도 없이 모로 누워 있는 순돌 애비를 깨워 쇤네의 꿈 이야기를 해주었지요. 쇤네의 꿈 얘기를 듣고 있던 그이는 자기 역시 그런 꿈에 시달려 잠도 제대로 못 잔다는 것이었습죠. 핏발이 벌겋게 선 눈, 핼쑥해진 얼굴로 두려움에 떠는 듯 떠듬떠듬 말하는 순돌 애비였습죠.

이건 틀림없이 무슨 곡절이 있구나, 이렇게 있어서는 안 되겠다고 생각한 쇤네는 그 즉시 그 어른을 찾아갔습죠. 쪼그리고 앉은 제 얼굴을 찬찬히 살펴보고 나이를 물어본 그 어른은 눈을 감고 손가락을 굽혔다 폈다 몇 번 하더니 알아듣지 못할 말을 몇 마디 했습죠.

'등사가 발동하여 극신(尅身)하니 몽사(夢事)로 괴롭힘을 당하는데 택효(宅爻)에 백호관귀(白虎官鬼)가 은복(隱伏) 된 탓이로구나.'

무슨 말인지 알아듣지 못한 쇤네는 이렇게 말씀드렸습죠.

'어르신, 쇤네는 배우지 못한 천출이라 어려운 말은 귀에 들어오지 않으니 쉬운 말로 일러주십시오.'

제 말을 들은 그 어른은 허허 웃으시며 부드러운 목소리로 깍듯이 말씀해 주셨지요.

'그대에게 들으라고 한 말이 아니라 나 혼자서 괘(卦) 풀이를 하면서 중얼거린 것이오. 괘(卦) 풀이인즉 이렇소이다. 그대는 괴이한 꿈 때문에 시달림을 받다가 나를 찾아왔구려. 그 원인은 집 안방 구들장 밑에 송장이 엎드려 있는 탓이올시다. 그런즉 빨리 구들장 밑을 파 송장을 수습하여 양지바른 곳에 묻어 주면 차후에는 그런 일이 없을 뿐 아니라 장사도 아주 잘 될 것이오. 그런데 그대들은 한 달 전에 아주 헐값으로 지금 집을 구입하였을 것인데, 과연 그렇소이까?'

그 어른의 말씀이 끝나자 옆에서 구경하고 있던 사람들의 눈빛들이 '헤'하고 입을 벌리고 있는 쇤네에게로 쏟아졌습죠. 쇤네는 침을 한 번 꼴깍 삼킨 다음 입을 다시며 말했습죠.

'예 어르신이 말씀하신 것은 모두 사실이오나 안방 구들장 밑의 일은 아직은 어떻다고 말씀 올리기가 송구하옵니다. 그러나 어르신이 시키신 대로 즉시 거행토록 하겠나이다.'

제 입만 쳐다보고 있던 주위 사람들의 눈과 입은 멍하니 벌어졌고 그들은 모두 집으로 되돌아가는 저를 따라오는 것이 아니겠습니까?"

자리에서 일어서려던 성승은 주모의 입에서 꿈 얘기가 흘러나오자 슬그머니 주저앉아 그 얘기에 귀를 기울였다. 조급하게 서둘던 갓 쓴 두 사람도 눈빛을 빛내며 주모의 나풀거리는 입만 쳐다보았다. 그들 두 사람의 얼굴을 번갈아 쳐다보며 능란한 말솜씨로 얘기를 하던 주모는 성승 쪽을 힐끗 쳐다본 후 하던 얘기를 끊고 성승이 앉아 있는 쪽으로 엉덩이를 실룩이며 다가왔다.

"나으리께서는 벌써 다 잡수셨네요."

상냥한 목소리로 한 마디 던진 주모가 느릿느릿한 손놀림으로 빈 뚝배기와 술대접 등을 치우려 하자, 성승은 술 한 상을 더 차려 오도록 시켰다. 주모의 나머지 얘기를 마저 듣기 위한 성승의 체면치레였다.

성승의 술상을 보러 부엌으로 들어간 주모가 잠시 지체하고 있자 아니나 다를까 예의 조급성을 띤 경박한 목소리가 터져 나왔다.

"여보게 주모! 무얼 그리 꾸물대고 있는가. 여기도 술 한 상 새로 봐 가지고 냉큼 오게. 쯧쯧……."

생글생글 눈웃음 치며 성승 앞에 술 한 방구리와 쇠 수육 한 접시를 차려 준 주모는 잽싸게 달려가 그들 앞에도 술상을 차리면서 끊었던 얘기를 이어 갔다.

"에, 또 그렇지. 허둥허둥 집으로 달려간 쇤네는 도사 어른이 해 준 얘기를 순돌 애비에게 떨리는 목소리로 전해주었습죠. 제 얘기를 듣고 난 쇤네의 서방은 불안한 시선으로 주위를 한 번 살펴보더니 당장 구들을 파 보려 했습죠. 제 뒤를 쫓아온 할 일 없는 사람들과 이웃 사람들도 어서 빨리 파 보라고 야단들이었죠. 그래서 우리 집에 나뭇짐을 쪄 주는 홍 총각을 불러 안방 한가운데 구들장부터 뜯어 보았습죠. 그러나 흉측한 몰골로 스산하게 누워 있을 송장은 보이지 않더군요.

'체, 용하다는 점쟁이도 별것 아니네.'

홍 총각이 휘두르는 괭이 끝만을 주시하고 있던 여러 사람들이 툴툴거리며 뿔뿔이 흩어지려는 순간, 누군가가 묵직한 목소리로 한 마디 합디다.

'그 도사님 말씀이 안방 구들 밑이라 했으니 구들장만 들춰 보고 말 것이 아니라 더 깊이 파 봐야 하지 않겠소.'

빠져나가려는 사람들도 그 말이 옳다며 밖으로 나가려는 깍지통 같은 홍 총각의 몸을 붙들고 늘어졌습죠.

'총각! 일 끝나면 품삯일랑 섭섭치 않게 쳐 줄 것이야. 그리고 잘 익은 동동주에다 푹 삶은 돼지 족발 한쪽 대접할 터이니 망설이지 말고 해 보

소.'

　슬금슬금 우리 내외의 눈치만 살피고 있던 홍 총각은 쉰네의 이 말 한 마디에 두 손에 침을 한 번 퉤 뱉고는 괭이 자루를 힘차게 잡았습죠. 구들장의 받침돌과 덩어리진 흙돌을 벽쪽으로 몰아 놓고 힘차게 괭이질을 하고 있는 홍 총각의 표정이 이상해집니다.

　'여보게 홍 총각! 무엇이 있는 것 같은가?'

　여러 사람들과 같이 홍 총각의 얼굴과 괭이 끝만을 번갈아 쳐다보던 순돌 애비는 그렇게 말한 후에 옆에 있던 부삽을 들고 홍 총각을 거들기 시작했습죠. 잠시 후 파헤쳐진 흙 속에서 쓰개치마가 괭이 끝에 걸려 주르륵 끌려 나왔지요. 뒤이어 엎드려 있는 여자의 시신이 을씨년스러운 윤곽을 드러냈답니다.

　어떤 이들은 '어머나'하는 소리와 함께 얼굴을 돌리기도 했고, 어떤 사람들은 얼굴을 찡그리고 손으로 코를 막는 시늉을 하기도 했습죠. 그러나 이상하게도 들어 올려진 시신과 입고 있는 옷은 한 군데도 썩은 곳이 없었지 뭐예요. 그야말로 서른 안팎으로 보이는 말짱한 얼굴 윤곽에 콧날이 오똑한 것이 생전에 제법 많은 남정네의 애간장을 녹였을 법합니다.

　근데 아직도 미색(美色)이 남아 있는 애처로운 시신을 요모조모 살펴보고 있던 배불뚝이 어물전 전주가 나직한 목소리로 걸쭉하게 한 마디 던집니다.

　'에이 참, 참으로 아깝다 아까워. 저렇게 죽을 것 같으면 아직도 숫총각인 홍 총각의 원이나 풀어 주고 갈 것이지, 고것 참 …….'

　이 말을 들은 떡장수 박 과부가 어물전 주인을 흘겨보면서 혼잣말처럼 중얼거립디다.

'쳇, 죽은 고기 팔아먹는 사람 아니랄까 봐서…… 고기 맛만 상상하는
구먼.'

두 사람이 내뱉은 걸쭉한 말은 여기저기서 '킥킥', '호호'하는 웃음을
자아내게 했습죠. 여러 사람들의 이런 분위기에도 불구하고 굳은 표정으
로 시신을 뚫어져라 쳐다보던 홍 총각이 혼잣말처럼 띄엄띄엄 중얼거립
디다.

'어, 이 여자는 지난 10월에 이 주막 뒤채에 머물던 사람인데…… 이
옥가락지를 봐도 분명한데…… 이상하다.'

홍 총각의 말소리에 끌린 쇤네는 그 여자의 축 늘어진 손을 쳐다봤습
죠. 생전에 험한 일이라곤 한 번도 안 해 본 것처럼 곱고 하얀 손이었는
데 파란빛을 반짝반짝 내쏘고 있는 비취 가락지가 그 손을 더욱 곱게 해
주고 있었죠.

쇤네의 눈길은 한참동안 그 가락지가 내뿜는 흐르는 듯한 파란빛에
꽁꽁 묶여 있었습죠."

"잠깐! 혹시 그 가락지는 쌍가락지가 아니던가? 그리고 그 시신의 윗
입술에 콩알만한 까만 사마귀가 붙어 있지 않던가?"

귀를 쫑긋 세우고 주모의 얘기를 듣던 갓 쓴 두 사람 중 젊은 사람이
주모의 말허리를 불쑥 잘랐다.

"어머나! 나으리께서 그것을 어떻게 아신대요? 보지도 않고 그것을 꼭
집어 내시는 것을 보면 나으리 역시 도통하신 도사님이 분명하군요."

주모는 놀란 듯 두 눈을 동그랗게 뜨고 엉덩이를 들썩이며 호들갑을

떨었다.

성승 역시 놀랍고 의아스런 마음이 들어 슬쩍 그들 쪽으로 시선을 보냈다. 호들갑을 떠는 주모에게 무슨 말을 더 할 듯 젊은이가 입술을 달싹거리는데, 늙은이가 상대에게 두꺼비 눈짓을 은밀히 보내자 그만 입을 다물었다.

"주모! 내 아우가 어림짐작하여 한 번 해 본 소리일 뿐이네. 개의치 말고 하던 얘기나 마저 해보게. 이 집 술맛 만큼이나 주모의 입담도 좋으이."

눈짓으로 동반의 입을 막은 늙은이는 능청스럽게 말하면서 술대접을 툭 튀어나온 입술에 갖다 댔다. 주모는 고개를 약간 갸우뚱거렸으나 입술을 몇 번 핥고 나서는 하던 말을 이어 갔다.

"웅성거리던 사람들은 이구동성으로 관가에 알려야 한다고 말을 모았습죠. 그래서 걸음 잘 걷는 홍 총각의 등을 떼밀어 관가로 보냈습죠. 한시간쯤 후에 하관이 쪽 빠지고 눈매가 날카롭게 생긴 포교가 포졸 두 명을 데리고 홍 총각과 함께 나타났습죠. 포교는 주위에 몰려선 사람들을 향해 이 시신을 한 번이라도 본 사람이 있으면 자기 앞으로 나와 보라고 외칩디다.

포교의 고함 소리가 두 번 세 번 터져 나올 때까지 몰려선 사람들은 서로의 눈치만 살필 뿐 누구도 앞으로 선뜻 나서지 않았습지요. 홍 총각조차도 포교와 눈을 마주치지 않고 사람들 뒤로 꽁무니를 빼려고 어기적거리다가 여러 사람들의 눈총을 받자 마지못해 뭉그적거리며 앞으로 나왔습죠.

포교는 홍 총각에게 쌍심지 오른 목자(目子)를 한 차례 쏟아 부은 다음 포졸을 시켜 구경꾼들을 밖으로 내치게 했습죠. 그리고 나서는 카랑카랑한 목소리로 세모 눈을 부라리며 저희 내외와 홍 총각에게 으름장을 놓습디다.

'어떻게 이 시신을 파 내게 되었는지, 그리고 이 여자 시신에 대해서 아는 대로 어김없이 아뢰어라.'

먼저 순돌 애비가 떠듬거리는 목소리로 공손하게 아뢰었지요.

'저희 부부는 에, 숭례문 초입에서 주막을 하고 있었습죠. 한두 달 전에 건어물을 사러 이곳에 왔다가 이 주막에서 출출해진 배를 채우게 됐습죠. 국밥을 먹고 있는 쇤네에게 기골이 장대하고 목자(目子)가 부리부리한 30대 후반으로 보이는 주막 주인이 다가와서는 무엇 하는 사람이며 여기엔 어떻게 왔는지, 또 돈벌이는 잘 되는지 등을 꼬치꼬치 캐물었습죠. 그래서 나도 주막을 하고 있는 사람이며 요 옆 건어물전에 왔다가 중화(中火)나 하려고 들렀다고 말해 주었습죠.

내 얘기를 들은 궐자는 한숨을 푹 쉰 다음, '노형! 이 주막 목이 어떻소?' 하고 말합디다.

'여기야말로 명당자리 같은 좋은 목이 아니겠소' 하고 제가 말하였지요.

에, 그러자 궐자는 바짝 내 앞으로 얼굴을 들이밀면서 이 주막을 인수할 뜻이 있으면 반값에 주겠다며 내 기색을 살피는 것이었습죠.

쇤네야 왈칵 욕심이 생겼지요.

쇤네는 이 좋은 목을 왜 그렇게 헐값에 저에게 넘기려고 그러시오, 하며 짐짓 물었습죠. 그는 주위를 흘끔 둘러본 다음에 갑자기 목소리를 낮추면서 소곤대며 말했습죠.

한 열흘 전 이 운종가 일대에서 아주 소문난 왈짜 녀석과 투전을 하게 되었는데 그만 시비가 붙어 그 왈짜를 신나게 두들겨 패 주었답디다. 앞니가 몽땅 나가고 갈비뼈까지 부러진 왈짜는 누워서 이를 박박 갈고 있는데 정작 무서운 것은 그 왈짜가 아니라 경원 무역소에 가죽을 사러간 그의 형 되는 자라 합디다. 앞으로 한 대엿새 뒤면 돌아오는 그 작자는 5백 근 되는 바위를 공깃돌 가지고 놀듯하는 장사인데다, 이 운종가 일대뿐만 아니라 한양성에서조차 아무도 함부로 맞서지 못하는 무서운 파락호라 했습죠. 에…… 그렇지.

그래서 주위 사람 모르게 처분하고 종적을 감추기 위해 낯선 사람인 저에게 이런 말을 한다고 했습죠.

나으리…… 쉰네는 이것밖에 아뢸 말이 없고 나머지는 제 여편네가 말씀 올릴 겁니다.

거기까지 말을 한 순돌 애비는 쉰네의 엉덩이를 떼밀어 포교 앞에 내세웠죠. 그래서 쉰네가 방구들을 파게 된 연유를 소상하게 아뢰었지요. 우리 내외의 말을 귀담아들은 포교는 홍 총각을 돌아보며 사기그릇 깨지는 듯한 소리로 으름장을 놓았습죠.

'이놈아! 이 근방에 있는 사람들 모두가 이 시신의 얼굴을 모른다고 하는데 네놈은 어찌하여 알고 있느냐. 빼지도 말고 더하지도 말고 있는 그대로 이실직고하여라.'

서슬 퍼런 포교의 기세에 꾸벅꾸벅 머리를 조아리며 홍 총각이 말했습죠.

'쉰네는 1년 전쯤부터 이 장터에 나무를 져다 팔아 늙은 에메와 같이 입에 풀칠이나 하고 있는뎁쇼. 이 주막도 쉰네가 져다 주는 나무로 불을 땔 때 장사를 하고 있습죠. 작년 10월 중순의 어느 날이었습죠.

그날 아침 식전(食前)에도 이 집 뒤뜰에 나무 한 짐을 져다 놓고 나니 몹시도 목이 말랐습죠. 그래서 뒤뜰 담 옆에 있는 우물물을 퍼서 한 모금 시원하게 마시고 난 후였습죠. 두레박을 놓고 난 쉰네의 눈에 파란빛을 반짝반짝 내쏘고 있는 가락지 한 쌍이 들어왔습죠. 그때 뒤쪽 구석진 방 쪽에서 한 아낙이 허둥거리는 몸짓으로 나타나서는 우물가 이쪽저쪽을 두리번거렸습죠. 한동안 그러던 아낙이 나뭇짐 위에 엉거주춤 앉아 있는 쉰네를 알아보고는 쉰네 앞으로 다가왔습죠. 그러고는 대뜸 총각, 혹시 우물가에 놓여 있던 가락지 한 쌍을 못봤수? 하면서 생긋 웃는 얼굴로 예쁜 손을 쉰네 눈 앞에 벌렸습죠.

물기 촉촉한 생글거리는 아낙의 눈길을 쳐다본 쉰네는, 이거 말인게유? 하면서 손바닥 속에 감췄던 가락지를 예쁜 손 위에 덥석 얹어주었습죠. 총각! 참으로 맘씨가 곱네, 하고 한 마디 한 아낙은 술이나 한 잔 하라면서 쉰네의 손에 엽전 한 닢을 살짝 쥐어 주었습죠. 그 뒤 몇 번인가 나뭇짐을 지고 와서는 아직도 그 구석방에 예쁜 아낙이 있는지 유심히 살폈지만유, 그날 이후로는 기척이 없었습죠.

나으리, 쉰네가 아는 것이라곤 모두 이것뿐인뎁쇼.'

들을 말을 다 듣고 캐물을 말을 다 캐물은 포교는 포졸을 시켜 아직도 살집이 포동포동한 송장의 옷을 홀딱 벗기게 한 다음 여기저기를 만져보기도 하고 벌려 보기도 했으며 손가락으로 꾹꾹 눌러 보기도 했습죠.

그렇게 검시를 마친 포교는 나직한 소리로 포졸에게 말했습죠.

'이 여자는 목이 졸려 죽었고, 범인은 이 주막의 전 주인이었던 그 궐

자인 것 같다. 이젠 가 보자.'

저희 부부가 포교 나으리께 시신 처리는 저희들에게 맡겨 달라고 말하자 포교 나으리께서는 홀가분한 듯 승낙해 주었습죠. 그러나 시신의 손가락에 끼어 있던 비취 가락지만은 시신의 손에 참기름을 발라 빼 갔습죠.

이런 일이 있고 나서부터 이 장터 언저리에서 벌어먹는 사람들은 그 어른을 도사님이라 부르며 조그만 일이 생겨도 쪼르르 달려가 묻곤 합죠. 이게 답니다."

주모의 얘기를 여기까지 듣고 있던 늙은이가 엽전 몇 닢을 탁자 위에 던지며 말했다.

"그런데 주모! 검시 나왔던 포교의 성명 석 자(三字)를 뭐라 하는지 아는가?"

"예, 박 아무개 포교라 하면 이곳 사람 모두가 알지요."

뭔가 몇 마디 더 하려고 입을 달싹거리던 늙은이는 젊은 동반자에게 눈짓을 던지며 자리에서 일어섰다.

성승은 그들의 발이 주막 문턱을 넘어선 뒤에야 자리에서 일어나 그들의 뒤를 따랐다.

"성님! 그년이 여기에서 뒈졌군요. 그냥 송도에서 찍 소리없이 있었으면 늘어지게 호강을 할 것인데 그런 발칙한 사단을 일으키다니. 에이 참, 죽어도 싸지 싸. 그런데 그년이 들고 간 성님 집 가보(家寶)인 금인(金人)은 어디로 갔을까요?"

"여보게, 이것이야말로 정말 공교로운 일이 아닌가. 이왕 여기까지 왔으니 그 용하다는 점쟁이에게 물건의 행방이나 물어보도록 하세. 요번엔 내가 물어볼 것이니 자네는 잠자코 있기만 하게."

나란히 팔자걸음을 걸으며 두런거리는 그들의 말소리가 성승의 귀에 들렸다.

주모가 가르쳐 준 팥죽집 모퉁이를 돌아서자 눈에 잘 띄지 않는 조그만 공터가 나타났다. 서 있거나 쪼그려 앉아 있는 상민 몇 사이로 점쟁이인 듯한 사람의 모습이 언뜻 보였다. 순간 성승의 가슴은 급하게 뛰었다. 눈부시게 하얀 머리털을 길게 늘어뜨리고 흰 장삼을 입은 모습은 꿈에서 본 그 사람의 모습과 너무나 흡사하였다.

성승은 눈에 힘을 주고 앞으로 몇 걸음 더 나아갔다. 사람들 틈 사이로 점쟁이의 모습이 확연히 보였다. 주모의 말 그대로였다. 윗 이마를 덮은 푸른 머리띠 아래에 감은 눈 크기 정도의 깊은 상처 자국이, 영락없는 세 눈박이였다.

'음, 이래서 눈이 셋이라 했구먼.'

속으로 고개를 끄덕이던 성승과 점쟁이의 눈이 마주쳤다. 그의 하얀 얼굴 속에 있는 크고 잘생긴 눈 속에서 푸른 가을 하늘의 기운이 느껴졌다.

비록 순간적인 마주침이었지만, 성승의 가슴을 속속들이 들여다보는 듯한 그의 눈빛에 가슴이 뛰었다. 눈빛이 마주친 채로 그 사람을 멍하니 쳐다보고 있을 때에 앞섰던 두 사람은 '어흠'하는 큰 헛기침 소리를 똑같이 내지르며 거침없이 사람들 틈 속으로 파고들었다. 점쟁이 앞에 쪼그리고 앉았거나 서 있던 사람들은 큰 헛기침 소리와 함께 호기롭게 파고든 갓 쓴 두 사람을 보자 모두들 슬금슬금 자리를 피했다. 마치 컹컹 짖으며 달려드는 개를 보고 뿔뿔이 흩어지는 닭 떼 같았다. 늙은이는 자리를 피해 주며 미처 수습하지 않은 한 아낙네의 단지를 엎어 놓고 그 위에 척 걸터앉았다.

늙은이의 그림자 같은 젊은이는 엉거주춤 하고 있는 사람들을 향해 눈을 부라리고 흘겨봤다. 그러나 사람들은 흔치않은 양반님의 문복사(問卜事)에 호기실을 느꼈다. 그리고 양반님이 볼 일을 다 보고 떠나면 자기들의 궁금함을 물어볼 요량으로 약간 뒤로 물러나 기웃거리고 있었다. 젊은 양반은 그들을 향해 행티스런 눈을 치뜨며 크게 소리쳤다.

"뭣들 하고 있는가. 냉큼 물러가 볼일이나 볼 것이지."

기웃거리던 상민들은 해작질하다 어른에게 들킨 아이들처럼 움찔 놀라며 등짝을 보이며 물러갔다. 그러자 늙은이는 가래 끓는 헛기침을 '캑 에헴'하고 내뱉은 후에 점쟁이에게 하대(下待)로 말을 걸었다.

"이 사람아, 이 늙은이의 일 좀 짚어 봐 주게."

"여기 쭉 널려 있는 글자 중에 아무 글자라도 좋으니 한 글자(一字) 짚어 보시지요."

그들의 짓거리를 빙긋이 웃으며 지켜보던 점쟁이는 자기 앞에 벌여 놓은 글자판을 가리켰다.

염소 수염을 쓰다듬으며 쥐 눈을 깜박거리던 늙은이는 땅바닥에 뒹굴고 있던 나무 작대기를 집어 들고 땅바닥에 놈 자(者) 한 자를 점잖게 그렸다. 그런 후 윗몸을 좌우로 몇 번 흔들거리며 글자를 살피더니 자기 마음에 흡족치 않은 모양인지 이내 막대기로 쓱쓱 지워버렸다.

그리고는 점쟁이 앞에 널려 있는 글자판 위의 차(次)자를 막대로 '톡톡' 두드리며 말했다.

"여보게, 이 글자를 택하겠네."

늙은이의 손에서 이리저리 움직이던 막대기 끝과 늙은이의 모습을 살펴보고 있던 점쟁이는 입가에 실낱같은 웃음을 흘리며 입을 열었다.

"공(公)께서는 송도(松都)에 사시는 분인데 소중히 간직하던 귀한 것을 도둑맞고 물건과 사람을 찾아[搜索] 여기까지 행차(行次)하셨군요. 이 몸의 풀이가 틀렸습니까?"

이 말을 들은 늙은이는 우물쭈물하다가 점쟁이의 밝게 내쏘는 시선을 마주하자 또 한 번 가래 끓는 헛기침을 한 후 좌우를 힐끔 훔쳐보며 시인했다.

"그러하다네, 어서 다음 말이나 해 주게."

서산 머리에 걸린 흰구름을 쳐다보며 한참 동안 뜸을 들이던 점쟁이가 송구스러운 듯 고개를 숙이며 정중한 목소리로 말했다.

"말씀 올려야 하겠습니다만, 소인은 공맹(孔孟)의 학(學)을 닦지 못하고 겨우 이런 잡술(雜術) 잡학(雜學)이나 익혀 주린 배를 채우는 자이오니 다소 입이 험하오이다. 그래도 말씀 올릴까요? 그리고 공(公)께서는 상것들과 다른 지체 높으신 귀인이신지라 복채는 열냥을 놓으셔야 될 줄로 아옵니다."

"이 사람아, 뭐 그까짓 한 마디 하는 것을 두고 그리도 많은 복채를 요구하는가. 아까 적에 상것들한테는 쌀 한 됫박 받고서도 군말 없이 괘(卦)를 뽑아 주지 않았는가. 여기 한 냥을 줄 터이니 어서 뒷말이나 이어 보게……. 어서 냉큼 받지 않고 뭣 하는가."

늙은이의 옆에서 뒷짐을 지고 있던 젊은이는 엽전 한 닢을 점쟁이 앞으로 툭 던지며 삼각눈을 부릅뜨고 점쟁이를 구슬렀다. 그러나 점쟁이는 젊은이한테는 옆눈 한 번 주지 않고 먼 하늘만을 물끄러미 쳐다보고 있을 뿐이었다. 고분고분하지도 않을 뿐만 아니라 상대조차 해 주지 않는 점쟁이의 태도에 결기가 왈칵 치솟은 젊은이는 당장이라도 점쟁이의 멱살을 틀어잡고 패대기를 쳐 줄 것처럼 소매를 걷으며 삼각눈에 독기를 띠었다.

팔짱을 끼고 아무 표정 없이 늠름하게 서 있는 양반 행색의 성승을 한 번 힐끗 쳐다본 늙은이는 씩씩거리는 젊은이의 도포자락을 잡아채며 줌치(주머니) 속에서 아까운 듯 아홉 냥을 꺼내어 점판 위로 던지며 쉰 듯한 목소리로 말했다.

"여보게, 열 냥 여기 있네. 아무렴 양반이 어찌 상것들과 같을 수 있겠는가. 어떤 말이든 개의치 않을 것인즉 어서 이 노신(老身)의 궁금증이나 풀어 주게."

그제서야 먼 하늘 쪽으로 가 있던 점쟁이의 눈길이 늙은이에게로 되돌아왔다.

"그러면 안심하고 있는 그대로를 말씀 올립지요. 괘(卦) 풀이에 의하면 도적(盜賊)은 밤마다 번데기 같은 양물(陽物)에 은밀하게 입을 맞춰 주던 여진(女眞) 계집이온데, 눈이 맞은 젊은 종놈과 함께 상전의 가보(家寶)를 훔쳐 달아났지요.

하루 아침에 귀중한 보배 두 개를 몽땅 잃어버린 공(公)께서는 추노령(推奴令)을 놓고도 분에 못이겨 가슴에 비수를 품은 채 손수 두 연놈을 이틀 만에 잡아 그 즉시 물고를 내었으나 계집은 놓쳐 버렸지요. 계집의 종적을 쫓아 여기까지 왔지만, 계집은 이미 죽어 흙 속에 묻혔고 가보는 엉뚱한 사람 손에 들어가 행방불명이니 공과는 인연이 다한 것이외다.

물욕을 버리지 못하고 억지로 찾으려 하면 또 한 차례의 살변(殺變)이 요번에는 공(公)의 신상에 떨어질 것이외다. 옛말에 재물(財物)과 여색은 화(禍)를 부르고 몸을 망치게 한다더니 참으로 틀린 말이 아니군요. 공(公)의 집착과 욕심 때문에 떠도는 객귀(客鬼)가 되어 버린 꽃다운 두 목숨이 애처롭기만 하군요. 쯧쯧…… 소인이 드릴 말은 다 했소이다."

정중한 듯한 말 속에 날카로운 꾸짖음을 담은 점쟁이의 거침없는 쾌 풀이를 듣고 난 늙은이는 벌레 씹은 얼굴로 애꿎은 헛기침만을 '험, 에헴' 할 뿐이었다.

그러나 독사 눈을 번들거리며 이빨을 악물고 씩씩거리고 있던 젊은이 는 끝내 한 소리 크게 내지르며 점쟁이 앞으로 달려 들었다.

"이런 못된 점쟁이가 있나. 감히 뉘 앞이라고 그따위 요망한 헛소리를 떠벌려 양반을 능욕하느냐. 어디 이 양반의 매운 맛을 좀 봐라."

점쟁이는 궐자가 달려와 자기 멱살을 틀어잡든 말든 앉아 있던 자세 를 흩트리지 않고, 눈썹 하나 까딱하지 않았다.

성승의 오른발은 자기도 모르게 한 걸음 앞으로 내디뎠다. 청수한 모 습의 점쟁이가 갈퀴 같은 억센 손을 뻗쳐 들고 달려드는 엄장한 궐자에 게 낭패를 당할 것 같아서였다.

그 순간 성승은 눈을 크게 뜨고 더 이상 앞으로 나가지 않았다. 태산 같은 자세로 가만히 손을 뻗쳐 점판(占板) 위에 흩어져 있던 엽전 한 닢을 엄지, 식지, 중지 세 개의 힘으로 딱 구부리는 점쟁이의 은밀한 동작을 보았기 때문이었다. 참으로 무서운 힘이었다.

이런 힘은 오륙백 근 되는 바위를 들어 올리는 단순한 뚝심과는 다른 것으로 자기 신체 어느 곳으로든 기력을 자유자재로 운용할 수 있는 사람만이 행할 수 있는 고도의 무기(武技)였다. 이젠 된임자를 만난 궐자의 재미있는 꼬락서니만 지켜보면 될 일이었다. 궐자는 평소 뽐내던 완력을 다해 평발을 치고 앉은 점쟁이의 멱살을 틀어잡고 위로 들어 올려 패대기를 치려했다. 그러나 점쟁이의 몸은 땅 속 깊이 뿌리 박고 있는 큰 바윗덩이처럼 요지부동이었다.

'이럴 리가 없는데.'

속으로 중얼거리며 유자 콧구멍으로 더운 김만 내뿜으며 킁킁거리는 궐자의 귀에 소곤거리는 듯한 점쟁이의 목소리가 들려왔다.

"이것 보게. 양반 행색을 했으면 양반다워야지. 자기 힘만 믿고 철없이 날뛰다간 크게 후회하는 거라네. 이젠 손을 푸시게."

그 소리와 함께 갑자기 멱살을 쥐고 있는 궐자의 오른쪽 손등이 뜨거운 불덩이에 데인 것처럼 따끔해지며 손아귀에 든 힘이 스르르 풀어졌다. 본능적으로 자기 손등을 내려다 본 궐자는 점쟁이의 손가락 끝에서 아직도 뜨뜻한 열기를 내뿜고 있는, 절반으로 접혀진 엽전을 발견했다. 엽전이 순간적인 힘에 굽혀지면서 뜨거운 열을 내뿜었던 것이다.

궐자는 갑자기 눈 앞이 캄캄해지며 온몸의 힘이 쫙 빠져나가 저도 모르게 서 있던 자세를 허물며 땅바닥에 털썩 주저앉고 말았다. 날뛰는 궐자를 말릴 생각도 없이 남의 일 보는 것처럼 염소 수염만 만지작거리던 늙은이는 궐자의 무너지는 거동과 점쟁이의 손가락에 끼어 있는 접혀진 엽전 한 닢을 보고는 엉덩이를 들면서 황급히 말했다.

"여보게 동생! 양반이 참아야지. 그쯤 해 두고 갈 길이 머니 그만 가세."

2

성삼문의 스승이 된 점쟁이

이때까지 모든 경과와 꽁지 빠진 수탉처럼 뒤뚱거리며 사라지는 두 사람의 뒷모습을 본 성승은 놀랍기도 하고 시원스럽기도 하여 자기도 모르게 빙긋 웃음을 지었다. 백약이 무효인 채 야위어 가는 아들을 둔 성승으로는 실로 오랜만에 지어 보는 웃음이었다.

태양은 이제 막 서산 머리에 걸터앉고 있었다. 점판과 복채를 수습한 점쟁이가 일어섰다. 후리후리한 몸매였다. 그 어깨 아래까지 늘어뜨린 하얀 머리칼이 황금빛 석양을 되쏘아 내고 있었다. 낙엽진 나뭇가지에 홀로 앉아 저쪽을 바라보는 한 마리 백로와 같은 모습이었다. 그 참에 성승은 도포 소매 속으로 슬며시 오른손을 넣은 후 소매 속에 들어있던 엽전 한 닢을 골라 쥐고 조금 전에 점쟁이가 그랬던 것처럼 손가락에 힘을 주어 눌러 보았다. 힘이라면 어느 누구에게도 자신만만한 성승의 억센 지력(指力)에도 불구하고 엽전은 전연 몸을 굽힐 생각을 하지 않았다.

성승은 다시 한 번 탄복하지 않을 수 없었다.

"이 몸은 서소문 밖에 살고 있는 성승이라 하외다. 존대 성명이 어떻게 되시는지……?"

성승은 낯설지 않은 점쟁이게 정중한 목소리로 인사를 건네며 읍을 했다.

"부평초 같은 이 몸에게 이름이 무슨 의미가 있겠소이까마는 선친으로부터 물려받은 김(金)이라는 성(姓)과 주(珠)라는 이름이 있었던 것으로 기억합니다. 그러나 수십 년 동안 그 이름을 써 본 일도, 남에게 들어 본 일도 거의 없지요. 그러한즉 성 공(成公)께선 편하신 대로 불러 주시오."

담담하게 말하며 쳐다보는 그의 맑은 눈동자에는 성승의 가슴 속에 깊게 퍼져 있던 몽몽한 꿈 그림자를 한 송이 하얀 연꽃으로 바꿔놓을 것 같은 신비로운 빛이 어려 있었다.

"그럼 성을 좇아 김(金) 처사(處土)로 부르겠소이다. 김 처사! 이렇게 만나게 된 것도 시생에겐 어떤 필연적인 인연인 듯하오이다. 바쁜 일이 없으시면 시생의 집으로 같이 가셔서 몇 가지 가르침을 주셨으면 합니다. 어떻습니까?"

"그러지요. 비록 이런 만남이지만 어찌 우연이라 할 수 있겠소이까?"

그렇게 한 마디 한 김 처사는 복채로 받은 발이 묶인 닭 두 마리와 반 말이나 될까말까 한 쌀자루를 들고 팥죽집 안으로 성큼 들어갔다.

팥죽집 안에는 주인인 듯한 허리 꼬부장한 늙은 할머니와 땟국물이 줄줄 흐르는 헤진 옷을 입은 열 살 남짓 되어 보이는 아이 대여섯 놈이 광주리, 자루, 바가지 등을 손에 들고 휑한 눈으로 문 밖만을 쳐다보며 앉아 있었다.

그들은 김 처사가 문 안으로 들어서자 부황기 도는 누런 얼굴에 웃음꽃을 활짝 피우며 후다닥 일어섰다. 김 처사는 쌀자루와 닭, 그리고 엽전 꾸러미를 팥죽집 노인에게 넘겨준 후 뭐라고 몇 마디 말을 나누더니 고개를 끄덕이며 밖으로 나왔다.

아이놈들은 김 처사가 나가건말건 처사가 가져온 물건과 돈에만 시선을 보내며 뭐라고 소리 지르기도 하고 침을 삼키기도 했다.

"성 공(成公) 앞서시지요."

책이 들어있는 듯한 보따리 한 개만을 달랑 손에 든 김 처사는 밖에서 기다리고 있는 성승에게 말했다.

김 처사와 함께 뉘엿뉘엿한 태양을 뒤쫓아 집으로 가는 성승은 지난 밤의 꿈과 오늘의 일이 밤과 낮으로 이뤄져 있는 하루처럼 별개의 것이 아니고 하나가 아닐까 하는 생각을 해 보았다. 그러자 생기 있는 얼굴로 자리에서 벌떡 일어나는 아들의 모습이 눈 앞에 선하게 떠올랐고 발걸음은 저절로 가벼워졌다.

밤새 흉몽 속에 시달리는 듯 헛소리까지 버럭버럭 내지르던 지아비가 아침 내내 미간을 펴지 않고 있더니 어디 간단 말도 없이 훌쩍 혼자 몸으로 나가지 않았던가. 그런 남편이 이상한 행색을 한 어떤 사람과 함께 미간을 활짝 펴고 힘찬 걸음으로 대문 안으로 들어서자 성승의 부인은 기쁘기도 했으나 어떤 연유인지 궁금하기도 했다.

그래서 저녁 밥상도 직접 사랑으로 들고 들어갔고, 주안상도 직접 들고 와 곁눈질로 두 사람의 거동을 살피며 귀를 쫑긋 세웠다.

성승이 권한 국화주 한 잔을 비운 김 처사가 지필묵을 청해 놓고 입을 열었다.

"성 공(成公)! 공께서 이 몸을 여기까지 청한 까닭이 있겠지요. 어떤 문제인지 한 번 살펴봅시다. 자! 성 공께서 쓰시고 싶은 글자 한 자를 이 종이 위에 써 보시오."

성승은 잠시 동안 어떤 글자를 쓸까 망설이다가 어떤 생각이 들어 붓을 놓고 말했다.

"김 처사! 시생도 이 나이가 되도록 글줄이나 익혀 왔습니다만 오늘 저자 거리에서의 일은 도저히 이해할 수 없군요. 귀찮으시겠지만 어떤 이치로 그 늙은이가 쓴 자(者)와 차(次)자로 그 늙은이가 사는 곳과 벌어진 사건을 알 수 있었는지, 그것부터 먼저 설명하여 시생의 시야(視野)를 넓혀 주셨으면 고맙겠습니다."

"그러지요. 그것은 이렇습니다. 우리 인간의 마음과 얼굴의 기색은 내외적인 연관 관계가 있지요. 즉 심하게 흥분이 되면 얼굴에는 홍조가 일어나고 노(怒)하게 되면 푸른 기운이 얼굴에 감돌게 되는 것입니다. 이것은 의식적으로 감추려 해도 어쩔 수 없는 자연적인 현상으로 마음과 육체, 의식과 행동은 일체성을 지니고 있음을 말해주는 것이지요.

이런 탓으로 의원이 환자의 얼굴 기색을 살펴 어느 장부에 어떤 병이 있는지를 파악할 수 있답니다. 마찬가지로 인간들이 무의식적으로 내뱉는 한 마디 말소리와 아무렇게나 써 내는 것 같은 글자 하나에도 그 사람의 내면적인 마음 작용이 스며 있는 것이지요.

이러므로 글자를 풀어 득실(得失)을 풀이하는 방법이 오래 전부터 여러 학자들에게서 연구되어 당금까지 전해져 오고 있답니다. 따라서 그런 방법에 따라 풀어보면 그렇게 신비한 것도 어려운 것도 아닌 당연한 것이지요. 요는 그런 방법을 모르기 때문에 신비하고 어려운 일로 여겨지는 것이랍니다.

그때 저잣거리에서 그 늙은이(公)가 오른손에 나무 막대기를 들고 땅바닥에 자(者) 자를 쓴 것을 측자법(測字法, 글자를 살펴 길흉을 파악하는 법)에 따라 살펴보면 이렇습니다.

늙은이는 공(公)이란 호칭을 받는데 여기에 나무 목(木)자를 가하면 송(松)이 되고 자(者)자에 사람 사는 마을을 뜻하는 읍(邑=阝)을 가하면[者+阝] 바로 도(都)자가 되기 때문에 그 늙은이가 송도(松都)에 사는 것을 알 수 있었답니다."

"아, 글자를 만드는 그런 이치가 있었군요. 그러면 가보(家寶)를 훔친 도둑이 늙은이의 애첩(愛妾)인 것과 그 외의 것들은 어떤 이치로 그렇게 추리할 수 있었습니까?"

"예, 그런 사실 모두가 두 글자(者, 欠)를 이리저리 연결하여 그 뜻을 살펴 알 수 있었습니다만, 이 학문을 잘 모르는 사람에게 설명하려면 무척 오랜 시간이 소요됩니다. 아마도 몇 날 며칠이 걸려야 될 터인데, 그래도 들어 보겠소?"

"아니 됐습니다. 설명해 주신 그것만으로도 제 안계(眼界)가 무척 넓어졌습니다. 참으로 학문의 길이란 끝이 없다는 생각이 드는군요. 이젠 저 자신의 문제로 가르침을 받을까 합니다."

성승은 놓았던 붓을 집어들고 적당하게 잘라 놓은 종이 위에 석 삼(三)자를 크게 썼다.

성승이 붓을 놓았을 때였다.

난데없이 나타난 날벌레 한 마리가 성승의 갓[¨] 주위를 퍼드덕거리며 날아다녔다.

성가시게 느낀 성승이 벌레를 쫓기 위해 손을 들어 휘두르는 순간 소맷자락에 걸린 술병이 넘어졌다.

쏟아진 술은 삼(三)자가 쓰여진 종이를 적셨고 성승의 손바닥에 맞은 벌레는 종이 옆에 있던 지도(紙刀) 위에 떨어졌다. 자신의 순간적인 실수에 약간 당황한 성승은 방 한구석에서 건성으로 걸레질을 하며 기웃거리던 부인을 불러, 종이를 새로 내어 놓게 한 다음 다시 글자 한 자를 쓸 채비를 했다.

성승의 글 쓰는 모습과 벌레 쫓는 모습 등을 유심히 살펴보던 김 처사가 손을 저으며 말했다.

"새로이 더 쓸 필요가 없소이다. 아까 쓴 그 글자로도 충분한즉 그것으로 추단(推斷)하겠소이다."

"그러시다면 그 삼(三)자로 제 자식놈의 병에 대해서 묻겠소이다. 고견을 말씀해 주시기 바라오."

"성 공께서 삼(三)자를 써 놓고는 아들의 병에 대해서 묻겠다(問) 했으니 바로 삼문(三問)이라, 자제분의 이름은 삼문(三問)일 것이외다. 그리고 성 공께서는 아들의 병(病)에 대한 문제와 아들의 수명, 그리고 아들이 성 공께서 기대하는 인물이 될 수 있을 것인가 하는 세가지 물음(三問)이 있을 것이오.

먼저 자제분의 병에 대해서 말씀드리면 그 병인은 큰 구렁이(大蛇)의 원혼이 자제분에게 씌워져 있기 때문이외다. 성 공께선 자제분이 출생한 후 백일 되기 전에 큰 구렁이를 죽인 일이 있으시지요?"

처사의 추단(推斷)에 눈을 크게 뜨고 머리를 끄덕이신 성승은 아무리 옛 기억을 더듬어봐도 큰 뱀을 죽인 일은 쉽게 떠오르지 않았다. 그러나 이때까지 한 치의 오차도 없이 추단해 온 김 처사를 직접 경험해 보았기에 눈을 지그시 감고 다시 한 번 지나 온 옛 일들을 차근차근 더듬어보기 시작했다.

이때 눈을 감고 있는 지아비의 모습을 빤히 쳐다보고 있던 부인이 눈을 반짝이며 조심스럽게 입을 열었다.

"대감! 우리 삼문이가 삼칠일(21일)이 되기 전에 대감께서는 북녘땅에 급한 볼일이 있다면서 친정 어른의 활을 메고 말을 채찍질해 나가셨는데 그때 무슨 일이 있었는지…… 찬찬히 더듬어 보세요."

장인 어른의 활을 메고 북녘 땅으로 출타했다는 부인의 말을 들은 성승의 머리속에는 잊어버렸던 기억의 한 자락이 아슴거리며 다가왔다.

그렇다, 삼문(三問)이가 외가(外家)인 홍주(洪城)에서 태어나던 그 해였다. 의주에서 볼일을 마치고 귀가 길에 오른 성승이 평양 북문쪽에 있는 기자묘(箕子墓)입구에 있는 소나무에 말을 메어 놓고 한숨 돌리고 있을 때였다. 앵앵거리는 아들 녀석의 귀여운 모습만을 머리 속에 담고 있는 성승에게 무언가 이상한 느낌이 오른편 기자묘쪽에서 전해져 왔다.

음침한 살기 같은 것이었다.

흠칫 고개를 돌려 본 그의 눈에 기자묘 마루 밑에서 기어 나오는 커다란 집 구렁이의 흉측스런 모습이 들어왔다. 스르륵 스르륵 꿈틀거리며 기어 나오는 시커먼 구렁이는 두 길 쯤 되어 보였고 자신의 팔뚝만큼이나 굵은 놈이었다. 성승이 허리에 찬 칼에 본능적으로 손을 대고 숨을 죽인 채 보고 있자 구렁이는 기자묘 맞은편에 있는 큰 소나무 쪽으로 소리 없이 미끄러져 가는 것이었다.

얼마 후 구렁이는 머리쪽을 꼿꼿이 세우더니 소나무 위로 스멀스멀

기어오르기 시작했다. 그러자 갑자기 조용하던 소나무 꼭대기 쪽에서 요란한 날갯짓을 하며 재재거리는 소리가 시끄럽게 들려 왔다.

애절한 음색에 끌려 올려다 본 성승의 눈에는 둥지 위를 이리저리 맴돌며 필사적인 몸부림을 해 대는 까치 두 마리가 들어왔다. 사람이나 짐승이나 제 새끼 돌보는 정은 조금도 다를 바 없기에 도망도 가지 않고 저리도 애달파 하는구나 하는 마음이 들었다.

성승은 슬그머니 말 곁으로 다가가 말허리에 매달아 놓은 활을 잡고는 시위를 힘차게 당겼다. '휙'하고 날아간 화살은 혓바닥을 날름대는 구렁이의 머리통을 정확하게 꿰뚫었다. 뱀은 화살에 꿰인 채 한동안 기다란 몸체를 꾸불꾸불 떨다가 마침내 축 늘어졌다. 그때의 일을 기억해 낸 성승은 눈을 번쩍 뜨고 몸을 한 번 흠칫 떨었다.

칼 산(刀山) 창 수풀(戈草)을 피보라 날리며 종횡무진으로 내달렸던 성승에게는 이런 하찮은 미물 한 마리 쏘아 죽이는 것쯤은 특별히 기억에 남겨 둘 일이 아니었기에 쉽게 잊혔는지도 모르는 일이었다. 그러나 지금 그 구렁이의 하찮은 목숨과 천금(千金)보다 더 귀한 자기 자식의 목숨이 일 대 일의 비중으로 다가와 있는 것이다.

"아, 그리고 보니 정말 그런 일이 있었군요. 그런데 그 하찮은 짐승의 죽음이 어찌 인간의 화복(禍福) 생사(生死)에 영향을 줄 수 있단 말이오까?"

떨떠름한 목소리로 지난 일을 얘기하며 되묻는 성승의 눈길을 쳐다보며 김 처사는 말했다.

"성 공, 이 세상에 있는 모든 생명체에게는 모두 혼백이 있지요. 식물에는 일혼이백(一魂二魄), 동물에게는 이혼삼백(二魂三魄)이 있으며 만물의 영장인 우리 인간들은 완전수(10수)인 삼혼칠백(三魂七魄, 3+7=10)을 지니고 있답니다.

이러하므로 그 구렁이 역시 감정도 있고 감정에 따른 원한도 있답니다. 더욱이 그 짐승은 오랜 세월 동안 많은 사람들이 정성껏 염(念)을 바치는 기자묘(箕子墓) 음침한 마루 밑에서 그런 염(念)과 음령(陰靈)을 흡수하여 영특(靈特)해진 놈이 아닙니까. 그런 놈이 아무런 잘못도 범하지 않은 성 공에게 목숨을 잃고 말았으니 어찌 원령(怨靈)이 되어 떠돌지 않겠습니까?

이런 구렁이의 원령이 하필이면 삼칠일(三七日, 21일)도 지나지 않은 성 공 자제분의 심령에 파고들어 그만 병의 원인이 되고 만 것이올시다.

인간은 태어나서 삼칠일이 지나야만 생명체로서 자생할 수 있는 심령적 방어 능력을 겨우 갖출 수 있고 100일이 되어야만 완전히 갖춰지지요. 이런 이유 때문에 출생 후 삼칠일 안에는 부정한 기(氣)에 영향을 받지 않으려고 금줄을 치며 또 백일을 축하해 주는 우리들의 풍습이 생겨난 거지요."

"그놈은 아무런 죄도 없는 까치 새끼들을 잡아먹으려 하지 않았소이까. 그런데도 그 구렁이에게 아무런 잘못이 없다 할 수 있겠소?"

성승은 그런 미물도 사람처럼 원한을 품을 줄 알며 영으로 남아 복수까지도 할 수 있다는 김 처사의 말이 믿기지 않았거니와, 아무런 잘못도 없는 구렁이를 죽였기 때문에 앙갚음을 당했다는 자책을 벗어나고 싶은 마음에서 불쑥 그렇게 말했다.

"성 공! 구렁이가 살아가려면 응당 자기보다 약한 생명을 잡아먹어야 되고 까치 역시 살아가려면 벌레를 잡아먹어야 하지 않겠습니까? 이것은 자연의 이치에 따른 하나의 권리에 속하기도 하지요. 그런데 단지 제

삼자인 사람의 눈에 나쁘게 보였다는 이유만으로 생명을 잃게 된 구렁이로서는 너무나 억울한 일이 아닐 수 없지요.

우리 인간들의 발자취 역시 이와 다름이 없지요. 즉 궁예의 힘이 약해지지 않았다면 왕씨(王氏)가 어찌 건국(建國)을 할 수 있었겠으며 왕 씨의 힘이 약해지지 않았다면 어찌 태조(太祖)께서 창업을 할 수 있었겠소?"

"김 처사의 말씀대로라면…… 이 천지에는 오로지 강자만이 살아남게 되고 충절(忠節)이란 것도 헛된 명분에 불과하겠군요?"

군주(君主)에게 충성해야 한다는 귀 따가운 소리만을 들어 온 성승은 약육강식(弱肉强食)이 당연한 것처럼 말하는 김 처사에게 강한 반발심을 느껴 퉁명스럽게 김 처사의 말허리를 잘랐다.

"그렇지 않소이다. 강자가 약자를 잡아먹고 산다, 하지만 절대로 필요 없는 살상(殺傷)을 하지 않아야 천지의 도에 따르는 것이지요. 그 구렁이뿐만 아니라 사나운 짐승까지도 자기들이 살아가는 데 필요한 최소한의 살생(殺生)만을 할 뿐 함부로 딴 생명을 해치지는 않는답니다.

이것이 바로 자연계의 질서이며 천지의 도(道)인데 이런 도를 《논어》에서는 천이불인(天而不仁)이라고 설명했지요. 생명 있는 뭇 것들이 이런 도에 따르는 탓으로 이 세상은 균형을 이룬 생명의 낙원이 될 수 있는 것이 아니겠습니까?"

두 사람의 얘기가 엉뚱한 방향으로 길게 흐르는 것 같자 성승의 부인은 헛기침을 한 번 한 후 자기 자신에게 말하듯 중얼거렸다.

"우리 삼문이가 박 주부의 탕약을 다 마셨는지 모르겠네."

부인의 말뜻을 알아차린 김 처사는 즉시 하던 말을 멈추고 붓을 들어 종이 위에다 돼지 한 마리를 그렸다. 그러고는 그 그림을 성승의 부인 앞으로 밀어 놓으며 말하였다.

"부인께서는 오늘 해시(亥時, 오후9시~11시)에 이 그림을 태우십시오. 그런 다음 그 재를 물에 타 자제분에게 먹이시고 내일 사시(巳時, 오전 9시~11시)에 가까운 절간으로 가셔서 그 구렁이의 위령제를 신시(申時, 오후3시~5시)까지 지내 주도록 하시지요. 그러면 사흘 안에 자제분은 자리를 털고 일어날 것이외다."

부인이 기쁜 얼굴로 돼지 그림을 가지고 밖으로 나가자 성승은 측자법(測字法)의 이치를 캐묻기 시작했다.

"김 처사께서는 어떤 이치로 이 몸이 쓴 삼(三)자를 보고 제 자식에게 제 손에 죽은 뱀의 원혼이 씌워져 있음을 알았소이까? 또 어떤 까닭으로 약이나 침(針)대신에 돼지 그림 하나와 위령제를 제 자식놈의 치료 방으로 삼았소이까? 참으로 신기하기만 하외다."

"그것도 알고 보면 그렇게 어려운 일이 아닙지요. 성 공께서 삼(三) 자를 쓸 때 성 공의 갓[亠] 옆으로 벌레(虫) 한 마리가 맴돌고 있다가 성 공의 손길에 맞아 떨어졌는데 바로 지도(紙刀) 위였지요. 이런 현상을 하나의 글자로 만들어 보면 '벌레[虫]+갓[亠]+칼[刀, 匕]'이 되어 바로 뱀을 뜻하는 사(蛇)가 되지요. 이것을 보고 아드님의 병이 죽은 뱀 때문임을 알았던 것이지요.

또 뱀(蛇)을 십간십이지(十干十二支)에서는 사(巳)라 하는 것과 오행으로는 불[火]에 속하는 것을 성 공께서도 익히 알고 계시겠지요.

이 사(巳)와 물[水]을 뜻하면서 돼지를 뜻하는 해(亥)는 서로 상충(相沖) 관계가 됩니다. 이 관계에서는 물을 뜻하는 해(亥)가 불을 뜻하는 사(巳)를 제극(制尅)하게 되지요.

이런 역(易)의 이치에 따라 해시(亥時)에 돼지 그림을 태워 아드님에게 먹이라고 한 것이외다."

"아하, 그런 오묘한 역학(易學)의 이치가 들어 있었군요. 시생도 ≪주역(周易)≫책은 몇 번 읽어 보았습니다만 거죽만 핥아 본 격이군요."

성승은 감탄을 하며 말을 이었다.

"이제, '나왔는가'하는 물음이 세 번 있었기에 그 이름을 삼문(三問)으로 지은 아들놈에 대한 나머지 문제를 추단해 주시면 고맙겠소이다."

김 처사는 옅은 미소를 띠며 말을 받았다.

"써 보고 싶은 글자를 몇 자 써서 보여주시지요."

잠시 동안 호흡을 가다듬은 성승은 붓을 들어 자기 아들의 성명 석 자를 큰 글씨로 써 놓고는 김 처사의 표정을 살폈다.

그러자 김 처사는 그 석 자를 살펴본 후 아무 말 없이 한숨만 길게 내쉴 뿐이었다.

"김 처사! 옛말에 군자는 복(福)을 묻지 않고 화(禍)를 묻는다 하더이다. 시생 비록 군자는 아니오나 어떤 좋지 않은 말이라도 들을 준비가 되어 있으니 서슴지 말고 말씀해 주시지요. 피할 길이 있으면 피할 방도를 찾으면 될 것이고 피할 수 없는 숙명이라면 대장부답게 받아들이면 될 것 아니겠소."

성승의 재촉에 못 이긴 듯 그제야 김 처사의 입이 열렸다.

"역시 천군만마(千軍萬馬)를 호령하시던 분이라 범인(凡人)과 다른 기백이 있는 말씀이구려. 제 추단에 의하면 자제분은 세 임금(三君)을 충성으로 받들 것이며 두 가지 행적으로 만세의 칭송을 받을 것이외다. 그러나 마지막 일을 감당하려면 불굴의 정신과 이를 받쳐줄 강인한 체력이 있어야만 될 것인데 자제분의 체질과 정신이 조금 허약하여 그 일을 감당할 수 있을지 우려되오이다. 그리고 수명이……."

"수명이 얼마나 되오이까? 속 시원히 밝혀 주시오. 아무 염려 마시고 풀이법의 이치를 곁들여 하나도 숨김없이 말씀해 주시오."

가슴 철렁한 말이라도 알 것은 알아야겠다고 느낀 성승은 틈을 주지 않고 다그쳤다.

"성 공의 뜻이 그러하다면 직언을 하겠소이다. 아드님은 세 임금(三君)께 충성하다가 변(變)을 일으키고 군(君) 행세를 하는 네 번째 임금을 인정치 않음으로써 역신(逆臣)으로 몰려 30대 젊은 나이로 명을 마칠 것 같소이다."

김 처사는 길게 한숨을 내쉬고 나서 눈이 휘둥그레진 성승을 향해 말을 이었다.

"삼문의 이름에 대한 측자법(測字法)은 이렇소이다. 성(姓)인 성(成)에는 '일을 마치다, 끝나다'라는 뜻이 있고 삼(三)자에는 셋이란 뜻이 있습니다. 또 문(問)자의 구조는 '門+口'로 구성되어 있는데 좌변의 尹자와 口자가 더해지면 군(君)자가 되지요. 여기서 '成 三君' 즉 세 임금[三君]의 일을 끝낸다는 뜻으로 세 임금(三君)에 출사하여 충성을 다한다는 의미를 얻을 수 있답니다. 그리고 우변의 (눈)자는 (君)자가 완전히 뒤집어진 자형(字形)으로서 아무리 밑에 있는 사람(口)을 끌어당겨 봤자 군(君)이 될 수 없는 몸이나 강한 힘으로 구(口)를 끌어당겨 임금이 되기 위해서는 한 번 전체를 뒤집는 변(變)을 일으켜야만 되지요."

김 처사는 계속 말을 이었다.

"이런 때가 오면 추상같은 선비의 기개로 그 불의(不義)함을 꾸짖어 줄 수 있는 지사(志士)가 필요한 법인데 자제분의 이름자에는 그런 기개가 숨어 있지요. 그러나 이 기개를 뒷받침할 수 있는 강한 정신력과 체력이 있어야만 하겠지요. 지금부터 심신을 단련하다면 아드님께서는 능히 신의(信義)와 절의(節義)를 지키는 추상 같은 선비의 모습을 만천하에 보여 주어 무신(無信)과 무의(無義)의 시대를 오랫동안 밝혀 주는 환한 빛이 될 수 있을 것이외다."

자칫 자기 아들이 역적으로 몰려 젊은 나이에 일족과 더불어 횡사할 수 있을 것이라는 말을 들은 성승은 아무 말 없이 자리에서 일어나 벽에 걸린 장검을 손에 들고 방문을 열었다.

한껏 부풀었다 사그라지기 시작하는 보름달의 창백한 미소가 왈칵 방 안으로 쏟아져 들어왔다. 보름달 속에서 뭉게뭉게 피어오르는 어젯밤의 생생한 꿈 그림자를 한참 동안 지켜보던 성승은 눈썹을 치켜뜨며 쓰윽 칼을 뽑았다. 하얀 달빛에 젖어 서릿발 같은 냉기를 줄기줄기 뿜어 내고 있는 긴 칼을 지긋 굽어보던 성승은 튕긴 손가락으로 칼몸을 두드리며 한 소리 읊조리기 시작했다.

억겁의 어둠 속에 잠시 반짝인
찰나의 한 목숨이건만
죽을 자리 찾아 눈 감을 수 있다면
아아, 이 어찌 장부의 삶이 아니랴.

"띠잉."
"차아앙."

청명한 칼 울음 소리에 맞춰 이런 소리를 허파 깊은 곳에서 뽑아낸 성 승은 마당으로 내려가 쏟아져 내리는 달빛을 산산조각으로 베어 내며 칼 춤을 추기 시작했다.

호연지기에 가득 찬 성승의 심사를 헤아린 김 처사는 방 한구석에 세 워져 있던 가야금을 뜯으며 한 곡조를 읊어 주었다.

장부의 큰 뜻이여 장부의 크나큰 뜻이여
내 너를 위해 그리운 님 떠나 보내네.
마디마디 애 끊어지는 가슴 안고 님을 보내네.
한 번 가면 다시 못 올 머나먼 저곳으로 님을 보내네.
가슴 터져 흐르는 이 피눈물
흐르는 저 큰 물 속에 녹아들어
영원히 영원히 쉬지 않고 흐를 것이네.

이 노래는 창해 역사(倉海力士)의 아낙이 부른 〈단장가(斷腸歌)〉이다. 옛 날 중국 진나라 때의 일이다.

폭군으로 알려진 진시황을 제거하기 위해 마땅한 사람을 수소문하던 장량(張良)은 동이(東夷) 나라의 '예' 땅에 힘센 장사가 있다는 소식을 듣고 예로 찾아갔다. 천하만민을 위해 진시황을 제거해야 한다는 장량의 부탁 을 아무 조건 없이 받아들인 역사(力士)는 결혼한 지 얼마 안되는 사랑하 는 아내를 두고 떠나게 되었다. 사랑하는 두 부부는 요하(遼河)에서 이별 하게 되었는데 배를 타고 떠나는 낭군을 바라보며 위와 같이 노래한 아 낙은 시퍼런 요하에 뛰어들어 낭군이 큰 뜻을 이루는 데에 걸림돌이 없 게끔 했다.

아내의 자진(自盡)을 강 한복판 배 위에서 지켜본 역사는 뜨거운 눈물을 주먹으로 닦으며 중국 땅 박랑사(博浪沙)로 가 진시황의 행렬을 기다렸다.

이윽고 행렬 가운데 진시황의 수레가 나타나자 역사는 뛰어 나가 백근 철퇴로 수레를 내리쳤다. 그러나 의심 많은 진시황은 자기 수레에 타지 않아 죽음을 면했고 역사는 무수한 도검(刀劍)아래 한 덩이 혈육(血肉)으로 찢겨 나가고 말았다.

이 의거(?)는 진시황 타도라는 엄청난 불길을 당기는 계기가 되어 결국 진나라는 망하고 한(漢)나라가 일어나게 되는 역사적인 변천을 가져다 주었다.

뒷사람들은 역사(力士)의 의로움을 칭송하여 그를 창해군(倉海君) 혹은 창해 역사(倉海力士)라 불렀다.

"하하하, 김 처사! 내 생전 오늘같이 호쾌한 날이 없었소이다. 이제 지기(知己)를 만난 듯하니 천 잔 술도 부족한 듯하외이다. 자 우리 밤새도록 취해 봅시다."

칼춤을 추고 들어온 성승은 그렇게 말한 후에 소리쳐 하인을 불러 말술을 준비하라 일렀다. 뜻이 통한 두 사나이 사이에 몇 차례 술잔이 오고 가자 취흥 또한 도도해졌다. 십년지기(十年知己)가 된 듯 두 사람은 흉금을 털어 놓고 제자백가(諸子百家)의 설(說)과 무술, 병법, 의술에 대한 얘기들을 주고받았다. 봄밤이 소리없이 뒷걸음칠수록 성승의 부리부리한 눈은 경탄의 빛을 머금은 채 더욱 크게 떠졌고, 얼굴에는 기쁨의 빛이 가득했다. 지기(知己)로 삼은 그의 학문과 식견이야말로 이때껏 성승이 만나본 이름난 어느 학자보다 탁월했기 때문이었다.

"김 처사! 속세를 벗어나 흐르는 구름처럼 걸림이 없는 행적을 이 아우 또한 짐작합니다만……, 이 한양 땅에는 얼마나 머무실 것이며 지금은 어디에 거처를 정하고 있으신지요? 불편하지 않으시면 이 아우의 별채가 비어 있으니 그곳에서 머무르시며 아우의 못난 자식놈이나 가르쳐 주셨으면 합니다. 어떻습니까?"

"그처럼 이 몸을 높이 보아 주시니 고맙습니다. 그러나 성 공의 인품이나 학문으로도 아들 하나쯤은 충분히 가르쳐 대들보감으로 만들 만한데 어찌 이 몸에다 무거운 짐을 지우려 하시오."

"무슨 당치 않은 말씀을……. 반딧불 같은 이 아우의 학문이 어찌 달빛 같은 김 선생의 학문에 비길 수 있겠소이까? 또 이 아우는 머지않아 임금의 명을 받아 남녘 땅 경상도로 떠나야 할 몸이기에 부탁드리는 것이외다. 유약한 자식놈을 두고 떠나는 이 애비의 심정을 살피시어 거절 마시고 맡아 주시오. 거듭 부탁드리오니 제 자식 놈을 맡아 이 아우의 기대에 어긋나지 않을 야무진 놈으로 만들어 주시오."

"좋습니다. 내 온 힘을 다하여 성 공의 기대에 어긋나지 않도록 해보겠소이다. 그런데 성 공께서는 언제쯤 입궐하여 임금에게 하직 인사를 올리게 됩니까?"

"3월 초닷새에 발정해야 하니까 한 열흘 남았군요. 부탁을 들어 주셔서 정말 고맙기 이를 데 없습니다."

"성 공, 그 대신 그때에 임금을 뵙게 되면 임금의 체취가 묻은 물건이라면 어떤 것이라도 좋으니 하나 얻어서 내게 잠시 빌려 주기 바라오. 아마도 성 공께서 백성 사랑하시는 전하의 어의를 잊지 않기 위해 자나깨나

가까이에 두고 보겠다며 청하시면 틀림없이 내려 주실 것이외다."

"분부하신 대로 행하겠습니다만, 그것을 어디다 쓰시려고 하오시는지?"

세속의 물욕(物慾)을 초월한 그가 무슨 까닭으로 그런 귀한 물건을 구하려는지 성승은 이해할 수가 없었다.

"그것은 당금 전하와 삼문(三問)의 이름을 빛나게 할 일일 뿐 아니라 우리 땅 만백성이 영원토록 빛나게 될 수 있는 중요한 일에 소용될 것이외다. 아 참! 그리고 성 공께서는 당금 전하(세종)의 생년월일시(生年月日時)를 기억하고 계신지요?"

"예, 전하께선 정축(丁丑)년 4월 10일에 탄신하셨습니다만……."

난데없이 전하의 사주(四柱)는 알아서 무엇에 쓸 것인가 알쏭달쏭 해진 성승은 큰 눈을 껌벅이며 의아한 눈빛으로 김 처사를 쳐다보았다.

왼손 엄지로 네 손가락 마디를 짚어 보던 김 처사는 빙그레 웃으며 혼잣말로 중얼거렸다.

"붉은 소[丁丑]로 태어나 4월생[辛巳月]이니 백사(白蛇)가 변하여 백룡(白龍)이 된데다가 생일에 천귀성(天貴星)을 타고 계시군. 이렇다면 승천한 백룡이 천문(天文, 하늘의 글)으로 천하를 밝히는 상이로다."

김 처사가 짚어 본 것은 당나라 때의 이허중이 창안한 것으로 한 인간이 태어난 생년월일시로 그 사람의 운명을 알아 보는 당사주(唐四柱)풀이법이었다.

"무슨 말씀이신지……. 아마도 좋은 일인 것 같은데 시생도 알아듣게 말씀해 주실 수 없을는지요?"

"성 공! 지금의 임금은 우리 만백성의 어두운 삶을 밝혀 줄 크나큰 일을 하실 명(命)을 갖고 계시오이다. 바로 흰 뱀이 하얀 용으로 변신 하여 구천(九天)에서 신통 조화를 부리는 격이란 말이오."

"김 선생의 말씀대로라면 세상에 이보다 더 기쁜 일이 어디 있겠습니까. 이제부터 우리 조선의 국운도 흥할 것이고 주름진 백성들의 얼굴에도 웃음꽃이 활짝 피어나겠군요."

성승은 무릎까지 쳐 가며 들뜬 목소리로 말하였다.

"그렇소이다. 하늘이 이 땅의 피붙이들을 어여삐 여겨 밝고 어진 임금을 이 땅에 내신 듯하니 어찌 기쁘지 않겠소. 그러나 슬프게도 이 땅을 뒤덮고 있는 어둠이 너무 두터워 모처럼 나타난 밝은 빛도 얼마 못 가 어둠 속에 가려질 것 같소이다."

처연한 목소리로 대답하는 김 처사의 얼굴에는 기쁜 빛 대신에 어두운 그늘이 드리웠다.

"김 처사! 하늘이 우리를 어여삐 여겨 밝은 임금을 이 땅에 내셨다면서 무엇 때문에 두터운 어둠을 남겨 두어 밝은 빛을 뒤덮도록 한단 말입니까? 참으로 하늘의 뜻은 알 수 없군요……."

"성 공! 화창한 봄에 배추 씨앗을 뿌리면 천기(天氣)의 영향으로 아주 잘 자랄 수 있지요. 그렇지만 그것을 돌보는 농사꾼의 능력에 따라 더 잘 자라기도 하고 아주 못 자라기도 하겠지요. 또 똑같은 생년월일시에 태어난 두 사람일지라도 어떤 교육을 받느냐에 따라 운명은 제각기 달라질 수 있답니다. 바로 이처럼 천지(天地)는 제 홀로 일을 하는 것이 아니고 반드시 사람과 더불어 일을 하고 있는 것이외다.

이런 탓으로 하늘과 땅 그리고 사람은 하나라는 삼재지도(三才之道, 天地人을 만사만물을 이루는 핵심으로 생각하는 사상)가 성립될 수 있소이다. 보통 민심(民心)은 천심(天心)이다, 사람이 극진하면 하늘을 감동시킨다고 말하는데 이 말 역시 같은 말이지요. 그러므로 좀 전에 말한 두터운 어둠이란 것은 하늘이 만들어 낸 것이 아니고 우리들 스스로가 만들어 낸 허물을 말한 것이외다. 이 허물은 비단 당금 전하의 밝은 뜻만을 뒤덮을 뿐만 아니라 오래도록 이 땅에 사는 백성의 얼굴에 검은 그림자를 드리울 것 같소이다.”

“그렇다면 도대체 우리들이 여태껏 만들어 온 그 두터운 허물이란게 무엇인지요? 그것을 알아야만 이 아우도 그 허물을 벗고 적은 힘이나마 보태어 밝은 빛이 이 강산에 널리 비춰지도록 할 것이 아닙니까.”

“꼭 알고 싶으시오?”

“물론이지요.”

“내 말하지요. 우리 민족은 분명히 있었던 우리의 역사는 부정하면서 있지도 않은 남의 역사만을 인정하려 함이 그 첫째 허물이요, 겉으로만 좋아 보이는 남의 것에 끌려 우리 자신의 귀중한 것을 되돌아보지 않으려 함이 두 번째 허물이 될 것이오. 그리고 평등한 하늘의 질서[天道]를 따르지 않고 일시적으로 힘을 잡은 사람들이 그 힘을 보존하기 위해 만든 불평등한 질서만을 신봉하여 그것을 지키려는 허물이 세 번째가 될 것이외다.

이런 허물들은 외세를 등에 업고 반쪽 통일을 이룩한 신라 때부터 싹트기 시작하여 전조(前朝) 때 들어온 주자학(朱子學)의 확산으로 무성하게 자라나기 시작했소이다. 그러다가 주자학의 이론으로 무장한 선비들이 정치 권력을 휘어잡은 지금의 시대에 와서는 아무도 감히 손대지 못할 거목이 되어 이 땅 구석구석에 뿌리를 힘차게 박고 있는 상태에까지 이르렀습니다. 이렇게 커져 버린 그 허물들은 날이 갈수록 더욱 힘차게 그 뿌리를 이 땅 구석구석에 뻗치게 될 것이 아니겠소?

성 공! 이 나라를 이끌어 가고 있는 사대부들이 하고 있는 일들을 한번 살펴봅시다. 이 나라의 머리가 되고 마음이 되어 있는 그들은 중화문화만을 왈왈(曰曰)거리고 있었지 언제 우리 자신의 역사와 문화 등을 되찾아 보려고 했소이까?

물론 남의 것이라 해도 취할 만한 것은 받아들이고 배워야 됨은 당연하오. 그러나 그것은 우리 자신을 알고 난 다음에야 해야 할 일이 아니겠소. 그렇지 않고 무조건 남의 것만 좋다고 받아들인다면 결국에는 그들에게 동화(同化)되어 우리 자신의 참 모습은 잃어버리고 말 것이외다.

이런 탓으로 지금의 사대부들은 중국은 위대한 성인(聖人)들이 나타난 나라요, 찬란한 문화와 문명의 빛으로 가득 차 있는 큰 나라이나 우리 조선은 덜 깨이고 모자란 나라라는 인식에 사로잡히게 되었소. 이러다 보니 오늘날에 있어서는 스스로 몸을 낮추어 중국을 상국(上國)으로 받들어 모시는 종놈의 신세를 자처하고 있는 지경에까지 이르렀소.

성 공! 시원한 싸움 한 번 안 해 보고 이렇게 남 시키는 대로 '예, 예' 하는 종 노릇을 스스로 해 본 일이 우리 역사상 어디 있었소이까? 참으로 쓸개 빠진 짓거리가 아닐 수 없구려."

김 처사의 말이 여기까지 이르자 성승의 낯빛이 하얗게 변했다.

"더욱 분통이 터지는 것은 그들은 자기네들이 누리고 있는 현재의 위치를 오래도록 지켜 나가기 위해 고르지 않은 신분의 벽까지 만들어 가고 있으며 자기들과 반대되는 생각을 지닌 사람들을 얼씬도 못하게 핍박하고 있다는 것이오.

비록 우리 자신을 되찾아 주고 우리를 밝혀 줄 아침 해와 같은 힘과 빛을 지닌 임금이 나타났다 한들 이런 어둠 속에서 얼마나 그 밝음을 내뿜어 이 강산 구석구석을 밝혀 줄 수 있겠소이까. 밝은 임금이 나타나 있는 지금 이때는 그렇다 하더라도 그런 허물에 휩싸여 오랫동안 종 노릇을 계속 할 앞으로의 시대를 생각하니 답답하기만 하외다."

한참 동안 고개만 숙이고 있던 성승이 고개를 번쩍 쳐들었다.

"선생의 말씀을 듣고 보니 참으로 민망하기 그지없어 몸둘 바를 모르겠소이다. 이 아우도 이제부터 그 더러운 허물들을 벗도록 힘쓰겠소이다."

"고맙기 그지없는 말씀이외다. 이 나라 모든 사대부가 성 공 같은 마음만 가진다면 이 땅 만백성들의 얼굴엔 웃음꽃이 가득할 것이고 잃어버렸던 우리의 옛 영화로움마저 금방 되찾을 수 있을 것이오. 그러나 골수에까지 깊이 박힌 그런 허물을 성 공처럼 쉽게 빗어 버릴 수 있는 사대부가 몇이나 되겠소? 특히나 자기네들의 이익이 달려 있는 이 마당에 말이오."

"그러면 사대부들의 각성 없이는 우리가 우리다움을 되찾아 모두가 하나 되어 웃으며 노래할 날은 영원히 오지 않는단 말이외까?"

"결코 그런 것은 아니외다. 이 나라 이 땅이 어디 사대부만의 것입니까? 사대부 모두가 그 허물을 깨닫고 고친다면 그 좋은 때가 좀더 빨리 닥쳐오겠지만 사대부에게 기대하기는 어렵고 절대 다수인 백성들에게 기대할 수밖에 없답니다."

"힘없고 무식한 그들이 무엇을 어떻게 할 수 있단 말이외까?"

"일찍이 맹자(孟子)도 말했듯이 나라의 본, 주(主)는 절대 다수인 백성들인데 어찌 그들에게 힘이 없다 하겠소. 다만 배우지 못한 그들이기에 아직도 무엇이 옳고 그른가를 깨닫지 못하고 있는 것이 문제이지요."

"글은 누구나가 배우라고 있는 것인데 그들은 어찌하여 배우지 못했나요?"

성승은 알 수 없다는 듯 고개를 갸우뚱거렸다.

"하나 물어봅시다. 성 공께서는 아마도 대여섯 살 때부터 글을 배워 이때까지 책과는 잠시도 떨어져 있지 않았을 것인데, 5만 자 정도 되는 지금의 한자를 모두 알고 있겠지요?"

"이 아우는 이 나이가 되도록 40여 년 동안 책을 멀리해 본 적은 없었으나 부끄럽게도 절반도 알지 못하고 있습니다."

"언제나 글만을 읽을 기회가 주어진 선비 가문에 태어난 성 공께서도 그러한데 하물며 밤낮으로 농사에만 매달려야 하는 백성들이 언제 그 어려운 한자를 모두 읽힐 수가 있겠소. 또 요행히 글자를 몇 자 익혔다고 해도 무슨 수로 그 귀한 서책을 구해 볼 수 있었겠으며, 어찌어찌하여 많은 서책을 읽어 제법 탁월한 식견을 가졌다 해도 등용해 주지 않으니 무슨 소용이 있겠소. 이러하므로 사대부 자제는 사대부로 남게 되고 무식하고 돈 없는 백성의 자식은 무식하고 돈 없는 백성으로 남을 수 밖에 없지요."

"그렇다면 도저히 어쩔 수 없는 일이 아니외까?"

"아니외다. 두 가지 길이 있소이다. 첫째는 신분의 벽을 헐어 누구에게나 똑같이 뜻을 펼 수 있게끔 등용의 길을 열어 주는 방법이 있소이다. 이것은 현재의 사대부가 자기 잇속을 지키기 위해 시행하지 않을 것이고, 만약에 시행한다 해도 오랜 세월이 걸려야만 되는 길입니다. 두 번째

로는 누구나가 쉽게 익힐 수 있는 글자가 있다면 가능하지요."

"그렇군요. 그렇다면 이 조선 땅에도 한자를 처음 창안한 창힐 같은 성인(聖人)이 나타나야 하겠군요."

"성 공! 우리 동이족인 창힐이 사물의 모양을 본뜬 상형 문자의 일부를 고안해 낸 것은 사실이나 지금의 한자 모두를 만든 것은 아니라오. 오랜 세월 동안 상형문자를 근거로 중국인들의 생활, 철학과 사고 방식이 점철된 문자가 바로 5만여 자나 되는 지금의 한자라오. 이렇듯 민족의 모든 것을 담고 있는 그 나라의 문자는 어느 누구에게서 어느 날 갑자기 만들어지는 것이 아님을 말해 주는 것이외다."

"그러면 이도저도 안 되니 결국 우리에겐 희망이 없다는 말씀이군요?"

"허허, 성 공! 실망을 하기엔 너무 이르오. 다행히 우리에겐 조상님이 물려준 하나의 희망이 있다오. 이 몸이 오늘 성 공을 만나게 되어 삼문이를 맡게 된 것과 임금의 손때 묻은 물건 하나를 빌리려 하는 것도 그 하나의 희망 때문입니다. 그런데 지금 임금의 사주를 살펴본 저는 이 희망이 이뤄질 수 있다는 확신을 가지게 되었습니다. 자, 이제 새벽도 멀지 않았으니 이만 하기로 합시다."

성승은 당금 전하의 크고 밝은 뜻이 영원히 빛나게 되고 이 땅의 피붙이들마저 밝은 땅에서 주름을 펴고 살아갈 뿐만 아니라 잃어버렸던 옛 영화로움마저 되찾을 수 있다는 그 하나의 희망이 무엇인지 궁금했다. 그러나 당자가 밝히지 않은 일을 꼬치꼬치 캐묻기가 거북하여 더 이상 물을 수가 없었다. 멀리서 닭 우는 소리가 들려 오기 시작했다.

2월 스무하룻날 아침 무렵.

삼문의 몸은 어미의 부축을 받긴 했지만, 지긋지긋한 병석을 털고 일어날 수 있었다. 아들의 생기 있는 얼굴을 보고 온 성승은 부인을 불러 앉힌 다음 계집종 하니(荷坭)를 불러 앉혔다.

올해 스물다섯인 계집종 하니는 고려 유신의 후손이었다. 나라가 망하자 하루 아침에 노비의 신세로 떨어지게 된 그의 부모는 꽃 같은 딸을 낳자 그 이름을 하니(荷坭)라고 지었다. 언젠가는 진흙탕 같은 신세를 벗어나 그 아름다움을 활짝 피우라는 바람에서였다.

희고 갸름한 얼굴, 시원스러운 눈매에 초롱한 눈망울, 그리고 단아하게 곧은 콧날에 붉고 도톰한 입술, 이런 용모에서 한 가지 흠이라면 아직 만개하지 않은 연꽃처럼 초승달 같은 두 눈썹 사이가 언제나 찌푸려져 있다는 것이었다. 진흙[坭] 속의 연꽃[荷]. 하니는 열넷이 되던 해에 성승의 집으로 팔려 왔다. 나이가 들수록 더욱 아름다워져 가는 하니를 본 많은 사람들이 탐을 냈다. 집안의 젊은 사내들뿐만 아니라 그 집에 들르는 양반님네들마저 하니를 보고는 군침을 흘리며 입맛을 다셨다. 그러나 하니는 어떤 사내의 접근도 허용하지 않았다. 심지어는 적당한 사람을 골라 짝지워 주려는 마님에게조차 다부지게 말하였다.

"마님, 쇤네는 평생을 홀몸으로 살고 싶습니다. 제 뜻이 받아들여지지 않으면 쇤네의 이 몸은 이 세상에 없을 것입니다."

이런 하니를 두고 사람들은 입방아를 찧었다.

"하니에겐 처녀 귀신이 붙어 있어!"

"아니야, 총각 귀신이 붙어서 저 애를 딴 사내에게 못가게 막는 탓이래두."

"그런 소리 마. 저 아이는 여자 구실을 못하는 몸이든지 아니면 선천적인 석녀(石女)가 분명해."

그러나 성승의 부인만은 고고한 하니의 의중을 짐작하여 존중해주고 있을 뿐이었다.

소리 나지 않게 방문을 열고 들어온 하니가 다소곳이 앉으며 머리를 숙였다. 남색 치마에 노란 저고리를 입은 그 모습은 집안의 궂은 일을 하는 노비라고는 여겨지지 않을 만큼 우아했다.

'갑작스럽게 왜 이 애를 부르시는 게지? 혹시 후실로 삼아 경상도 땅으로 데려가시려는 심사는 아닐는지……'

성승의 부인은 하니와 남편을 번갈아 쳐다보았다. 평온한 듯 담담한 표정을 한 성승의 부인이었으나, 눈빛만은 싸늘한 본능의 빛이 역력했다.

잠시 동안 하니를 쳐다보던 성승이 입을 열었다.

"이 애, 하니야! 이제 네 나이 벌써 스물하고도 다섯. 음양의 이치를 알 만한 나이도 훨씬 지났건만 언제까지 혼자 지낼 참이냐?"

"……."

지엄한 주인 대감의 물음이건만 하니는 미동조차 없이 입을 닫고 있을 뿐이었다. 성승의 부인이 하니를 대신하여 침묵을 깼다.

"대감, 대감께서 직접 이러시는 것을 보니 저 애의 마음을 흡족하게 해 줄 자리라도 보아 놓으신 게로군요."

성승과 하니를 또 한 번 번갈아 쳐다본 성승 부인의 얼굴엔 여전히 같은 미소가 어렸다. 이런 아내의 얼굴을 본 성승은 싱긋 웃으며 딴소리를 끄집어 내었다.

"이 애, 하니야! 면천(免賤)되고 싶은 생각은 없느냐?"

성승의 이 말이 있자 돌부처 같던 하니의 몸도 흠칫 떨렸고, 내리 감았던 눈꺼풀이 번쩍 들렸다.

면천! 노비에겐 무엇과도 바꿀 수 없는 최고의 소망이 아니던가. 호의호식할 수 있는 종의 신분보다 비록 떠돌며 빌어먹더라도 자유롭게 살아가는 것, 이것은 기개와 절조를 지킨 고려 유신의 후손인 하니의 꿈이었다.

'나를 떠보시려는 겐가? 아니면 진심이실까? 진심이라면 대체 무엇 때문에……'

하니의 눈에서 놀람과 환희, 그리고 의혹의 빛이 한 줄기가 되어 흘러나왔다.

성승의 부인 역시 놀란 눈을 치켜뜨고 지아비를 쳐다보고 있었다.

두 사람의 크게 뜬 눈을 한 번씩 쳐다본 성승은 턱수염을 쓰다듬으며 엉뚱한 분부를 내렸다.

"이 애, 하니야. 내일부터 후원 별당에 삼문이의 스승 되시는 분이 기거할 터인즉, 네가 그분의 조석 수발을 맡도록 하여라. 그분은 훌륭한 어른이실 뿐만 아니라 내겐 더없이 귀한 분이시니 추호도 소홀함이 있어서는 안 되느니라."

성승이 내뱉은 생뚱맞은 말들은 결국 한 가지 일을 가리키고 있었다. 홀몸으로 떠도는 김 처사를 배려한 것으로 하니에겐 그것이 하나의 조건이었던 것이다.

말뜻을 알아들은 성승 부인의 얼굴에는 좀 전과는 다른 환한 미소가 피어올랐다. 총명한 하니 역시 성승의 말뜻을 알아들었다. 그러나 하니의 입에서는 여전히 아무 말도 나오지 않고 있었다. 성승 부인이 환한 미소와 함께 거들고 나섰다.

"얘, 하니야! 그분은 천한 신분도 아니신 데다가 학식이 깊으시고 풍모 또한 잘생기신 분이니 이제껏 기다린 보람이 아니고 무엇이겠느냐? 단 한 가지 나이를 좀 잡수신 것이 흠이긴 하나, 면천되는 것에 비하면 아무것도 아니지 않겠느냐?"

그제서야 하니의 입이 열렸다.

"대감 마님, 안방 마님! 그지없이 고마우신 말씀이오나 그분을 한 번 뵈온 후에 대답 드리면 아니 되올는지요?"

"그래, 그러도록 하여라. 나는 네가 좋다 하더라도 그분이 너를 받아들이지 않으실까 그것이 걱정이란다."

뒷걸음질로 방문을 열고 나가는 하니를 쳐다보며 성승은 또 한 번 턱수염을 어루만졌다.

이튿날 저녁 후원 별당 안에서는 노소 두 사람이 대면하였다. 큰 절을 올린 삼문이가 자리잡고 앉기를 기다린 김 처사가 입을 열었다. 첫 가르침이 시작된 것이다. 삼문의 나이 열여섯의 봄이었다.

"근보야! 너는 앞으로 어떤 삶을 살아가고 싶으냐?"

"스승님! 제자는 만사람에게 빛이 될 수 있는 삶을 살아가고 싶습니다."

"그래, 참으로 기특한 생각이구나. 그렇다면 어떤 것들을 갖춰야만 그런 삶을 살 수 있겠느냐?"

"예, 근면히 학문을 닦아야 하겠거니와 남다른 지혜와 용기를 갖춰야 하겠으며 항상 남을 먼저 생각하는 이타심이 있어야 된다고 생각하옵니다."

"참으로 훌륭한 대답이구나. 그러나 한 가지 제일 중요한 것이 빠져 있단다. 근보야! 무릇 만사람을 위할 수 있는 큰 일을 성취하자면 반드시 생사를 초월해야만 뛰어넘을 수 있는 난관이 도사리고 있는 법이란다. 그러므로 그것을 뒷받침할 강인한 정신력과 체력이 있어야 하지 않겠느냐. 그렇게 생각되지 않느냐?"

"스승님! 근보가 우둔하여 그것을 미쳐 생각지 못했군요."

"그래, 그렇다면 오늘부터는 이때까지 해 오던 글 공부는 잠시 덮어두고 강인한 심신을 만들 수 있는 공부를 하자꾸나."

"예, 본부대로 따르겠사옵니다."

"그러면 심신을 강하게 하는 원리부터 설명하기로 하겠다. 삼문아, 태극도를 본 일이 있으냐?"

"예, 음(陰)을 나타내는 파란 부분과 양(陽)을 나타내는 빨간 부분이 서로 똑 같은 힘의 비중으로 뒤엉켜 둥근 원(圓)하나를 이루고 있는 그림 말이지요."

"그렇다, 그 그림은 하나(一)라는 사물은 상반된 성질을 지닌 두 개의 것(二)이 서로 동등한 힘으로 균형을 이루고 있어야만 화합(和合)이 되어 원만한 하나를 이룰 수 있음을 나타내고 있단다. 즉, 양(陽)에 속하는 남(男)과 음(陰)인 여(女)가 그런 균형을 이루고 있어야만 화합된 가정을 이룰 수 있단다. 또 양(陽)인 군(君)과 음(陰)인 신민(臣民) 역시 그런 균형이 되어야만 원만한 세상을 이룰 수 있단다."

김 처사의 말이 여기에 이르렀을 때 삼문이 고개를 갸우뚱거렸다.

가정적으로는 부권(父權)의 완강함과 사회적으로는 남자(男子)의 절대적인 득세, 그리고 절대적으로 강한 임금의 힘만을 보아 왔고 그것이 당연한 질서인 것으로만 교육받아 온 삼문으로서는 평등을 이야기하는 김 처사의 말에 의아심을 가질 수 밖에 없었던 것이다.

이런 삼문의 의아심을 눈치챈 김 처사는 빙긋 웃음만 얼굴에 띄운 채 하던 말만을 계속 이어 갈 뿐이었다.

"소우주(小宇宙)인 우리 인간의 몸 역시 이런 음양 관계로 이뤄져있다. 즉 육체는 양(陽)이고 마음 작용은 음(陰)이 되며 윗부분과 체표(體表)가 양(陽)이 되면 아랫부분과 체리(體裏)는 음(陰)이 된다. 또 신장(腎臟)이 주관하는 수기(水氣)는 음이고 심장(心臟)이 주관하는 화기(火氣)는 양이 된다. 그러므로 건강과 강인한 몸을 만들기 위해서는 이런 음양을 조절하여 조화(造化)를 이루어야만 한다. 그러기 위해서는 호흡을 깊고 길게 또 고르고 가늘게 하여 마음을 편하게 한 후, 이 마음으로 신체의 각 부분과 몸 전체를 관조하는 공부가 필요하다.

자, 평발을 치고 허리를 편 후 고개를 약간 숙인 채로 반 눈을 뜨거라. 그런 다음 혓바닥은 입천장에 살짝 갖다 대고 조금 전 얘기한 대로 숨을 쉬며 호흡수를 헤아려 보아라."

김 처사의 선도양생법문(仙道養生法文)을 들은 삼문은 스님처럼 자세를 틀고 앉았다.

"그래, 그렇게 하는 거다. 그렇지만 어깨 힘을 더 빼야 하고 손바닥 쪽이 하늘로 향하도록 놓아야 한다. 그리고 명심해야 할 것은 매일 아침 빠뜨리지 않고 수련해야 하느니라."

해거름의 방 안은 먼동 트는 새벽녘처럼 흐릿했다. 그 속에 허연 구름덩이 하나가 머물고 있었다. 하니의 눈에 얼핏 들어온 김 처사의 첫 모습이었다.

저녁상을 내려 놓은 하니는 등잔에 불을 밝혔다. 뚜렷한 인기척이 있음에도 정좌한 김 처사의 눈은 떠지지 않았다. 상머리에 앉아 흐트러진 수저를 바로 놓으며 하니는 김 처사를 훔쳐봤다. 하얀 머리 칼에 둘러싸인 이목구비가 뚜렷한 홍안이었다. 그 중 두 개의 눈은 감겨 있으나 작게 뜨고 있는 듯이 보이는 세 번째 눈이 마치 무아(無我) 속에 빠져 있는 육신을 지키고 있는 것 같았다. 일렁이는 등잔불 속의 그 모습은 신비감마저 느끼게 했다.

'암흑의 세계를 꿰뚫어 보며 요사스런 악귀들을 때려잡는다는 전설 속의 삼안신(三眼神) 같은 모습이로군. 이런 분이니 그 누구도 고치지 못했던 삼문 도련님의 괴질을 간단히 고칠 수 있었을 테지.'

순간, 세 번째 눈이 자신을 바라보는 것으로 보여 하니는 깜짝 놀라 젓가락을 떨어드렸다. 상 위에 젓가락이 떨어지는 소리에 김 처사가 눈을 떴다. 하니와 김 처사의 눈이 맞닿았다. 잠시 김 처사의 눈빛이 흔들리는 것을 하니는 느꼈다.

'아무리 삼안신 같고 산신령 같은 분이라 해도 이분 역시 그저 한 사람의 사내일 따름. 그런데 어째서 대감께서는 저 나으리가 돌부처라도 되는 듯이 말씀하셨을까?'

"오늘부터 나으리의 시중을 들게 된 하니라 하옵니다."

하니는 재빨리 고개 숙여 인사를 하며 눈빛을 피했다.

"누, 누구시라고?"

"오늘부터 나으리의 시중을 들 계집종 하니라 하옵니다. 저녁 진지를 보아 왔으니 어서 진지를 드십시오."

하니는 또박또박 다시 한 번 대답하였다.

그제서야 김 처사는 평온을 되찾고 수저를 들었다. 그러나 식사 도중 때때로 망연한 눈빛으로 하니를 쳐다보곤 했다. 밥상을 들고 나가는 하니의 발걸음은 가볍다 못해 날아가고 있었다. 출생마저 자신의 의지와는 상관없이 남의 의사에 의한 것이었으나, 이제야 비로소 자유의 몸이 될 수 있다는 희망이 하니를 온통 사로잡았다. 하니가 동경하던 구속받지 않는 인간다운 삶이 눈 앞으로 다가온 것 같았다.

　'인품이야 나으리가 인정하시니 어련하실 테고, 풍모는 저만하면 되었으나 마님의 말씀대로 나이가 내 아버지뻘이 아닌가? 이를 어쩌냐? 하긴 당장 결정하지 않고 두고두고 저분을 살피다 결정해도 될 일. 그래 그렇게 하도록 하자.'

　하니가 펼쳐 주고 간 이부자리에 든 김 처사 역시 잠을 이루지 못하고 있었다. 바라보아도 그리워만 가는 얼굴, 영원히 다시 볼 수 없기에 가슴 속에 사무치는 그 모습. 영혼 깊은 곳에 새겨진 그 모습이 꿈결처럼 홀연히 나타난 것이었다. 처음에는 꿈인 줄 알았다. 그러나 꿈이 아니었다. 그 대신 꿈에서만 볼 수 있는 그 사람도 아니었다. 몸, 동작과 신분, 그리고 목소리마저 흡사한 다른 사람이었다.

　'아아…….'

　긴 세월 속에 묻혀 있던 아련한 기억들이 시퍼렇게 날을 세우고 김 처사의 가슴 속을 난도질해 왔다.

3

천하 장사 두 사람

김 처사가 삼문이를 가르치기 시작한 지 열흘쯤 된 어느 날. 여느 날처럼 김 처사가 팥죽집 옆 공터에 자리를 펴고 앉자마자 팥죽집에서 기다리던 주모가 쪼르르 달려왔다.

"아니 무슨 일이 있었소이까? 얼굴이 어찌 그 모양이오?"

통통 부어 오른 눈두덩과 퍼렇게 멍든 주모의 얼굴을 쳐다본 김처사가 걱정스런 말투로 입을 열었다.

그러자 주모는 치맛자락으로 '힝'하고 코를 한 번 푼 다음 울먹이는 목소리로 말했다.

"도사 어른! 나리님이 있고 법이 있다는 이 세상에 어찌 이런 일이 있을 수 있겠습니까? 도대체 이 일을 어떻게 해야 하나요?

여기까지 말을 한 주모는 북받쳐오르는 억울함에 목이 메는지 더 이상 말을 잇지도 못하고 코 눈물을 훌쩍거렸다.

"자, 마음을 가라앉히고 차근차근 말씀해 보시오. 그래야 무슨 대책이 나오질 않겠소?"

질펀해진 눈물과 훌쩍거리던 콧물을 치맛자락으로 닦아 낸 주모는 제 애비에게 하소연하듯 말했다.

"어르신의 말씀대로 그 송장을 남산 양지바른 곳에 묻어 주고 난 다음부터 우리 주막은 시도 때도 없이 몰려드는 손님들로 붐비기 시작했습죠. 이렇게 몇 년만 지나면 우리같이 천한 것이 논도 사고 밭도 사고 남부럽지 않게 떵떵거리며 살 수 있겠구나 하고 생각한 쇤네 부부의 얼굴엔 웃음꽃이 질 줄 몰랐지요.

그러던 며칠 전이었습죠. 앞니 몇 개가 빠져 힙죽해진 주둥이를 지닌 어떤 작자가 쇤네의 서방을 찾는 것이었습니다. 궐자는 순돌애비에게 주막의 전 주인에 대한 행방과 쇤네들이 주막을 사게 된 연유와 치른 값까지도 꼬치꼬치 캐물질 않겠습니까요. 순돌 애비는 있는 그대로, 아는 그대로 모두 말해 주었지요. 손님들도 꽉 찬 주막을 힐끔힐끔 둘러보고 절룩거리며 나갔던 궐자가 어제 저녁에 또 찾아왔습죠. 이 저자 바닥에 한 번씩 눈에 띄곤 하던 왈짜 녀석들과 함께 말입니다. 눈을 딱 부라리고 들어온 궐자는 검은 글자가 쓰여진 하얀 종이 한 장을 내밀며 말했습죠.

'이 주막은 전 주인인 박 아무개에게 내가 쉰 냥을 주고 산 것이니 내 주막이야. 여기 그 증서가 있어. 그러니 사흘 안으로 이 주막을 비우고 떠나가.'

아닌 밤중에 홍두깨 같은 소리를 들은 저희 부부는, 분명히 전 주인에게 스무 냥을 주고 샀으니 그럴 수는 없다고 맞섰지요. 그랬더니 코웃음을 한 번 친 궐자는 '그렇다면 사고 판 증서를 내놓아 봐.' 하질 않겠습니까.

어르신이 잘 아시다시피 선비도 벼슬아치도 아닌 몸으로 태어난 쉰네들이 어찌 문자를 알아 증서를 만들 수 있었겠습니까요. 그래서 그런 것은 없다고 했지요. 그랬더니 대뜸 순돌 애비의 뺨을 한 번 후려친 궐자가 이빨 없는 잇몸을 드러내며 고함을 질렀지요.

'얘들아! 증서도 없는 이것들이 감히 남의 재산을 가로채려 하는구나. 매운 맛을 보여 주어라.'

이렇게 되어 쉰네의 얼굴은 요 모양이 되었고 순돌 애비는 기신도 못하고 누워서 끙끙 앓고만 있습니다요. 어르신! 이 억울한 일을 어찌하면 좋겠습니까요."

"관부(官府)에는 찾아가 보지 않았소이까?"

눈을 껌벅이며 듣고 있던 김 처사가 물었다.

"가 봤습죠."

"뭐라고 합디까?"

"관부에서도 그 왈짜처럼 '증서가 있느냐, 증인이 있느냐.' 하고 묻습디다. 그래서 그런 것은 없다고 하자 그러면 어쩔 수 없다며 남의 일처럼 고개를 돌립디다."

한숨만 내쉬며 가슴을 치고 있는 주모의 얼굴을 잠시 동안 쳐다보고 있던 김 처사는 품 속에서 산통을 끄집어 내었다. 눈을 감고 무어라 중얼거리며 산통을 흔들어 점괘를 뽑아 본 김 처사의 얼굴에 기쁜 빛이 살짝 떠올랐다.

"주모, 옛말에 호랑이 굴에 들어가도 정신만 똑바로 차리면 살아날 수 있는 길이 있다 했소. 자, 정신을 수습하여 내가 말하는 것을 잘 듣도록 하시오.

내일 인시(寅時, 새벽 3시~5시)에 숭례문이 열리는 것을 기다렸다가 맨 처음으로 성 밖으로 나가시오. 그런 다음 성문 앞에 엎드려, '범아! 범아! 흉악한 범아! 산중도 아닌 민가에서 밤도 아닌 대낮에 사람을 함부로 상하게 하다니 어찌 그리 무도하냐.' 고 외치며 통곡을 하고 있도록 하시오. 그러고 있노라면 말을 타고 활을 멘 어떤 사람이 다가와 어인 연유로 그러고 있느냐고 물을 것이오. 주모! 그 사람이야말로 범을 잡는 사람으로서 주모의 일을 해결해 줄 귀인(貴人)이니 꼭 매달려서 자초지종을 말하도록 하시오."

김 처사의 이 말을 들은 주모의 푹 꺼진 눈두덩 속에서 밝은 빛이 떠올랐다. 주모는 열 번도 더 되게 머리를 조아린 후 주막으로 돌아갔다.

'거참 이상하지. 남의 점괘에 어찌 이리도 내 가슴이 설렌단 말인가, 어디 나와 이 일이 어떤 연관이 있는지 점괘나 한 번 뽑아봐야 겠군.'

주모의 종종걸음을 지켜보던 김 처사는 고래를 갸우뚱거리며 다시 한 번 산통을 흔들어 점괘를 뽑았다.

"음, 유혼환골(遊魂還骨)에 낙엽귀근(落葉歸根)이라. 이것은 떠돌던 혼백은 시신(屍身)의 뼈로 되돌아오고 낙엽은 뿌리로 되돌아간다는 말인데 도대체 무슨 뜻일까……."

김 처사는 눈을 감고 알쏭달쏭하기만 한 자신의 점괘를 더듬어 보았다.

이튿날.

신시(申時 오후 3시~5시) 무렵이었다. 손을 비비며 바깥쪽으로 목을 빼고

힐끔거리는 주모의 눈동자 속으로 어떤 얼굴이 비쳐들었다. 하지만 일구월심으로 기다리던 사람이 아닌, 두 번 다시 보고 싶지 않은 궐자의 모습이 나타났다.

"아니 이것들이 뒈질려고 환장을 했나, 아직도 이곳에서 얼쩡거리고 있다니, 얘들아! 이 연놈들의 간이 배 밖으로 나온 모양이다. 어디 얼마나 간덩이가 큰지 보게 복날 개 잡듯이 패 주어라."

주막으로 들어서기가 무섭게 내지르는 궐자의 목소리가 미쳐 끝나기도 전에 뒤따라온 동패들은 소매부터 걷어올렸다. 탁, 우지끈 와장창 그들의 발길질에 탁자가 나자빠지고 술방구리와 뚝배기들이 이리저리 춤을 추며 떨어졌다. 그러자 술과 국밥을 먹고 있던 대 여섯 명의 장꾼들은 기겁을 하며 문 밖으로 허겁지겁 내뺐다.

이렇게 한바탕 순돌네의 혼쭐을 빼 놓은 왈짜들은 오돌오돌 떨고만 있는 순돌네에게 팔자걸음으로 다가갔다. 주모의 두 다리는 후들후들 떨렸고 봉놋방 문턱에 엉덩이를 얹고 있던 순돌 애비의 얼굴은 새파랗게 질려 버렸다. 다가온 왈짜 중의 한 명은 주모의 머리채를 우악스레 감아쥐고 패대기를 치려 하고 또다른 궐자의 한 손은 쭈그리고 앉아 있는 순돌 애비의 상투를 휘어잡은 채 이제 막 무릎치기를 올려붙이려 했다. 그때였다. 난데없이 우렁우렁한 목소리가 불쑥 튀어 나온 것이다.

"햇범(虎)인 줄 알았더니 한 줌도 안 되는 살괭이 몇 마리가 겁도 없이 설쳐 대고 있구마."

이건 또 웬놈이냐는 듯 쳐다보는 왈패들의 눈에 비웃는 듯한 눈초리로 자신들을 쏘아보고 있는 어떤 잘생긴 사내의 모습이 들어왔다. 큰 키에 떡 벌어진 가슴을 지닌 20대 초반의 사내였다. 행전을 친 발에는 갓신을 신었으며 맨머리에 빨간 비단 머리띠를 동여맨 폼이 활터에 나온 한량 같기도 했고, 짐승 잡으러 나온 사냥꾼 같기도 했다.

"웬놈이 남의 밥상에 국 놓아라, 나물 놓아라 끼어들다니 뼈다귀가 부러지고 싶어 안달이 난 모양이군. 얘들아! 이 할 일 없는 작자의 다리뼈부터 댕강 분질러 준 다음에 그 연놈을 닦달하기로 하자."

궐자는 이글거리는 눈과 유달리 붉게 빛나는 사내의 머리띠를 노려보며 호기 있게 소리 쳤다.

"성님, 저 작자의 다리뼈보다 계집같이 해사한 저 얼굴부터 묵사발로 만들어 버려야지요."

장단을 맞춘 텁석부리 왈짜의 손이 땅바닥에 뒹굴고 있는 술방구리를 집어들었다. 술방구리를 흔들며 사내 앞으로 다가간 텁석부리의 손이 번쩍했다. 마침내 '퍽'하는 소리와 함께 피가 튀고 으깨진 얼굴을 감싼 젊은 사내가 비명을 내지르고 꼬꾸라질 참이었다.

그러나 '헉' 하는 바람 빠지는 소리와 함께 싱겁게 픽 쓰러진 것은 텁석부리였다. 벼락같이 내려쳐 오는 술방구리를 슬쩍 피하면서 내지른 사내의 발길질 한 번에 그렇게 된 것이다. 순식간에 앞니가 몇 개 빠진 왈짜는 비로소 또 한 번 더 된놈을 만나게 된 것을 깨달았다. 그는 재빨리 품 속에 있는 쇠도리깨를 꺼내 들고 휙휙 휘두르며 소리 쳤다.

"흥, 고만한 재간을 믿고 겁도 없이 남의 밥상에 끼어들었군, 어디 이 어른의 쇠도리깨 맛 좀 보아라."

비록 어리숙하게 구는 주막의 전 주인을 얕잡아 본 탓으로 그의 평양박치기 한 방에 그만 앞니가 몽땅 부러지고 갈비뼈까지 상하게 된 창피를 당했지만 그래도 그는 맵다고 소문난 왈짜였다. 특히 그의 쇠도리깨

솜씨는 사납고 정교하여 함부로 대적하는 자가 없었다. 시커먼 얼굴에 송곳니를 드러내고 쇠도리깨를 휘두르는 그의 악랄한 모습 때문에 흑호(黑虎)라는 별명까지 얻은 왈짜였다.

흑호가 먹이를 노리는 산짐승처럼 사내의 틈을 노리고 다가가자 나머지 한 왈짜도 품 속의 비수를 꺼내 들고 협공의 태세를 갖추었다. 두 왈짜는 피 맛을 본 승냥이처럼 사내에게로 점점 다가섰다. 이쯤이면 어느 누구든 겁을 먹거나 긴장하여 방어 태세를 갖출 만한데, 젊은 사내는 태연하기만 했다. 그뿐만 아니라 팔짱을 끼고 입가에 웃음기마저 내보이고 있는 사내의 모습은 두 왈짜를 비웃고 있는 듯했다.

'저 자식이 감히 이 흑호를 우습게 여기고 있군, 어디 맛 좀 봐라.'

왈칵 결기가 치솟은 흑호는 사내의 뒤쪽으로 칼을 겨누고 있는 동패에게 눈짓을 한 다음 사내의 목어림을 향해 쇠도리깨를 힘차게 내리쳤다. 이와 동시에 사내의 뒤쪽에 있던 왈짜의 칼도 '번쩍'하는 빛을 토해 내며 사내의 등을 노리고 짓쳐들었다.

이 순간 사내는 흑호 쪽으로 한 걸음 내디디며 왼손으로 날아드는 쇠도리깨 손잡이를 잡았다. 그런 후 오른손으론 흑호의 목덜미를 '탁' 치며 빙글 몸을 돌려 흑호의 뒤쪽으로 가 버렸다. 그러자 뒤에서 달려들던 왈짜의 칼은 목표를 잃고 동패의 배를 노리고 들어갔다. 목덜미를 얻어맞아 정신이 아찔해진 흑호는 자기의 배를 파고들려는 동패의 번쩍이는 칼을 봤다. 이미 기력이 빠져 버린 몸으로는 어떻게 해 볼 도리가 없었다. 동공만이 커다랗게 벌어져 있었다. 그러나 그 속으론 아무것도 들어오지 않고 그저 캄캄할 따름이었다.

이제 죽는구나 하는 그때였다.

맥 풀린 그의 몸뚱이가 젊은 사내의 손에 떼밀려 옆으로 쓰러지는 것을 느꼈고, 곧 이어 불에 덴 듯한 화끈한 통증이 옆구리 쪽에서 느껴졌다. 칼날은 아슬아슬하게 복부를 비껴나 옆구리 바깥 살점만을 찢어 버린 것이다. 엉뚱하게도 동패를 찌를 수밖에 없었던 왈짜의 이마에서는 땀이 배어 나왔다.

'아차, 이것 잘못되었구나.'

이 생각으로 칼 든 손만 부르르 떨고 서 있던 왈짜의 눈에 불이 '번쩍' 했다. 그렇게 느낀 순간 왈짜는 흑호의 옆으로 쓰러져 뻗어버렸다. 어쩔 줄 모르고 멍하니 있던 왈짜의 턱주가리에 젊은 사내의 돌 같은 주먹이 내리꽂힌 것이다.

일 같잖게 운종가 일대에서 내로라 하며 설치고 다니던 왈짜 세놈을 때려눕힌 젊은이는 아직도 부들부들 떨며 가슴만 내리 쓸고 있는 주모를 불러 술 한 대접과 냉수 한 바가지를 청했다. 주모가 부리나케 떠다 준 냉수 한 바가지를 끼얹어 왈패들을 깨운 젊은이는 술 한 잔을 마신 후 흑호의 쇠도리깨를 집어들었다.

그는 집어든 쇠도리깨의 철편(鐵片)을 두 손으로 뚝뚝 분질러 가며 말했다.

"이놈들아, 불알 달린 사내라카은 심(힘)은 쓸 데 쓰야 하는기라. 사내가 사내답지 몬하고 약한 사람들이나 해꼬지 할라카은 그 불(자지)은 무엇 하러 달고 다니노. 내 오늘 쓸데없는 너거들 불(자지)을 잘라 똥개한테 멕일란다."

이렇게 투박한 경상도 말로 한 마디 한 젊은이는 떨어져 있는 왈패의 비수를 집어들고 세 놈의 아랫도리를 도려 낼 듯 으름장을 놓았다. 아직도 맥이 통하지 못한 몸으로 누워서 눈만 껌벅거리고 있던 왈패들은 자신들의 바지를 까 내리면서 으름장을 놓는 젊은이의 서슬에 등골이 오싹해졌다. 칼을 들고 자기의 알사추리를 더듬는 젊은이의 손길을 느낀 텁석부리는 끝내 제 양물(陽物)에서 한 줄기 지린내 나는 오줌을 찔끔 내갈기고 말았다.

"나으리, 무엇이든 분부대로 따를 터이니 제발 그것만은……."

새파랗게 질린 왈패들의 크고 작은 입에서 똑같은 소리가 동시에 흘러 나왔다.

"그래, 그렇다믄 앞으론 이 주막엔 얼씬도 안 할 것을 약속하겠능가?"

"예예, 나으리, 그것만 그대로 둔다면 이 주막엔 얼씬도 않겠소."

그들은 힘 빠진 손으로 오그라든 자기들의 불거진 살덩이를 가리며 죽어 가는 목소리로 말했다.

"조타, 내 느거들 말을 믿고 오늘은 이만 할끼다. 그러나 만일에 약속을 어긴다면 내 틀림없이 느거들을 찾아 내어 불을 자르고 불알마저 까버릴끼다. 알아들었나?"

순식간에 세 왈짜가 맥을 못추고 고분고분해지자 멀찌감치에서 기웃거리던 저자 사람들과 구경꾼들은 제법 주막 문 앞으로까지 다가와 눈을 껌벅이며 구경을 했다.

이때 '저리 비켜.' 하는 소리와 함께 술방구리를 손에 들고 앞가슴을 풀어헤친 왈짜풍의 엄장한 사내가 구경꾼을 헤치고 들어섰다. 헤 벌린 입에서 술내를 풍겨 내며 팔자걸음으로 들어서던 사내의 시선이 낭패한 행색으로 설설 기고 있는 세 왈짜에게 머물렀다. 사내는 깜짝 놀란 표정으로 세 왈짜와 잘생긴 젊은이를 번갈아 쳐다보더니 슬며시 등을 돌려 주막 밖으로 나가 버렸다.

비틀거리는 발걸음으로 구경꾼들의 등 뒤에까지 은 사내는 언제 술이 취했느냐는 듯 부리나케 어디론가 달리기 시작했다. 왈패들에게 몇 차례 더 엄포를 놓고 다짐을 받은 젊은이는 그들을 놓아 준 후 엎드려 절만 하고 있는 주모에게 말을 건넸다.

"주모요, 저놈아들이 오늘 그만큼 혼쭐이 났으니 이후부턴 아무 탈 없을끼요. 그런데 주모는 우째서 관부(官府)에 알리지 않고 꼭두새북에 소복을 하고 하필이면 범아!범아!하며 통곡을 하고 있었능교? 남달리 그런 일을 하게 된 연유를 말해 보소."

"나으리, 여기서 멀지 않은 곳에 계시는 도사님께서 그렇게만 하면 활을 메고 말을 탄 귀인을 만나 이 일이 잘 해결될 것이라고 일러 줬습죠. 그래서 쇤네는 그렇게 했을 뿐입죠."

"그렇능교? 그라믄 그 도사란 분에 대해서 아는 것이 있으믄 좀더 자세히 말해 보소."

주모는 자기가 경험한 사실과 주위 사람들에게 주워들은 얘기들을 말하기 시작했다.

입에서 침을 튀기고 손짓 발짓까지 해 대며 졸졸 내뱉는 주모의 태도는 벌벌 떨고만 있던 아까와는 전혀 딴판이었다. 오늘의 일에 대한 궁금증과 요 근래 머리 속에서 오락가락하는 풀리지 않는 의문 하나를 지니고 있는 젊은이는 주모가 말하는 신통한 점쟁이를 한 번 만나보고 싶어졌다.

"주모요, 그 도사 어른한테 내 좀 안내해 주소."

주모는 오리궁둥이를 삐죽거리며 앞장을 섰다. 점쟁이는 이제 막 점판을 걷고 팥죽집 안으로 들어가고 있었다.

"어르신!어르신"

종종걸음으로 달려가며 외치는 주모의 목소리는 점쟁이의 몸을 돌려세웠다. 주모와 함께 다가간 젊은이는 점쟁이의 얼굴을 뚫어지게 쳐다보았다.

닮았다. 이마 중앙에 있는 가로로 찢어진 깊은 흉터 하나만 빼고는 눈, 코, 입, 그리고 얼굴 윤곽까지 모두 닮았다. 점쟁이의 얼굴은 백두산에서 벗으로 사귄 바로한과 너무나 닮았던 것이다. 점쟁이 역시 강한 시선을 보내는 젊은이를 마주 쳐다봤다.

이때 나지막하나 힘 실린 낯선 목소리가 두 사람 사이로 불쑥 파고 들었다.

"이것 봐! 사람을 상하게 했으면 그 대가를 치러야지."

흘낏 뒤를 돌아본 젊은이의 눈에 깍지통 같은 허리에 두툼한 가슴팍을 지닌 칠척 장신의 사내가 들어왔다.

시커먼 얼굴에 부리부리한 눈을 부릅뜨고 서 있는 거한의 모습은 커다란 흑곰 같았다. 좀체 보기 드문 거한에게서 엄청난 힘을 느낀 젊은이는 어깨 위로 드리워진 빨간 머리띠의 끝자락을 쓰다듬으며 아랫배에 힘을 주고 자세를 가다듬었다.

"사내라카믄 심을 어디다 쓰야 되는지 가르쳐 준 것일 뿐 나는 함부로 사람을 상하게 한 적은 없다. 못난 사내들하고 같이 온 것을 보니 자네 역시 한 수 가르침을 받으러 온 것 같구마." 조금도 기가 죽지 않고 대뜸 하대로 대꾸하는 젊은이의 말이 떨어지자 곰 같은 거한의 짙은 눈썹이 꿈틀했다. 거한은 아무런 준비 동작 없이 팥죽집 문 옆에 앉아 있는 돌절구를 두 손으로 잡았다.

'끙' 하는 소리와 함께 사오백 근 되어 보이는 돌절구는 거한의 머리 위로 쳐들렸다. 주위에서 기웃거리던 사람들의 눈들이 모두 크게 떠졌다. 돌절구를 번쩍 쳐들고 잠시 동안 젊은이를 노려보던 거한은 '이얍' 하는 기합 소리와 함께 돌절구를 '확' 던졌다.

구경 나온 삼문과 하니의 눈도 둥그레졌다.

삼문은 새로 생긴 스승이 어떤 일을 하는지 호기심이 동하여 어머니의 심부름을 자처해 하니와 함께 스승이 있다는 운종가로 나왔다. 그러던 참에 마침 김 처사의 앞에서 벌어진 이 뜻하지 않은 싸움을 구경하게된 것이다.

돌절구는 젊은이를 피떡으로 만들 것처럼 육중하게 날아들었다.

"어억."

구경꾼들의 입에서 저도 모르게 비명이 터져 나왔다. 마음 약한 사람들은 눈까지 질끈 감았다. 그러나 사람들의 입에서는 '햐아' 하는 더 놀란 외마디 소리들이 흘러 나왔고 손뼉 소리까지 나왔다. 피떡이 될 것으로 상상되었던 젊은이는 빙긋 웃으며 날아오는 돌절구를 두 손으로 살짝 받아 얌전하게 한 편에 세워 놓았다. 이것을 본 거한의 눈썹이 아까보다 더 심하게 꿈틀거렸다.

마침내 거한은 젊은이 쪽으로 뚜벅뚜벅 다가갔다. 그리고는 갈퀴 같은 두 손을 벌려 젊은이의 목덜미를 움켜잡으려 했다. 젊은이도 가만 있지 않았다. 젊은이는 날쌔게 두 손을 쳐올려 목덜미 쪽으로 다가온 거한의 두 손을 막아냈다. 맞닥뜨린 두 손들은 허공 중에서 밀고 밀리며 서로 으르렁거렸다. 잠시 후 두 사람의 목줄 옆으로 파란 핏줄이 선명하게 돋아났으나 누구도 우세를 차지하지 못했다. 두 사람의 뚝심은 그야말로 난형난제였다. 좀처럼 만나기 힘든 맞수를 만난 것이다. 힘 겨루기를 하고 있는 두 사람 역시 속으로 매우 놀라고 있었다.

'이대로는 끝이 나지 않으니 다른 수를 써야 되겠군.'

두 사람의 머리 속에서 이런 생각이 떠오를 때였다.

"여기서 이럴 게 아니라 장소를 옮겨 우열을 가림이 어떻겠나?"

이 말과 함께 두 사람 곁으로 다가온 점쟁이는 엉겨붙은 두 사람의 팔을 하나씩 잡고 양옆으로 벌려 놓았다. 연약해 보이는 중늙은이의 힘이라고는 생각할 수조차 없는 엄청난 힘이었다.

두 장사의 눈에는 도저히 믿을 수 없다는 경탄의 빛이 서려 있었다. 놀라기는 구경꾼 역시 마찬가지였다. 그렇지만 삼문만은 당연하다는 듯한 눈빛으로 어깨를 으쓱거리며 하니를 쳐다봤다. 입을 딱 벌린 하니의 얼굴엔 미미한 홍조가 일어나고 있었다.

이렇게 두 사람을 떼어 놓은 김 처사는 약간 머쓱한 표정을 짓고 있는 두 사람에게 말했다.

"여기서 끝까지 이러다간 고래 싸움에 새우 등 터지는 격이 될 터인즉 아무도 없는 저 남산 꼭대기로 올라가 자웅을 가려 보는 것이 좋을 듯하이. 내가 두 장사의 공정한 증인이 되어 줌세, 어떤가?"

두 사람의 머리가 끄떡하자 김 처사는 다시 한 마디 했다.

"힘에는 여러 가지가 있으니 먼저 다리 힘부터 겨루어 보게. 내가 손뼉을 딱 치면 자네들은 저 남산 꼭대기로 달려가게. 먼저 닿는 사람이 이기는 것이네."

좀처럼 만나기 힘든 좋은 맞수를 만난 두 사람의 호승심은 이 점쟁이의 제안을 마다할 까닭이 없었다.

그들은 점쟁이의 손뼉 소리가 '딱' 하고 들려 오자 남산 쪽으로 냅다 뛰기 시작했다. 두 사람은 뒤를 돌아볼 틈도 없이 앞만 보고 뛰기만 했다. 남산으로 들어선 그들의 몸은 우거진 수풀을 헤치기도 했고 끊어진 벼랑 저쪽으로 뛰어넘기도 했다. 길이고 길 아니고를 가릴 겨를도 없이 그저 맞수보다 더 빨리 닿아야 한다는 일념으로 꼭대기를 향해 달리기만 했다. 이쪽저쪽에서 죽어라고 달려 올라가는 그들의 눈 앞에 목표 지점이 나타났다. 약간의 거리를 두고 달려 올라가는 그들의 눈은 약속이나 한 듯이 똑같이 동그랗게 떠졌고 입은 저절로 벌어졌다. 목표 지점인 남산 꼭대기 큰 소나무 밑에는 자기들 뒤에서 손뼉을 쳐 준 점쟁이가 앉아 있었던 것이다.

참으로 모를 일이었다.

'뒤따라오는 기척도 없었던 늙은 점쟁이가 어떻게 젊은 자기들보다 한참이나 먼저 와 있을 수 있단 말인가. 날개가 달리지 않은 다음에야 있을 수 없는 일이 아닌가. 혹시 저 늙은이는 전설로만 들어 본 축지법을 쓴 것이 아닐까. 조금 전에 우리 두 사람을 갈라 놓던 엄청난 그 힘과 이 일을 결부시켜 보면 저 늙은이는 분명 전설의 차력(借力)축지법을 익힌 것이 분명해. 그렇지 않고서야 결코 있을 수 없는 일이지. 그렇다면 저자 바닥에서 점이나 치는 저 늙은이는 신비롭고 무서운 힘을 감추고 있는 이인(異人)이 분명해.'

두 사람의 머리 속에는 이런 생각들이 똑같이 떠올랐다. 그러자 그들의 불꽃 같은 투지는 저절로 사그라들기 시작했고 다리에서는 힘이 빠졌다. 맥빠진 걸음으로 다가와 땀을 닦는 그들을 향해 김 처사는 빙긋 웃으며 말했다.

"우선 앉아서 한숨부터 돌리기나 하게."

두 사람이 씩씩거리며 여기저기로 떨어져 앉아 서쪽 노을을 바라보고만 있자 김 처사는 미리 준비해 두었던 큰 구들장만한 넓적한 돌덩이 두 개를 가리키며 입을 열었다.

"두 사람의 각력(脚力)은 어금버금하여 확실한 우열이 나타나지 않았네. 그러니 요번에는 주먹의 힘으로 승부를 내 보게. 자, 각자 하나씩 골라잡고는 주먹으로 쳐서 그 돌을 깨 보게."

분명 젊은이가 한 걸음 더 빨랐지만 검 처사는 무승부라 판정을 한 것이다. 그러나 그 두 사람은 아무도 그 판정에 이의를 제기하지 않았다. 자신들과 상대도 안 되게 빠른 속도로 달려와 있는 늙은이를 본 그들은 형편없는 자신의 각력을 가지고 왈가왈부할 의욕이 나지 않았던 것이다. 그렇지만 돌을 안겨 주며 승부를 부추기는 김 처사의 태도에 왁칵 결기가 치솟은 두 사람은 아무거나 하나씩 돌을 골라 주먹을 쳐들었다.

두 사람 모두 주먹에는 한가닥 자부심을 갖고 있었다. 젊은이는 이미 열네 살 되던 해에 큰 산돼지의 골통을 주먹으로 내리쳐 잡은 일이 있었다. 그리고 궐자는 나이 스무 살에 황소의 골통을 깨부순 일이 있었다. 두 사람은 호흡을 가다듬고 '야잇' 하는 기합과 함께 돌을 향해 주먹을 내리쳤다. 젖 먹던 힘까지 다 짜내어 내리쳤지만 널찍한 돌덩이는 그대로였다. 두 번 세 번 내리쳤다. 주먹이 부어 오르고 피가 흘렀다. 그래도 돌은 두 쪽으로 갈라질 기미조차 없었다.

"이젠 그만 되었네."

그런 그들을 말린 김 처사는 '얍' 하는 한 소리와 함께 손바닥으로 그

돌 중 하나를 탁 쳤다.

'팍' 하는 소리와 더불어 그렇게 완강하기만 하던 돌덩이가 마른 엿가락처럼 두 쪽으로 깨졌다. 그야말로 일 같지 않게 큰 돌덩이 하나를 쪼갠 늙은이는 한 오륙십 근 정도 되어 보이는 또다른 돌덩이를 집어들고 몸을 솟구쳤다. 젊은 두 사람의 동공이 크게 열렸고 입은 멍청하게 벌어졌다. 휙 솟구쳐 오른 늙은이의 몸은 큰 소나무 꼭대기 위쪽까지 올라간 것이었다. 두 사람 역시 어지간한 담장 정도는 쉽게 뛰어넘을 수 있는 용력을 지니고 있었으나 마치 학처럼 날아오르는 이런 도약은 처음 보는 것이었고 감히 흉내조차 낼 수 없는 재간이었기 때문이었다. 빙그레 웃으며 아래로 내려선 늙은이 앞에 두 사람은 약속이나 한 듯 무릎을 꿇었다.

"어르신! 태산을 옆에 두고 작은 봉우리들이 서로 키 자랑을 한 셈이 되었군요. 참으로 부끄럽습니다."

"어르신! 오늘에야 비로소 이 작은 눈이 크게 떠졌심다. 앞으로 많이 가르쳐 주시이소." 평소 힘 하나만은 어느 누구에게도 지지 않는다는 자부심으로 살아왔고 남들에게 천하 장사라는 소리까지 듣고 있는 두 사람이었다. 그러나 자기들과는 비교도 되지 않을 엄청난 힘과 재간을 지닌 한 사람을 만나게 되자 그들은 자기의 힘이 얼마나 초라한 것이며 그것을 믿고 살아온 자기들이 얼마나 한심한 존재인가를 깨달았던 것이다.

"여보게들! 이런 내 재간도 우리 스승님에게 비하면 아주 형편없는 거라네. 천지의 기(氣)가 모여 있는 이 조선 천지에는 우리 스승님만한 재간을 지닌 사람도 아주 많고 내 정도의 재간을 지닌 사람은 그야말로 수두룩하다네.

보검은 칼집 속에 그 칼날을 감추고 있어야 하고 호랑이는 때가 아니면 그 발톱을 드러내지 않듯이, 그들은 모두 때를 기다리고 숨어 있기에 눈에 잘 띄지 않을 따름이네. 내 자네들과 연분이 있어 보잘것없는 몇 가지 잔재주를 펼치게 되었다네. 자, 날도 이미 저물기 시작했으니 우리 내려가기로 하세."

피를 보고 살점을 뜯을 듯이 으르렁거렸던 두 사람은 김 처사를 따라 순돌네 주막으로 내려갔다.

"도사님이 또 도술을 썼나?"

주모의 머리가 갸우뚱했다. 용과 호랑이처럼 으르렁거리던 두 사람이 피내음 하나 풍기지 않고 평온한 안색으로 김 처사를 따라 주막으로 들어왔기 때문이다.

"주모! 빈 봉놋방에 술 한 동이 들여오고 돼지나 한 마리 잡아 올리게."

거한은 그렇게 말하며 엽전 한 꾸러미를 홀쩍 던져 줬다.

"운종가 왈패의 큰 성님이라고 소문난 저 흑곰이 이렇게 술값까지 던져 주는 것을 보니 이젠 안심해도 되겠군."

주모의 입가에 웃음꽃이 아른거렸고 움직이는 발걸음은 가볍기만 했다.

"자, 한 잔씩 들고 서로 통성명이나 하게. 인연이 어디 따로 있는가, 이런 것이 인연이지."

김 처사의 말소리가 떨어지자 서로 외면만 하고 있던 두 사람의 눈길이 서로 마주쳤다.

"지는 경상도 양산 사람인 이징옥이라 합니더."

한 잔 마신 징옥이 술잔을 건네주며 먼저 성명을 밝혔다.

"오, 경상도 양산 땅에 범을 맨손으로 때려잡는 소년 장사가 있다하더니 오늘 이렇게 만나고 보니 소문과 다름없군요. 소인은 성(姓)도 없는 천출이라 어릴 때는 돌쇠라는 이름을 듣고 자랐고 커서는 시커먼 이 얼굴에 곰 같은 덩치를 가졌다 해서 흑곰이라 불리고 있지요. 참으로 반갑습니다."

조선 팔도 사람들이 드나드는 운종가에 터를 잡고 있는 돌쇠였기에 먼 경상도 양산 땅의 소문까지도 알 수 있었던 것이다. 장사(壯士)는 장사를 알아주고 동기(同氣)는 감응(感應)하는 법이다. 이런 까닭으로 소문으로만 듣고 흠모하던 사람을 만난 흑곰의 말투가 반갑고 친밀한 색깔을 나타낸 것은 당연했다. 그러나 그는 천한 신분의 벽까지는 깨지 못하고 스스로를 낮추어 '소인'이라 한 것이다.

"돌쇠 성! 뜻이 맞는 사내끼리 만났는데 무신 신분의 벽이 있겠는교? 그러니 앞으로 그 소인이란 말은 하지 마소. 한 번만 더 그 소리가 나오면 나는 마 돌쇠 성을 사내 대장부라 여기지 않겠구마."

징옥의 말을 들은 김 처사가 고개를 끄덕끄덕했다. 돌쇠의 눈에는 이내 뜨거운 눈물이 솟구쳤다. 천한 백정의 몸으로 태어나 상전 격인 양반에게 언제 이런 사람다운 말을 들어 보았던가. 돌쇠는 벌떡 일어나 김 처사에게 큰 절을 넙죽 올렸다.

"어르신, 이런 자리를 만들어 천한 이 몸으로 하여금 사람다운 대접을 받게 해 주셨고, 참된 대장부를 만나게 해 주셨으니, 이 은혜 어찌 갚아야 할는지……. 참으로 고맙습니다."

그렇게 말을 한 돌쇠는 이번에는 징옥 앞에 꿇어 엎드리면서 입을 열었다.

"이 형! 내 앞으로 이 형을 성님으로 받들겠소."

"아니, 그 무슨 말씀인교? 돌쇠 성의 나이가 내보다 한참 연상인데 어찌 그럴 수 있는교? 그런 말씀일랑 거두고 어서 일어나소."

징옥은 엎드린 돌쇠를 부축해 일으키며 말했다.

"아니오, 태산같이 높은 뜻과 바다 같은 도량이 있어야만 참된 장부(丈夫)이지 어찌 몸뚱이 늙었다는 표시에 불과한 나이가 문제겠소. 내 이미 성님의 큰 도량과 높은 뜻을 알아본 이상 허락지 않으면 절대 이 자리에서 일어나지 않겠소."

부축해 일으키려는 징옥과 일어나지 않으려는 돌쇠 사이에 또 한 번 실랑이가 벌어졌다. 빙긋 웃는 얼굴로 둘을 보고 있던 김 처사가 묵직한 음성으로 말했다.

"여보게 징옥이, 돌쇠의 말이 옳다네, 내 이때껏 여러 모로 살펴본 결과 자네가 돌쇠보다 모든 점에서 한 수 위에 있네. 그러니 아우의 절을 받도록 하게. 대신 쌓이고 쌓인 돌쇠의 설움을 풀어 줄 수 있는 길을 잡아 주어야 하네."

김 처사가 돌쇠를 거들고 나서자 징옥은 할 수 없다는 듯이 돌쇠의 큰 절을 받았다. 돌쇠의 절을 받고 난 징옥은 옷깃을 여미며 김 처사 앞에 꿇어 엎드렸다. 그러자 돌쇠도 황망히 일어나 뒤따랐다.

"어르신! 지는 예, 얼라 때부터 심 하나는 남보다 특출하다고 생각했심더. 그런데 이렇게 어른을 뵙고 보니, 지의 요까짓 힘으론 아직도 한참 멀었다는 생각이 듭니더. 어르신! 지를 제자로 받아들여 한없이 큰 힘을 얻게 해 주이소."

"참으로 욕심도 많은 젊은이로군. 그래, 많고 큰 힘을 얻는다면 뒷에 쓰려는가?"

"사나이라면 당연히 나라와 여러 만사람을 위해 써야히는 것이 아닙니껴."

"그래 됐다. 내 우선 몇 가지 일러 주마. 힘에는 크게 두 가지가 있다. 사람들은 그것을 문무(文武)라 한다. 너희는 문(文)으로 세상을 이롭게 할 수 있는 자질과 기회는 갖지 못하고 이 세상에 태어났다.

대신 너희들은 무(武)의 기초가 되는 힘만은 천부적으로 타고 났다.

그런 데다가 순박한 심사에다 호연지기(浩然之氣)까지 가득 차 있어 가히 일국(一國)의 장재(將材)감이다. 그러나 용력(勇力)만 출중하다 해서 천병만마를 거느린 훌륭한 장수가 될 수는 없는 법이다. 그러니 징옥이는 지금부터 병서(兵書)를 공부하도록 하고, 돌쇠는 그 체격에 어울리는 철추 쓰는 법을 익히도록 해라. 특히 한 가지 명심할 것이 있느니라. 무(武)라는 글자를 나눠 보면 사람을 상하게 하는 창(戈)과 멈출 지(止) 자로 구성되어 있다. 이것은 살상을 막아 생명 있는 것을 아껴 준다는 뜻을 나타내고 있다. 이런 뜻이 있기에 나라와 만백성의 안녕을 지키는 데에 쓰는 무(武)는 인(仁)을 근본으로 하고 의(義)를 외형(外形)으로 하여, 용(勇)으로 행한다는 말이다. 알아듣겠느냐?"

김 처사는 목젖이 뚝 튀어 나오고 검은 동공 속으로 핏발이 뻗쳐 있는 두 사람의 상을 보고 무(武)의 본분인 인(仁)을 깨닫게 하여 덕을 쌓게 하려 이 말을 한 것이다. 즉, 두 사람의 상(相)은 비명횡사를 당할 상인데 두 사람으로 하여금 인덕(仁德)을 쌓게 함으로써 그 흉액(凶厄)을 면하게 해 주려는 것이었다.

김 처사의 말이 여기에 이르자 두 사람은 더욱 고개를 숙이며 몸둘 바를 몰라 했다. 징옥은 멋쩍은 듯이 뒤통수만을 긁적였으나 돌쇠는 검은 얼굴을 시뻘겋게 물들인 채 두 손을 쉴새없이 맞비비며 주물럭거렸다.

돌쇠의 이 버릇은 어릴 적부터 있어 왔다. 돌쇠가 열 살 되던 해 여름이었다. 감나무 밑에서 네 활개를 편 채 낮잠을 자고 있던 돌쇠의 배 위에 무엇이 '쿵' 하고 떨어졌다. 감나무 위에 올라가 놀던 아우가 떨어진 것이다. 잠결에 깜짝 놀란 돌쇠는 순간적으로 화가 났다. 아우의 멱살을 움켜잡은 돌쇠는 아우를 돌담 쪽으로 엉겁결에 확 던져 버렸다. 박이 터지고 오른쪽 다리마저 부러진 아우는 돼지 멱따는 소리를 몇 번 지르더니 끝내 혼절해 버렸다.

그때 아우를 끌어안고 땅을 치며 통곡하는 홀어미 뒤에서 돌쇠는 고개를 숙인 채 손만 주물럭거렸던 것이다. 세 살 터울인 아우는 이때부터 다리를 절게 되었다. 이때의 죄책감 때문에 돌쇠는 아우가 원하는 것이면 무엇이든 거절하지 않았다. 그뿐만 아니라 누가 아우를 조금만 건드려도 물불을 가리지 않고 나섰다. 이러다 보니 아우인 또쇠는 하늘 높은 줄 땅 넓은 줄 모르게 설치다가 마침내 운종가의 소문난 왈짜가 되어 흑호라는 별명까지 얻게 된 것이다. 이 덕분에 갖바치라는 직업을 가진 돌쇠 역시 왈짜의 성님으로 좋지 않은 평판을 듣게 된 것이다.

"스승님의 귀한 가르침 뼛속 깊이 새겨 두겠심더. 근데 예……."

말을 마저 끝내지 못하고 우물쭈물 뒤통수만 긁는 징옥을 쳐다본 김 처사는 입가에 웃음을 지었다.

"오늘 새벽에 만난 주모의 일과 내 내력에 대해 궁금한 모양이구나, 그렇지?"

"예, 그렇심더."

"주모와 자네가 만나게 되고 그로 인해 주모의 일이 원만히 수습될 것은 역(易)을 통해 알았지. 보통 사람들은 내일 벌어질 세상의 일에 대해서 아무것도 알 수 없다고 말하지만 그렇지 않네. 한 가지 예를 들면 내일 아침 묘시(卯時)에는 동쪽에서 해가 떠오르고 또 1년이라는 시간 속에는 봄, 여름, 가을, 겨울이 일정하게 운행되고 있지. 이것은 누구나가 쉽게 알 수 있는 일이 아닌가.

역(易)은 이런 질서 정연한 자연의 진행을 기반으로 하여 여기에 따른 인간의 심사와 행동을 추리하는 하나의 셈법이라 할 수 있지. 이런 탓으로 역리(易理)를 통달한 사람들은 인간의 과거, 현재, 미래의 길흉화복(吉凶禍福)을 쉽게 짐작할 수 있지. 나 역시 좋은 스승을 만나 역(易)의 이치를 터득하게 된 덕분으로 오늘 일의 시말(始末)을 꿰뚫어 보고 일이 원만하게 이뤄지도록 약간의 힘을 보태게 된 것이지."

"스승님! 그러면 인간의 운명이란 것이 미리 정해져 있는 것이고 인간은 결국 정해진 대로 따라갈 수밖에 없는 꼭두각시에 불과하다는 말씀입니꺼? 그렇다면 미리 그 운명을 알아 보았자 별소용 없는 것이 아입니꺼?"

"징옥아, 네 말은 누구나가 살아가면서 한 번씩 가져 보는 지극히 당연한 의문이다. 나는 사람에게는 피할 수 없이 닥치는 숙명이 있고 자기 자신이 선택하여 만들어 갈 수 있는 운명이 있다고 생각한다. 가령 너희들이 자신의 힘만을 믿고 너희 자신의 이익과 욕심만을 위해 그 힘을 쓴다면 너희들은 그저 장바닥의 왈패나 한 고을의 무뢰한으로 일생을 마칠 수밖에 없는 운명일 것이다. 그러나 너희들 자신의 힘이 부족함을 깨닫고 더 큰 힘을 지니기 위해 열심히 배우고 익힌 다음, 그 힘을 만사람을 위해 쓰려고 애쓴다면 너희들도 가히 일국(一國)의 장수쯤은 될 수 있을 것이 아니겠느냐?"

김 처사가 여기까지 말하고 술잔을 입에 대자 고개를 숙인 채 손만 만지작거리고 있던 돌쇠가 볼멘소리로 말했다.

"어르신! 태어날 때부터 천출인 저 같은 것에게 힘이 있고 또 그런 뜻이 있다 한들 무슨 소용이 있겠습니까. 어릴 때부터 남달리 힘이 센 쇤네를 두고 주위 사람들과 제 엄니는 두려움에 떠는 목소리로 이렇게 말씀했습죠. '얘! 돌쇠야, 엄청난 그 힘을 함부로 보이면 큰 일 난단다. 양반들 눈에 띄면 죄없이 물고를 당하거나 병신이 되기 십상이니 항상 조심하거라.' 어르신, 이런 세상인데도 말입니까?"

백정 마을에서 갖바치의 아들로 태어난 돌쇠의 말을 들은 김 처사는 한숨을 길게 내뿜고 나서 말했다.

"돌쇠야, 힘을 지닌 사람들이 힘없는 사람들 위에 상전으로 군림하고 있는 세상에 힘없는 사람의 자식으로 태어난 너의 처지와 답답한 그 심정을 내 어찌 모르겠느냐. 양반과 상놈, 왕후장상(王侯將相)과 백성의 씨가 따로 있는 것도 아니고 모두가 한 뿌리에서 비롯된 것인데도 말이다. 비록 이런 잘못된 세상이지만 노력만 한다면 너희같은 사람들도 얼마든지 사람답게 살 수 있는 길을 찾을 수 있을 것이니라.

돌쇠야! 오늘 너는 이 세상에 태어난 후 처음으로 너의 상전 격인 징옥으로부터 한 사람의 멋진 장부(丈夫)라는 인정을 받고 뜻 맞는 지기(知己)가 되지 않았느냐? 이것은 사내 대장부의 힘을 어디에, 어떻게 써야 하는지를 깨달은 네가 새로운 마음을 먹게 된 탓이 아니겠느냐?"

"징옥이 성님만이 사람 대접을 할 따름이지 그렇다고 어디 양반 상놈이 사라지기나 하나요?"

"그렇다. 양반 상놈이란 돼먹지 못한 차별이 이 땅에서 사라질 날은 아직도 멀었지만 그래도 징옥의 형제가 된 너만은 면천(免賤)될 것이고……. 또, 그보다 더 큰 사람 대접도 받을 수 있을 것이니라."

"어허허……. 성님, 제발 임금이나 한 번 되어 보소. 그래야 이 아우도 대감 소리 한 번 들어 볼 게 아니유"

"이 사람아, 무신 큰 일 날 소릴 하는 기가. 내 그 소린 듣지 않은 걸로 하꾸마. 그런 소린 함부로 하는 기 아이데이……."

기분이 약간 풀어진 돌쇠가 농담 반 진담 반 내뱉는 소리를 들은 징옥은 깜짝 놀란 표정으로 주위를 살피며 황급히 손사래를 쳤다.

"징옥아! 대장부라 자처하는 네가 무얼 그리 놀라느냐. 봐라! 중원 대륙을 떠돌며 노략질이나 일삼던 주원장도 명(明)의 태조(太祖)가 되지 않았느냐. 때를 만나고 큰 힘만 지니고 있다면 너라고 주원장만 못하겠느냐?"

김 처사의 부추기는 듯한 말을 들은 징옥의 눈에서 한 줄기 강렬한 빛이 번쩍거리다가 사라졌다.

"스승님, 큰 힘을 얻을라믄 우째 해야 합니꺼?"

"얘야! 이 세상에서 제일 큰 힘이 무엇인지 알겠느냐? 어디 네가 생각하고 있는 큰 힘이 어떤 것인지 그것부터 말해 봐라."

"예, 그거는 뭐라캐도 잘 훈련된 데다가 우수한 무기를 지닌 대군(大軍)이라 생각됩니더."

눈을 껌벅이며 이리저리 생각해 보던 징옥의 말이었다.

"그렇지 않다."

"그렇다믄 제갈공명과 같은 지모와 공자 같은 학식이 아닙니꺼."

"그것도 아니란다. 자, 내가 일러 줄 터이니 귀담아 듣거라. 큰 힘이란 이 세상을 움직이고 변화시킬 수 있는 사람의 마음을 말하고, 이는 천하만민(天下萬民)의 마음이고 천하만민의 마음은 천하를 변화시킬 수 있는 법이란다. 이렇기 때문에 무상정등각(無上正等覺)을 깨우치신 석가모니는 일체유심조(一切唯心造, 모든 조화는 마음에서 비롯된다)라 말씀하셨고 우리들은 흔히 민심(民心)은 천심(天心)이라 말하는 것이니라.

따라서 큰 뜻을 지닌 자는 먼저 천하만민의 마음을 얻어야 하고 이것을 얻기 위해서는 큰 덕(德)을 베풀어야 한단다."

"큰 덕이란 무엇입니꺼?"

"하늘의 호생지덕(好生之德)을 받들어 사람뿐만 아니라 모든 생명있는 것들을 모두 내 몸같이 사랑하고 아끼는 것이 바로 큰 덕이란다."

"지가 죽지 않으믄 내가 죽어야 되는 전쟁터 같은 세상에서 그렇게 한다믄 내부터 죽게 되고 그라믄 큰 뜻이고 대덕(大德)이고 간에 모두 물거품이 되어 뿌리는 거 아닙니꺼?"

"참으로 잘 물었다. 그렇지만 내 몇 가지 너에게 물어 보자. 징옥아! 죽을 때가 다 된 늙은이와 어린애 둘이 불 속에 들어 있다면 너는 누구부터 먼저 구해 내겠느냐?"

"어린애부터 먼저 구해 내겠심더."

"그래 맞다. 응당 그리 해야지. 그러면 너와 아주 친한 사람이 만사람에게 해악(害惡)을 끼친다면 너는 어떻게 하겠느냐?"

"눈물을 머금고 친인(親人)을 제거해야겠지예."

"그렇다. 그것이 바로 대의멸친(大義滅親)이라 하는 것이다. 그러면 하나 더 물어 보자. 네 한 목숨이 없어짐으로써 만사람이 산다면 너의 목숨을 가볍게 던질 수 있겠느냐?"

"그렇게 해야 하겠지만 그때가 되어 봐야 결정할 수 있겠심더."

이 물음에는 징옥이 딱 부러지게 말하지 않았다.

그런 징옥을 뚫어지게 쳐다보던 김 처사가 입을 열었다.

"그래 됐다. 네 대답은 대덕을 베풀 수는 없지만 죽음의 가치를 아는 대답이다. 이런 분별심이 있다면 너는 누가 살고 누가 죽어야 하는지와 한 목숨이 죽어야 될 때를 알 수 있을 것이다. 그러므로 너는 천하만민의 마음을 사로잡지는 못하겠지만 많은 사람의 신망(信望)은 얻을 수 있겠구나."

"스승님, 그라믄 주원장이는 대덕(大德)을 베풀었습니꺼?"

"아니다. 주원장은 그만한 인물이 못된다."

"그라믄 우째서 주원장이는 중원을 얻고 요동까지도 손에 넣을 수 있었습니꺼?"

"무릇 대사가 이뤄지려면 첫째는 천시(天時)를 얻어야 하고 둘째는 인화(人和)를 얻어야 하며 셋째로는 지리(地理)를 얻어야 하는데, 주원장이는 천시(天時)와 인화(人和)를 얻어 대공(大功)을 이룰 수 있었던 것이다. 바로 시대(時代)가 영웅을 만든다는 이치에 부합한 것이지."

"그렇군요. 중원을 지배하고 있던 원(元)의 세력이 약해지고 이민족의 지배에서 벗어날라카는 중국인들의 결집된 뜻이 있었기에 가능했네예. 그라믄 스승님예! 이때까지 대덕(大德)을 베풀어 천하만민의 마음을 얻고 대공(大功)을 이룬 이가 있습니꺼?"

"내가 알기로는 두 사람이 있다. 한 분은 더없이 큰 깨달음을 얻은 석

가모니 부처님이고, 또 한 분은 우리 피붙이들의 시조(始祖)이신 환웅님이
란다.

석가께서는 무상정등각(無上正等覺)을 깨우친 다음 생명 있는 모든 존재
를 모두 귀중한 것으로 생각했다. 이것을 우리들은 일체평등심(一切平等心)
이라 하는데 이 마음이야말로 모든 생명을 내 몸처럼 아끼고 사랑하며
그 고통을 가엾게 여기는 자비심의 근본이란다. 너와 내가 누가 더 높고
낮은 것도 없으며 근본적으론 너와 내가 둘이 아닌 한 몸이라는 이 마음
을 내보이시고 가르치신 석가께서는 당연히 사람들의 마음을 온통 사로
잡게 되었지.

그리하여 이 어두운 세상을 환히 밝혀 주는 지혜의 빛이 되셨지. 이 지
혜의 큰 빛은 시대와 국경, 그리고 핏줄까지도 초월하여 엄청나게 좋은
변화를 일으켰지. 그러므로 우리들은 그를 성인(聖人)이라 추앙하고 또 영
원한 스승이라 부르며 따르고 있는 것이란다.”

김 처사는 반짝이는 징옥과 돌쇠의 눈빛을 쳐다보며 말을 이었다.

“그리고 우리의 시조이신 환웅께서는 석가모니가 탄생하시기 훨씬 오
래 전인 아득한 옛날에 계셨던 분이란다. 그분은 사백력(시베리아) 땅의 하
느님(天帝)이신 환인님의 아들로서 짐승 같은 습성으로 삶을 지탱하고 있
는 인류를 구원하기 위해 천 · 부 · 인(天符印) 세 개를 지니고 삼위태백(지
금의 중국 땅 북경 근처)에 내려오셨지. 태백산(太白山) 신단수 아래에 무리 3
천 인과 같이 신시(神市)를 연 그분은 모든 인류를 널리 이롭게 할 수 있는
이타 정신(利他精神,남을 먼저 이롭게 하는 정신)을 실천함으로써 어리석은 사
람들을 가르쳤지.

이타 정신(利他精神)이란 것은 내 몸보다 남을 먼저 위하고 남의 허물을

탓하기에 앞서 내 허물을 먼저 탓하는 마음가짐이란다. 이것은 근본적으로 너와 나는 본래 한 몸이라는 바탕 생각이 있어야만 이뤄지는 것으로 바로 부처님의 자비 정신과도 맥이 통하는 참다운 인간 정신이란다.

모든 사람들이 이런 생각들을 갖고 행동한다면 이 세상에는 피비린내 나는 다툼이란 있을 수 없을 것이며 모두가 손에 손을 잡고 평화로운 인간 세상을 이룩할 수 있는 것이란다. 아득한 옛날 사람들이 짐승과 다름없는 생활을 할 때에 이런 인간 정신을 깨닫고 가르치신 환웅님이야말로 결코 부처님의 덕보다 떨어진다 할 수 없겠지.

이런 환웅님의 교화(敎化)를 받아들여 오상(五常)을 지닌 참된 인간이 된 족속과 환웅님이 이끌고 온 무리들 사이에 태어난 피붙이들을 밝달 겨레 혹은 배달 민족이라 부르는데 바로 우리 조상님들이지. 나라 이름을 배달이라 하고 신시(神市)를 도읍으로 한 그분들은 삼재(三才)의 원리를 기초로 하여 찬란한 문화 문명을 일으켜 점점 그 빛을 사방으로 전해 주기 시작했단다.

그런데 그 당시 환웅님의 가르침을 지켜 내지 못하고 짐승 같은 습성을 그대로 지니고 있는 족속들도 있었다. 이들은 자신의 동물적인 욕망만을 위해 남의 것을 뺏고 죽이며 심지어 사람까지 잡아먹는 야만적인 생활을 하고 있었지. 이런 그들의 삶을 불쌍하게 여긴 배달 겨레들은 문화 문명의 빛을 전해 주어 사람다운 사람이 되도록 애를 썼다. 그러나 그들은 오히려 그런 배달 겨레를 침략자로 여기고 싸움을 걸어 왔단다."

여기까지 말을 한 김 처사가 한 잔 술로 목을 축이자 눈을 크게 뜨고 있던 징옥이 재빨리 입을 열었다.

"스승님 예, 우리들의 조상님들이 그렇게 훌륭하신 분이라 카이 어깨가 저절로 으쓱해집니더. 그런데 교화되지 않았던 짐승 같은 족속들은 지금의 어느 족속입니꺼?"

"음……. 여러 족속이 있었으나 그 대표적인 족속이 한족(漢族)이다."

"예에? 설마 중화 문명을 자랑하고 우리들이 대국(大國)으로 여기며 흠모하고 있는 중국인들의 조상이 바로 그런 족속이라니 도저히 믿기 어렵심더."

"이런 사실은 중국의 옛 역사와 우리의 옛 역사를 잘 살펴보면 알 수 있는 일이고, 아직도 남아 있는 그들의 야만적인 습성을 살펴보면 알 수 있는 일이란다. 옛 역사를 들먹여 가며 그 점을 설명하려면 몇년이 걸리므로 여기선 그만두고, 그 대신 그들에게 아직도 남아있는 야만적인 습성에 대해서는 꼭 알아야 하느니라.

"징옥아! 돌쇠야! 너희들은 이때껏 살아오면서 우리 나라 사람이 사람의 고기를 먹었다는 얘기를 들어 본 일이 한 번이라도 있느냐? 아마도 그런 일은 없었을 것이다. 그런데 중국에서는 그런 일어 심심치 않게 일어난단다. 나 역시 멀쩡한 정신을 지닌 사람이 사람을 잡아 그 고기를 먹는다는 얘기가 쓰여진 ≪수호지≫, ≪삼국지연의≫ 등의 책을 보았지만 '어찌 그런 일이 있을 수 있는가, 아마도 지어 낸 얘기일거야.' 하고 생각했지. 그런데 그 후에 송도(松都)에 장사하러 온 송상(松商)들과 중국을 떠돌다 온 우리 조선 사람들한테서도 그런 얘기를 듣게 되었지. 이때까지만 해도 나는 반신반의했단다.

그러나 내 자신이 직접 중국 땅에서 그런 일을 당해 본 연후에는 얘기책이라 할지라도 터무니없는 말은 하지 않으며 떠도는 소문 역시 근거가 있다는 것을 알게 되었단다. 그때 까딱 잘못되었다면 내 몸뚱어리도 만

두 속의 한 점 고기 조각이 되어 중국인들의 뱃속으로 삼켜졌을 거야. 혹시 너희들도 중국 땅에 가게 되면 그런 흑점(黑店)을 조심해야 한다."

"스승님, 흑점(黑店)은 무엇인교?"

입에 넣으려던 돼지 고기 한 점을 상 위에 툭 던져 버린 징옥이 술로 입을 헹구며 물었다.

"인적 드문 곳에 있는 객점(客店)이다. 그곳에서는 손님에게 몽혼약을 탄 술과 밥을 먹인 다음 몸뚱이는 만두 고기 등으로 쓰고 값나가는 물건들을 차지한단다. 그러니 아무리 힘이 세다 한들 꼼짝 못하고 당할 수밖에 없지."

"퉤, 더러운 데놈들, 내한테 한 번 걸리기만 해 봐라. 내 짐승 같은 놈들의 모가지 뼈를 댕강 분질러 버릴 테다."

눈만 껌뻑거리며 듣고 있던 돌쇠가 술상을 내리쳤다. 술상은 '탕'하는 비명을 크게 지르며 온몸을 크게 흔들었다. 술방구리가 비틀비틀했고 술잔 속의 술과 접시 위의 고기 조각들이 튀어 올랐다.

"내가 너무 열을 냈나?"

뒤통수를 몇 번 긁적거린 돌쇠는 이번에는 좀 가라앉은 목소리로 멋쩍은 듯 입을 열었다.

"어르신! 쇤네의 경망함을 용서해 줍쇼. 그런데 어르신께서는 어찌하여 데놈 땅에 가게 되어 그런 끔찍한 일을 당할 뻔했나요?"

"그 얘기는 내가 살아온 내력과 같이 얘기해야 할 것인데……, 아직은 밝힐 때가 아니고 머지않아 때가 되면 모두 말해 주마. 돌쇠야! 앞으로는 나를 스승이라고 부르도록 하고 나에겐 쇤네라는 그런 말은 쓰지 않도록 해라. 나는 네 상전이 아니란다."

김 처사의 그 말은 천한 백정 신분인 돌쇠의 눈을 또 한 번 뜨거운 물기에 젖게 했다.

"그런데 어르신, 아니 스승님! 스승님께서는 몸통도 저보다 크지 않고 나이도 늙었는데 어째서 힘은 그리도 세고 몸은 날랜가요? 도무지 알 수 없는 일이구만요."

돌쇠의 이 물음에 징옥도 눈을 빛내며 귀를 쫑긋했다.

"너희들은 축지(縮地) 차력(借力)이라는 술법 얘기를 들어 본 일이 있을 것이야. 인간의 육체적인 힘에는 한계가 있으나 이 술법을 익히게 되면 그야말로 신력(神力)을 내보일 수가 있단다. 나는 고마우신 스승님 덕분에 그것들을 익혔느니라."

"스승님! 그거는 어떻게 수련하는 겁니꺼?"

"에, 차력이라는 것은 사이비 무인(武人)이 내보이는 속임수가 섞인 것이 아니고, 그 이치만 알면 누구나가 할 수 있는 그런 것이 아니란다. 차력(借力)이란 말은 힘을 빌린다는 뜻인데 크게 두 가지가 있단다. 첫째는 약물(藥物)의 힘을 빌리는 약차력(藥借力)이 있고, 둘째는 신장(神將)의 힘을 빌리는 신차력(神借力)이 있단다.

약차력에는 소차(小借), 중차(中借), 대차(大借)의 세 단계 과정이 있다. 소차(小借) 단계는 숙지, 지황, 소 정강이 뼈, 구리 가루, 우황 등 열다섯 가지 약재(藥材)로 환(丸)을 지어 복용한단다. 이 과정을 이루게 되면 한 5백 근 정도 되는 바위를 번쩍 들 수 있는 힘을 갖게 되지.

중차(中借) 단계는 호골(虎骨), 모자석, 무쇠 가루, 우황, 사향 등 30여 가지의 약재가 쓰이고, 이루게 되면 천 근(千斤)의 힘을 발휘할 수 있단다.

대차(大借) 단계는 중차 단계의 약을 두 번 거듭 복용하면서 천지의 기

(氣)를 흡입하며 주문을 외워야 되는데, 이 단계에서는 수천 근의 힘을 발휘할 수 있단다. 이 대차 단계는 그야말로 사람의 힘이 아닌 신의 힘을 지니게 되는 것이지.

그리고 신차력(神借力)은 말 그대로 신장(神將)에게 기도하여 주문을 외움으로써 힘을 얻는 것인데 여기에는 부적을 쓰기도 한단다. 이 신차력을 통하게 되면 약차(藥借)의 대차 단계만한 힘을 쓸 수가 있으니 사람의 힘이라곤 할 수 없지.

축지법(縮地法)에는 신장(神將)의 힘을 빌려야 되는 신축지(伸縮地)가 있고 차력 약을 먹어 강한 힘을 얻은 다음에 자기 자신의 힘만으로 수련하는 보축(步縮)이 있단다."

"스승님, 그런 술법을 익히면 참으로 이 땅덩이가 주름 잡혀져 여기에서 의주까지도 한달음에 번개처럼 갈 수 있습니꺼?"

글줄이나 읽어 사물의 이치를 조금 짐작할 수 있는 징옥이는 도저히 그런 일이 믿기지 않았다.

"사람이 어찌 이 땅덩이를 마음대로 당겼다 늘렸다 할 수 있겠느냐, 그것은 부처님이라 할지라도 할 수 없는 일이다. 다만 먼 곳에 있는 한 지점이라도 바로 내 앞 지척간에 있다는 일념(一念)이 있다면 몸뚱이를 그곳으로 이동시킬 수는 있지. 이것은 부처가 말한 '일체유심조(一切唯心造)라는 이치에 통하며 천지(天地)와 사람은 한 몸이다.' 라는 일체심(一切心)을 체득해야만 되는 것이다."

"스승님! 스승님의 그 신기한 재간과 설명을 보고 듣고서도 어찌하여 육신을 지닌 사람으로서 그런 신통 조화를 부릴 수 있는지 이 우둔한 머리로서는 도저히 믿어지질 않고 마치 꿈을 꾸고 있는 것 같습니다."

"그렇다. 세상 사람들은 자기네들의 눈으로 본 것만을 진실이라고 믿으며 오랫동안 살아왔단다. 그런 탓으로 자기 눈에 보이지 않고 잘 알지 못하는 것은 그런 것이 어찌 있을 수 있는가 하며 쉽게 부정해 버린단다.

이것이 바로 속인(俗人)들의 식견이며 아집이기도 하지. 그러나 이 광대무변한 우주에는 우리들이 알고 있는 것보다 훨씬 더 많은 모르는 것들이 있단다. 그리고 눈에 나타나 보이는 것보다 보이지 않으면서도 존재하는 것들이 더 많단다. 그러므로 자기 눈에 보이지 않고 이해하기 어렵다고 무조건 부정적으로 단정하는 것은 현명하지 못한 소견이란다.

자, 내 너희들을 위해 모든 조화는 마음에서 비롯된다는 또 한 가지 실증을 보여 주마."

그 말과 함께 눈을 감은 김 처사는 두 손을 머리 위로 들어올려 한바퀴 원을 그렸다. 그러자 방 안에는 갑자기 싸늘한 한기(寒氣)가 감돌기 시작했다. 마침내 어유(魚油) 등잔에서 피어오르던 불꽃이 파르르 떨리고 징옥과 돌쇠의 몸도 흠칫 몸서리가 쳐졌다. 잠깐 눈을 떠 그들의 웅크린 몸자세를 살펴본 김 처사는 숨을 한 번 크게 들이마신 다음 원을 그리고 있던 두 손을 모아 가슴 앞에 두었다.

김 처사의 얼굴이 붉어지기 시작했다.

그러자 방 안에는 언제 그랬냐는 듯 훈훈한 기류가 맴돌았다. 조금의 시간이 지나자 돌쇠와 징옥의 이마에는 땀방울이 배어 나오기 시작했다.

"캬……, 우째 이런 일이 있노? 꼭 백야시(백여우)에게 홀린 것 같구마."

징옥의 고개가 갸우뚱거렸다.

"애들아! 이것은 인간의 의념(意念)으로 만들어 낸 조그마한 변화에 불과하다. 나는 눈과 얼음 등을 내 마음 속에 그려 싸늘한 냉기를 만들어 내었고 활활 타오르는 불덩어리와 여름철의 이글거리는 태양을 그려 열기(熱氣)를 만들어 이 방 안을 채운 것이란다. 이 정도의 재간은 한 2년 정도만 법대로 수련하면 너희들도 어렵지 않게 해낼 수 있는 것이니 그렇게 신기할 것도 없느니라."

신통 조화(神通造化)라는 것도 인간의 마음에서 비롯되는 당연하고 평범한 일인 것이나 그 이치를 모르는 사람에게는 신비스럽게 보인다는 김 처사의 말이었다.

김 처사가 내보인 이 술법은 후일 묘향산에 기거하던 서산 대사가 이어받아 사명 대사에게 전한 법이다. 나중에 사명 대사는 이 법으로 또 한 번 왜인의 간담을 서늘케 했다.

'참으로 대단한 어른을 만났구나. 이런 어른이면 무엇이든 막힘없이 풀어 낼 수 있을 거야.'

이렇게 생각한 징옥은 몇 날 며칠 동안 자기 머리 속을 맴돌았던 문제를 털어놓았다.

"스승님! 하늘 밖에 또 하늘이 있고, 모든 것은 마음 먹기에 달렸다는 말씀, 뼛속 깊이 새겨 넣겠심더. 그런데 스승님! 지는 요 근래에 알듯 말듯 한 시구(詩句)가 적힌 귀한 물건 하나를 우연하게 얻었는데, 그 뜻을 몰라 며칠 동안 애만 태우고 있습니더."

"시구(詩句)라면 한양 성내에 내로라 하는 선비들이 많은데 그들에게 물어 보면 될 것 아닌가?"

"예, 학식 높다고 소문이 짜한 정인지 학사에게까지 가 보았심니다만 마지막 한 구절의 뜻은 풀지를 못했심더. 정 학사 말씀인즉 마지막 그 구절은 무슨 암호 같아 아무리 문장에 능한 사람일지라도 풀기 어려울 거라 말씀했심더."

"그래, 내 학문이 어디 정 학사만 하겠느냐, 그렇지만 한 번 내놓기나 해 보거라."

스승의 허락이 있자 징옥은 주모를 불러 지필묵을 청했다. 징옥은 잠시 기억을 떠올리더니 매끄럽지 못한 솜씨로 붓을 놀렸다

桓魂之號令大陸
其脈連連守千年
日墓今夜墓中宿
暗中鳴而待日昊
宗一弓大秦之孫

대륙을 호령하는 환의 혼
그 맥을 이어 이어 천 년을 지켰으나
날 저문 오늘 밤은 무덤에서 머무네
날 밝길 기다리며 어둠 속에서 울고 있는
…….

"여기까지는 글이 짧은 지도 알 수 있었으나 그 밑 종일궁대진지손(宗一弓大秦之孫)이 무엇을 뜻하는지 도저히 알 수 없었심더."

징옥이 서툰 솜씨로 첫 구절을 다 쓰고 두 번째 구절을 써 나갈 때부터 김 처사가 이상해졌다. 그때부터 눈을 부릅뜨고 덜덜 손을 떨기 시작했던 것이다.

징옥이 붓을 놓았다. 그러자 김 처사는 눈물이 그렁그렁한 눈자위를

손등으로 닦으며 떨리는 소리로 물었다.

"징옥아! 이 글은 금으로 된 인형의 밑 부분에 새겨져 있던 글귀이지?"

"예, 그렇심더."

이상했다. 도대체 무슨 까닭일까? 대답을 하는 징옥의 눈이 휘둥그래졌다. 징옥은 스승이 그 글귀의 내력을 알아 내는 것보다 오욕칠정을 초월한 신선 같은 스승의 눈에서 흐르는 눈물을 보고 놀란 것이다.

김처사는 무엇이 그리도 급한지 징옥의 대답이 떨어지기가 무섭게 입을 열었다.

"징옥아! 그 귀한 물건을 얻게 된 연유와 너의 지나간 일들을 말해보거라, 어서!"

'틀림없이 그 물건은 스승에게 아주 중요한 것일 게야. 뿐만 아니라 기막힌 곡절까지 감추고 있는 물건이 분명해.'

징옥은 차근차근 그 물건을 얻게 된 경위와 자신의 지나 온 길을 말하기 시작했다.

4

금샘(金井) 물을 마시고 금인(金人)을 얻다

징옥은 경상도 양산 땅에서 네 살 위인 형과 함께 홀어미를 모시고 살았다. 애비 없는 자식들은 언제 어디서나 천덕꾸러기 취급을 받지만 이들은 아무에게도 업신여김을 당하지 않았다. 그들형제는 태어날 때부터 엄장한 허우대를 타고 났고, 그 허우대에 걸맞게 용력(勇力) 또한 특출했기 때문이었다.

갓 열 살이 지난 그들 형제가 한 손에 쌀 한 섬씩을 쳐들고 달리는 것을 본 마을 사람들은 혀를 내두르며 한 마디씩 했다.

"허허, 우리 마을에 천하 장사가 났네그려. 아마 저들 형제는 저 간월산 정기를 받고 태어났을 꺼데이."

"아이다, 모르는 소리 말그라. 백두대간의 흐름이 여기까지 뻗쳤으니 백두산 정기를 타고 났다 해야 옳지 않겠나? 그러지 않고서야 저들 형제가 우째 저 나이에 저렇게 엄청난 심을 지닐 수 있겠는가?

"하모, 그렇고말고. 저들 형제가 태어난 저 집 좀 보그라. 앞으로는 남쪽산 고당봉이 안방으로 들어오고 뒤쪽은 바로 백두대간의 마지막 용틀임이 일어나고 있는 곳이 아이가. 저들 형제는 앞으로 큰 일을 할 테니께 두고 보게."

형 되는 징석은 열다섯 살 때부터 대처(大處) 씨름판에 나가기만 하면 장사를 했다. 징석이 황소를 몰고 마을로 들어서면 마을 사람들은 자기들 일인 양 기뻐하며 맞아 주었다. 그런 그들 속에서 어미는 둥실둥실 어깨춤을 추며 말했다.

"얼씨구나! 내 아들 참으로 장하데이."

어릴 때부터 무엇에든 남한테 지기 싫어하는 징옥은 이럴 때면 꼭 이 넓은 천지에 외톨이가 된 것만 같았다.

그 다음 해부터 징옥은 형을 따라 씨름판을 찾아 다녔으나 어미의 입에서는 '아이구 우리 징옥이도 형 못지않은 장사구나.' 하는 말은 나오지 않았다.

아직도 어린 징옥이의 힘은 네 살 위인 형보다 한참 뒤떨어져 있었던 것이다. 그러나 이런 나이 차이를 인정하기 싫은 징옥의 악다문 입에서는 중얼거림이 떠나지 않았다

"두고 보래이. 나도 '우리 징석이보다 더한 장사구마. 참으로 장하데이.' 하는 어무이의 어깨춤을 보고 말 테니."

그러던 그해 어느 무더운 여름날이었다.

새벽부터 간월산 곳곳을 헤집고 다니며 사냥을 하던 징옥이가 그날따라 토끼 한 마리 못잡은 빈손으로 돌아오던 정오 즈음이었다.

"오늘은 더럽게 재수가 없는 날인가베."

투덜거리며 걷고 있을 때였다. 마을 입구 쪽에 있는 서낭당을 돌아 나온 징옥의 눈에 꼬부라진 몸을 작대기에 의지한 채 떠듬떠듬 걷고 있는 할머니의 뒷모습이 들어왔다.

"이 무더운 날 저 할마시는 무슨 볼일이 있어가 저렇게 심든 나들이를 했노."

이렇게 중얼거린 징옥이가 머리가 하얗게 센 할머니 옆을 지나칠 때였다.

갑자기 '아이쿠' 하는 소리와 함께 할머니는 앞으로 폭 고꾸라졌다.

"할매요! 와 그라능교?"

"아이고 나 죽네. 이렇게 발을 다쳤으니 이 땡볕에서 나는 우아꼬? 아이고, 아이고……"

멈춰 선 징옥을 본 할머니는 더욱 청승맞은 소리만 내뽑았다.

"할매요, 어디로 가는 길인교? 고마 내 등에 업히소. 일단 우리 집에 가서 치료나 합시더."

"아이구, 총각 참말로 고맙데이. 혼자 사는 딸년 얼굴이나 보려고 갔다 오는 길에 고만 이래 됐데이."

할머니는 징옥의 넓적한 등짝에 몸을 실으며 넋두리처럼 묻지 않을 말까지 했다. 할머니를 업은 징옥의 발걸음이 징옥의 집 가까이 닿으려 할 때 할머니는 또 청승맞은 소리로 입을 열었다.

"총각아! 나는 지금 곧바로 우리 집으로 가지 않으면 혼자 남아 있는 손자가 배 곯아 죽을지도 모른데이. 그러니 빨리 우리 집으로 좀 데려다 도고. 아이구 불쌍한 내 손자야, 이 할미를 기다린다고 눈이 퉁퉁 부었겠구나. 아이구, 아이구, 빨리 가야지."

자기 목을 꼭 부여안고 슬픈 소리를 내지르는 할머니를 그냥 내팽개칠 수 없었던 징옥은 할머니가 가리키는 길을 내쳐 갈 수밖에 없었다. 보통 사람보다 배나 빠른 걸음걸이를 지닌 징옥이가 땀을 뻘뻘 흘리며 한 시간쯤 걸었다. 그래도 할머니는 징옥의 등에 매달린 채 내려올 생각을 하지 않았다.

"할매요, 아직도 멀었능교?"

바위로 된 고당봉이 우뚝 솟아 있는 남산 기슭 큰 솔나무 밑에서 땀을 닦으며 징옥은 물었다.

"야야! 조금만 더 올라가자. 인자 거의 다 왔다."

노파는 행여 징옥이가 자기를 내려 놓고 달아나기라도 할까 봐 더욱 징옥의 목을 꼭 껴안으며 말했다. 부아가 치민 징옥은 그만 늙은이를 내려 놓고 내빼고 싶어졌다. 그렇지만 늙은이의 불쌍한 처지와, 모두가 한 핏줄이므로 이웃 노인도 내 부모와 마찬가지라는 에미의 말이 머리 속에 떠올라 징옥은 산을 오르기 시작했다.

할머니가 가리키는 대로 산짐승과 나무꾼이 밟고 다녔음직한 산길을 올라가는 징옥은 별안간 한 생각이 떠올랐다.

'혹시 이 할마시는 장쇠 할배가 이바구해 주던 천 년 묵은 백야시가 둔갑한 기 아이가? 그라지 않고서야 이래 깊은 산 속에 살 까닭이 없지. 그렇다몬 나도 장쇠 할배의 이바구 속에 나오는 그 떠꺼머리 총각처럼 간(肝)을 빼 먹힐지도 모르겠구마. 그렇지! 아무리 천 년 묵은 여시라 캐도 그 꼬리만은 숨길 수 없다고 했제.'

징옥은 할머니 엉덩짝을 받치고 있는 두 손으로 할머니의 엉치뼈 부근을 슬그머니 더듬어 보았다. 그때였다.

"네 이놈! 어린 놈이 늙은 할미 똥구멍은 뭣 하러 더듬거리노. 사내 놈이 그렇게 간땡이가 작아서야 어디다 쓰겠노. 쯧쯧."

이 소리와 함께 할머니의 손바닥이 징옥의 뺨을 찰싹 때린 것이다.

'뭐 내보고 간땡이가 작다꼬. 그래 천 년 묵은 여시라면 더욱 좋제. 모가지를 꼭 비틀어 가지고 동네 사람과 어무이한테 보란 듯이 내놓으면 되제.'

꼬리 비슷한 것 하나 만져 보지 못한 데다 따귀마저 얻어걸리고 겁 많은 녀석이란 면박까지 받은 징옥은 발걸음에 더욱 힘을 주었다. 산등에 올라서자 시원한 바람이 불어와 징옥의 마음까지 시원하게 씻어 주었다. 맑은 물이 퐁퐁 솟아오르고 있는 작은 바위샘을 지나 2백 걸음쯤 올라갔다.

마침내 우람한 바위들로 이뤄진 고당봉 아래에 도착했다.

"야야, 이젠 다 왔다. 저기 큰 바위 아래에 있는 굴 속에 나를 내리 도고."

할머니가 가리킨 바위 굴 안은 세 사람이 나란히 서서 들어갈 수 있을 정도로 넓었다. 그러나 그 안에는 아무도 없었다. 침침하고 서늘한 굴 안 널찍한 돌멩이 위에 엉덩이를 걸치고 앉은 노파는 혼자 말처럼 중얼거렸다.

"못난 손자놈아. 그만 찐득하게 이 할미를 기다리고 있을 것이지, 무엇 땜에 밖으로 싸돌아다니고 있단 말이냐, 에이 못된 놈."

할머니가 푸념처럼 중얼거리든 말든 커다란 혹덩이 같은 노파를 떼어 놓고 홀가분하게 돌아서려는 징옥을 노파는 또다시 잡고 늘어졌다.

"야야! 움직이지도 못하는 이 늙은 할미를 이렇게 내삐리 두고 가 뿌리진 않겠제? 우선 목이 말라 죽겠으니께 저 밑에 가서 시원한 물이나 한 바가지 떠다고고"

아직도 사람인지 둔갑한 여우인지 확실하지 않은 노파에게 뭔가 속고 있는 것만 같은 생각이 든 징옥은 그 말을 못 들은 척하고 휑하니 산을 내려가고 싶었다. 그러나 짐승이든 사람이든 아프고 늙은 몸으로 도움을 청하는 것을 모른 척하고 돌아서지 못하는 징옥이었다.

징옥은 할머니가 집어 주는 바가지를 들고 2백여 걸음 밑에 있는 샘물로 달려가 물을 길어 왔다. 징옥이 내민 호리박을 받아 든 노파는 바가지 속의 물을 땅바닥에 확 쏟아 버리며 호통을 쳤다.

"이놈아 자슥아! 누가 이 물을 떠가 오라캤나, 이 물 말고 금샘(金井)에 있는 물을 떠 와야지."

징옥의 얘기가 여기에 이르자 눈을 껌벅거리며 듣고 있던 돌쇠가 자기 일인 듯 큰 소리를 와락 내질렀다.

"에이, 사람이 늙어지면 염치가 없어진다더니, 참으로 해도 너무 하는군,"

"돌쇠야, 그렇게 불경(不敬)스런 말을 하면 안 되느니라. 이웃집 노인이라도 제 부모처럼 섬기면 복을 받는 법이란다. 징옥아! 계속해 보아라."

눈을 감고 고개를 끄덕거리며 얘기를 듣고 있던 김 처사는 점잖게 돌쇠를 나무란 뒤에 징옥을 재촉했다.

징옥은 한 잔 술로 목을 축인 뒤 얘기를 이어 갔다.

"지는 이왕 이렇게 된 것 어디 얼마나 더할 것인지 갈 때까지 가 보자는 마음으로 끓어오르는 부아를 눌렀심더. 그래서 '할매요! 그 샘물 말고 또 어디에 샘물이 있단 말인교?' 하고 되물었심더."

할머니는 상전이 종에게 하듯이, 부모가 자식에게 하듯이, 선생이 제자에게 하듯이 퉁명스럽게 말했다.

"이놈아야! 방금 그 샘터에서 동쪽으로 2백 보 정도 되는 곳에 큰 바우들이 장승처럼 우뚝우뚝 서 있는 데가 있지 않더나? 그 바우들 중에 둘레가 1장(一丈) 정도고 높이가 3장(三丈) 되는 바우가 동남쪽에 서 있고 그 바우 꼭대기에 샘이 있는데, 그 둘레가 10척(十尺)이고 깊이가 7촌(七寸)이며 물 색깔은 황금색이데이. 이 샘물은 아무리 가물어도 마르지 않고 아무리 추버도 얼지 않는 샘으로, 한 번씩 범천(梵天)에 사는 금고기(金魚)가 오색 구름을 타고 내려와 놀다 가곤 하는 곳이제. 그 물을 길어 와야만 나는 마실 수가 있단 말이다. 알아 들었으믄 퍼뜩 달려가 떠 오도록 해라."

할머니의 말을 들은 징옥은 정말 그런 샘이 있을까, 또 이번에도 속는 것이 아닐까 하는 마음이 들었지만 벼락같이 달려 나갔다.

있었다. 이번에는 거짓이 아니었다.

할머니가 말한 대로 그런 바위들이 아랫능선과 저쪽 산을 지켜보며 늠름히 서 있었고 그들 중엔 황금 빛깔을 되쏘아 내고 있는 물을 머리에 이고 있는 듯한 그런 바위도 있었다. 그쪽으로 다가간 징옥은 그 바위를 멀리서, 가까이에서 살펴보았다. 꼭대기에 오르기 위해서였다.

바위는 둔덕 같은 산줄기에 그 뿌리를 꼭 박고 서 있는데 두리뭉실하게 툭 튀어 나온 폼이 마치 호랑이 불(자지) 같았다. 그리고 한쪽 면에 이리저리 기대어 선 둥글넓적한 바위들은 불 밑에 달린 부랄(불알) 같았다.

"거참 기이하게 생겨 먹은 바위구나."

한 마디 중얼거린 징옥은 바위 꼭대기로 기어 올라갔다.

과연 바위 꼭대기는 절구 바닥처럼 푹 파여 있었고 그 속엔 파란 하늘과 번쩍이는 눈부신 햇살을 가득 안고 있는 맑디맑은 물이 고여 있었다.

'이 물은 빗물이 고인 것일까. 그렇다면 오뉴월 땡볕에 금방 말라버리고 말 것인데 손가락이 시릴 정도로 차가운 것을 보니 그렇지 않은 것도 같고, 그렇다면 이 물은 도대체 어디에서 생겨난 것일까?'

이런 생각으로 물을 들여다 보던 징옥은 물 속에 비친 파란 하늘과 해님을 바가지에 떠 담을 듯 조심조심 물을 담았다. 서늘해진 호리박을 들고 고당봉으로 올라가는 징옥의 발걸음은 내려올 때보다 더 가벼웠다.

그런데 할머니는 이번에도 물을 마시지 않았다.

할머니는 징옥이 내민 호리박을 땅바닥에 내려 놓으라고 말한 후 눈을 감고 말이 없었다.

"할매요, 그렇게 목마르다 카며 야단이더니 와 물을 안 마시능교?"

이번에는 또 무슨 까탈을 부리려고 그러나 하는 마음으로 징옥은 할머니의 얼굴만 쳐다보았다.

잠시 후 두꺼비 같은 눈을 슬며시 뜬 할머니는 또 엉뚱한 소리를 했다.

"네놈이 아무리 마시십시오 해도 나는 안 마실란다. 엎드려 절 백번을 하면 모르지만."

'흥, 그 정도쯤이야 못할 것도 없지. 어디 이 다음 번엔 또 어떻게 나오나 한 번 보기나 할까.'

징옥의 입술에 가느다란 웃음이 피식 흘러나왔다. 징옥은 엎드려 절을 하기 시작했다. 한 번, 두 번……열 번째였다.

"이놈아야, 무슨 절을 그리도 어설프게 하노. 절이란 한 번을 해도 정성이 깃들어 있어야 하는 법이란다. 알아들었으면 다시 해 봐라."

'그래, 그 말이 맞다. 그러니 이왕 하는 절 정성껏 해 보자.'

징옥은 정성껏 백 번의 절을 마치고 일어났다.

그제서야 쪼그라진 할머니의 얼굴에 배시시 웃음기가 어렸다. 할머니는 호리박을 들어 한 모금 마신 다음 징옥이에게 주며 말했다.

"야야! 니 심성은 참으로 착하구나. 자, 이 물을 한 방울도 남김없이 모두 마시거래이."

갑자기 자상해진 할머니의 목소리를 들은 징옥은 어리둥절한 얼굴로 호리박 속의 물을 모두 마셨다. 물은 시원했고 달콤한 향기까지 살짝 배어 있는 듯했다. 마음도 상쾌해지고 몸도 가벼워져 발을 구르며 뛰고 싶고 손을 들어 무엇인가를 내리쳐 부수고 싶어졌다.

물을 마신 징옥이 몸 밖으로 넘쳐 나오려는 이런 힘을 느끼고 잠시 동안 어쩔 줄 몰라 하고 있을 때, 할머니의 목소리가 징옥의 귓속으로 파고들었다.

"얘야! 너는 보통 사람들보다 몇 배나 더 센 힘을 지니고 있으면서도 더 큰 힘을 지니고 싶어 안달을 하고 있구나. 내가 시키는 대로 하면 네 소망을 이룰 수 있는데 한 번 해 보겠느냐?"

신기한 일 끝에 신비로운 물을 먹고 용솟음치는 체내의 힘까지 느끼게 된 징옥으로서는 마다할 까닭이 없는 말이었다.

"할매요, 그래만 된다믄 뭐든지 시키는 대로 하겠심더. 어떻게 하면 되는지 빨리 가르쳐 주이소."

"그럼 됐다. 앞으로 매달 보름날이 되면 달이 뜨기 전에 이곳으로 오너라. 다만 비나 눈이 오는 날은 안 와도 된다. 알겠느냐!"

"야, 그렇게 하겠심더. 그런데 할매는 도대체 누군데 나를 이리로 데려와 우째서 내 소망을 이루어 주기 위해 애쓰는 것입니꺼?"

머리가 좋지 않은 징옥이지만 이제서야 겨우 할머니의 뜻을 깨달은 것이다.

"후일 너는 우연하게 귀한 물건 하나를 얻을 것인데, 그때가 되면 내가 누구인지 가르쳐 주는 사람을 만날 수 있을 것이다. 그러고 나는 너의 할애비와 애비의 간절한 부탁이 있었기 때문에 너를 돕는 것이란다."

"할매요, 그것은 말이 안 됩니더. 할배와 울 아부지는 모두 옛날에 이 세상을 떠나셨는데예?"

"그래, 비록 그분들의 육신은 이 세상에서 사라졌지만 그 혼백만은 이 세상에 남아 후손(後孫)들을 지켜보고 있단다."

할머니는 그렇게 말하면서 그 증거로 할아버지와 아버지의 신체적인 특징과 이름까지도 말해 주었다.

징옥은 할아버지와 아버지의 얼굴 모습은 몰라도 그 함자는 어찌 쓰는지 알고 있었다.

"예, 맞심더······. 그런데 그 어른들은 왜 하필 나를 도와 주려 합니꺼? 징석이 쇠이(형)도 있는데 말입니더."

"똑같은 핏줄을 타고 나도 조상의 뜻을 이어받는 자손이 있는 반면에 그 뜻을 어기는 자손도 있는 법이란다. 너는 백두산 정기를 받고 태어난 데다가 조상의 뜻을 이어받을 수 있는 심성을 지니고 있기 때문이다."

"그러면 그분들은 내한테 어떤 뜻을 전해 주려 합니꺼?"

"그것은 내가 누구인지 가르쳐 주는 사람이 있을 것이니 그때를 기다려라."

징옥의 얘기가 이 대목에 이르자 눈을 감고 있던 김 처사는 번쩍 눈을 뜨고 징옥의 얼굴을 뚫어질듯이 쳐다보았다.

'그렇다면 이 아이가 이때껏 찾아다녔던 바로 그 물건의 주인인가. 내 꿈마저 이루어 줄 그 사람이란 말인가. 그러나 저 애의 풍모에는 용봉(龍鳳)의 상(相)이 보이지 않으니 어쩐 일일까. 어디 밝은 날에 다시 한 번 저 애의 상을 세세히 살펴봐야겠구나.'

김 처사가 징옥을 쳐다보며 이런 생각 속에 빠져 있는 중에도 징옥의 얘기는 계속되었다.

"지는 다음 보름 날에 그곳을 찾아갔심더. 그날은 무척 후텁지근했으나 새파란 별빛들이 무척이나 아름답게 빛나고 있던 밤이었심더. 할매는 달이 중천에 떠오를 때에야 눈이 빠지게 기다리는 내 눈 앞에 나타났심더."

"애야! 지금 그 금샘으로 올라가 그 물에 몸을 담그고 저 둥근 달만 쳐다보고 있거라. 그러고 있노라면 달빛 속에 오색 구름이 나타나고 그 속에서 한 줄기 금빛이 튀어 나와 금샘으로 뛰어들 거다. 그러면 그 즉시 이 바가지로 금빛 섞인 그 물을 가득 떠 마시도록 해라. 그러면 된다.

너에게 운이 있다면 앞으로 열두 달 동안 열두 번이나 금빛이 물고기처럼 금샘(金井)에 뛰어드는 걸 보게 될 것이다. 그러나 운이 없으면 열두 달 동안 고작 서너 번 정도밖에 그런 일을 만나지 못할 것이다. 조심할 것은 졸음이 찾아와도 결코 졸면 안 되고 딴 곳에 정신을 팔아도 안 된다. 알겠지!"

"이 말과 함께 할매는 연기처럼 사라졌심더.

그날은 달이 중천(中天)에서 사라질 때까지 금샘에 앉아 있었지만 오색 구름과 그 구름을 뚫고 내려오는 금빛 물고기는 보지 못했심더. 그 다음 번 보름 날은 장대비가 억수로 퍼붓는 날이 되어 아예 산을 오르지도 못했지예.

8월 한가윗날이 되었심더.

동네 사람들 모두가 은은히 빛나는 둥근 달을 쳐다보며 풍성한 수확을 노래할 때 저는 일찌감치 금샘으로 찾아갔었지예. 그날따라 숲 속을 누비며 음산하게 으르렁거리던 산짐승과 밤새도록 울고만 있을 것 같던 풀벌레들도 소리를 딱 멈춘 그야말로 고요한 밤이었심더. 그런 밤에 눈을 치뜨고 터질 듯이 부풀어 있는 달만을 쳐다보고 있던 저는 어느 순간엔가 달이 내가 되고 내가 달이 되어 버린 것 같은 느낌을 받았지예. 그러자 내 몸과 마음은 달빛 젖은 온 천지와 하나가 되어 있는 것 같았심더.

끝없는 바다처럼 활짝 펼쳐진 편안한 내 마음 속에는 미세한 바람결에 살며시 몸짓하는 풀잎의 수줍은 소리와 풀잎 속에 숨죽이고 있는 풀벌레의 은밀한 기척까지도 감지되었심더. 그뿐 아니라 눈에 시퍼런 불을 켜고 웅크리고 있는 산짐승과 이를 내려다 보는 키 큰 잣나무의 심사까지도 내 마음에 비춰드는 것이 아니겠심꺼.

그때였심더. 은은하기만 하던 달덩이 주위에 오색 무지개가 소롯이 피어오르더니 그것은 곧바로 뭉실뭉실 퍼져 오르는 안개 같은 구름으로 변했지 뭡니까?

참으로 내 생전 처음으로 느낀 아찔한 아름다움이었심더. 한동안 그 아찔한 아름다움을 쳐다보고 있자 오색 구름이 썩 갈라지며 그곳에서 황금빛을 번쩍번쩍 내쏘는 물고기 떼들이 주르륵 떨어지데예. 그것들은 내가 앉아 있는 금샘으로 소리없이 뛰어들었심더. 그러자 내 몸 엉덩이 쪽에서 짜르르하고 뜨거운 어떤 기운이 일어나 내 등골을 타고 오르더니 머리 꼭대기 쪽을 치받는 것이 아닙니꺼. 잠시동안 아찔하고 짜르르한 기분에 싸여 있던 저는 머리 꼭대기를 꽝 뚫으며 무엇이 빠져 나가는 듯한 느낌을 받고 한참 동안 멍하니 앉아 있기만 했지예.

그러다가 저는 꼬부랑 할머니의 말이 생각나 얼른 금샘 물을 바가지로 가득 떠 올렸심더.

황금빛으로 빛나는 금샘의 물이 바가지 속에서도 빛을 내뿜고 있습디다. 꿀떡꿀떡 물을 마신 제 뱃속에서 또 한 차례 화끈하고 짜르르한 기운이 힘차게 요동치는 것이 아니겠습니꺼. 이 기운은 뱃속을 이리저리 휘젓고 다니더니 배꼽 아래쪽으로 모여들었심더. 눈을 뜨고 있는 제 눈에도 제 뱃속에서 황금빛 살을 어지럽게 내쏘며 빙빙 돌고 있는 그런 그림이 보였심더.

저는 숨을 한 번 들이쉬고 달을 한 번 쳐다보았지예.

이젠 오색 구름도 보이지 않았고 먹빛 하늘 위에 둥근 달만이 말없이 웃고 있었심더. 달이 저쪽 하늘가에서 아쉬운 눈빛을 보내고 있을 때쯤에 저는 자리에서 일어났심더. 집으로 돌아가는 제 발걸음은 날아갈 듯했고 온몸에는 아침 태양처럼 솟아오르는 힘이 넘쳐 흘렀지예.

이런 경험을 다음 해 여름까지 열두 달 동안 불과 네 번밖에 할 수 없었심더."

껌벅이는 눈꺼풀 속에서 반짝이는 빛을 내쏘며 징옥의 얘기를 듣고 있던 돌쇠가 말을 막았다.

"스승님! 성님이 없는 얘기를 할 사람은 아닙니다만 저로서는 너무 신기하여 도저히 믿기질 않습니다요."

"돌쇠야! 천지의 조화, 생명의 신비를 모르는 사람의 눈에는 그런 것이 신비스럽고 믿어지지 않을 수도 있느니라. 그러나 그런 일은 당연히 일어날 수 있는 천지 조화의 일부분에 불과하다. 너는 누에가 고치가 되고 그 고치 속에 있던 누에가 한 마리 나방으로 둔갑하여 나오는 것을 본 일이 있을 것이다. 그리고 밀양 땅 얼음골이란 곳은 오뉴월 찜통 더위에도 불구하고 얼음이 언다는 것을 들은 일이 있을 것이다. 이런 일은 징옥이가 경험한 일처럼 천지의 신비, 생명의 신비에 해당된다. 그런데 이런 것을 보도 듣도 못한 사람들에게 누에가 나방이 되어 하늘을 훨훨 날아다니며, 한여름에도 얼음이 언다고 말하면 아무도 그런 사실을 믿으려하지 않을 것이다.

스승님께 그 기이한 금샘의 얘기를 들은 나도 처음에는 믿어지지가 않아 직접 그곳에 가서 확인해 본 일이 있단다.

금샘이 있는 산은 금샘(金井)의 이름을 따 금정산(金井山)이라 하기도 하고 양산 북리(北里) 사람들은 남산(南山)으로 부르기도 한단다. 우리 겨레의 영산(靈山)인 백두산에서 일어난 정기가 산맥을 타고 흐르다가 그 힘을 멈추고 있는 명당 자리인, 그 산(山)은 예부터 이름난 도인들의 수양지(修養地)였지.

유명한 시단(원효) 스님도 그곳에서 도를 닦았고 이 땅에 쳐들어 온 왜병 10만 명을 물리치기 위해 의상 대사와 신라 임금이 7일 밤낮으로 기도한 곳도 금정산의 맥혈처인 그 금샘이란다. 이런 탓으로 금샘의 기(氣)가 물기를 타고 흘러 내린 곳에 지리(地理)를 볼 줄 아는 신라 때의 스님이

절(寺)을 지었으니 그 이름 역시 금샘에 노니는 범어(梵魚)의 이름을 따 범어사(梵魚寺)라 하였느니라. 우리 겨레가 현재 살고 있는 이 땅 삼천리는 그 형상이 호랑이를 닮았는데 금샘이 있는 자리는 금방 징옥이가 말했듯이 바로 호랑이의 불(자지)에 해당되는 자리이다.

그리고 금샘의 물은 불에 담긴 호랑이의 정혈(精血)이 되기 때문에 인간들의 원기를 보해 줄 수 있단다. 순양(純陽)에 속하는 그런 금샘의 물이 음기(陰氣)가 지극한 보름 날의 둥근 달과 어울리면 바로 정화수(靜華水)가 되어 신비한 조화의 힘을 지닐 수 있게 되지.

그런 데다 순양(純陽)의 몸인 징옥이가 그 샘에 앉아 자타일체(自他一體)의 무아지경에 들었을 때 그런 음양이 어울린 힘을 받아들였으니 어찌 징옥의 몸에 조화가 없을 수 있겠느냐. 아마도 징옥이는 그 때에 모든 기맥(氣脈)이 개통되어 그날 이후부터 나날이 용력(勇力)이 드세어졌을 거야. 징옥아! 그렇지 않느냐?”

“예, 맞심더. 그런 신기한 일을 겪고 난 뒤부터 나도 모르게 부쩍부쩍 힘이 세어지기 시작했심더. 뿐만 아니라 이목(耳目)도 매우 영민해져서 숲 속에 웅크린 짐승의 숨소리를 듣고 그 짐승이 어떤 짐승인지 알아 낼 수 있게 되었심더. 그리고 하늘 높이 나는 기러기 떼를 슬쩍 한 번 쳐다보고도 그 기러기 수효를 짐작할 수 있심더.”

“성님! 참으로 부럽소이다. 아무리 힘이 세다 한들 눈과 귀가 어두우면 무슨 소용이 있겠소. 숲 속에 있는 산돼지는 고사하고 수풀 속의 토끼 한 마리도 제대로 잡지 못할 것인데 말이유.”

“그래 돌쇠의 말이 맞다. 짐승뿐만 아니라 사람을 상대로 한 싸움에서도 이목이 영민하여야만 창, 칼, 활 등의 병장기를 잘 다루어 상대를 제

압할 수 있는 것이지. 그런데 징옥아! 그날 이후에 그 꼬부랑 할머니를 한 번 더 만나 본 적은 없느냐?"

"없었다고 할 수도 있고 있었다고도 할 수 있심더."

"그건 또 무슨 말이냐?"

"그 할머니는 그날 이후로 영영 내 앞에 그 모습을 드러내지 않았심더. 혹시나 하여 고당봉과 금샘 주위를 일부러 어슬렁거리기도 했지만 말입니더. 그런데 나중에 백두산에서 금인(金人)을 얻게 된 7일째 밤 꿈 속에서 그 할머니를 만나 봤지 않겠심꺼."

"그래서 그렇게 말을 했구나. 그래 꿈 속에서 무슨 말을 하더냐?"

"에, 할매는 작대기로 내 머리를 톡톡 두드리며 이렇게 말했심더. '얘야! 네가 잡은 그 금인(金人)이 지금은 남쪽 땅에서 떠돌고 있지만 원래 고향은 두물(豆滿江) 건너 저 북쪽의 서쪽 땅이란다. 그러니 너희들은 그 금인의 고향을 찾아 주어야만 한다. 알겠느냐.' 라고 말입니더."

이 말을 들은 김 처사의 눈이 지그시 감겼다. 감긴 그의 눈 속엔 벌판 이쪽저쪽에서 피어올라 둥그렇게 맞닿은 커다란 쌍무지개가 떠올랐고, 오색 찬연한 쌍무지개 위에 앉아 눈부시게 아름다운 빛을 토해 내는 금인의 모습도 떠올랐다. 김 처사의 눈이 번쩍 떠졌다. 그의 눈동자에는 황홀한 무지갯빛이 어려 있었다.

김 처사가 입을 열어 뭔가를 말하려 했다. 이 참에 고개를 갸우뚱거리고 있던 돌쇠가 불쑥 말문을 열었다.

"스승님, 그리고 형님! 꿈 속의 그 할머니가 형님에게 말하면서 왜 '너'가 아니고 '너희들'이라고 했는지 알 수 없군요."

"그래, 그렇구나. 징옥아! 분명 돌쇠가 말한 대로 그 할머니는 너가 아니고 너희들이라 말했느냐?"

"예, 분명히 그렇게 들었심더. 그날 밤 꿈을 더듬어 보던 이튿날 아침에 저도 좀 이상하다고 생각했심더."

'할머니의 말이 정녕 그러하다면 금인을 안고 그 고향 땅으로 갈 사람은 징옥이가 될 수도 있고 또다른 사람이 될 수도 있다는 말이구나. 이런 탓으로 금인을 얻은 징옥의 얼굴에 용봉(龍鳳)의 상이 확연하게 나타나지 않았던 게로군.'

이렇게 생각한 김 처사의 고개가 가볍게 끄덕였다.

"그래, 그건 그렇고 또다른 말은 없었느냐?"

"예, 있었던 것 같심더."

김 처사의 물음에 치뜬 눈을 깜빡거리며 기억을 되살려 본 징옥은 끊었던 말을 이어 갔다.

"내게 그렇게 말한 할머니는 짝지(지팡이) 소리를 딱딱 내며 북쪽으로 난 길을 걸어갔심더. 저만큼 쪽까지 간 할머니는 고개를 돌리지도 않고 말했심더. '내가 사는 곳은 셋째 가시나 산(山) 옥문지수(玉門之水)란다. 그에게 나를 한 번 찾아오라고 전해 주어라.' 그래서 저는 '할매요! 그가 누군교? 누구한테 전해라 하능교?'하고 물었심더. 그런데도 할매는 아무 말 없이 그냥 제 갈 길로 가 버리지 않겠심니까. 그것뿐입니더."

"음……. 셋째 가시나(三女) 산(山) 옥문(玉門)의 물(水)이라……."

나직하게 중얼거린 김 처사는 눈을 감고 생각에 잠겼다.

잠시 후 빙긋 웃으며 눈을 뜬 김 처사의 입술이 달싹거렸다.

"음……. 그곳을 말하는 것이군. 그렇다면 그 할머니는 그곳의 신령(神靈)이로구나."

"스승님! 그 할머니는 도대체 누구며 셋째 가시나 산 옥문지수는 또 어디입니까?"

징옥과 돌쇠는 궁금한 눈빛으로 스승의 얼굴을 쳐다보았다.

"그것은 나중에 모두 말해 주마. 징옥아! 너의 얘기나 마저 듣자꾸나."

징옥은 혓바닥으로 입술을 한 번 핥은 다음 자기의 얘기를 이어가기 시작했다.

그런 일을 경험한 다음부터 징옥의 용력은 날이 갈수록 강해졌다.

열네 살을 넘어서자 드디어 형 징석보다 더 뛰어난 힘을 지니게 되었다. 완력뿐만 아니라 창칼 쓰기, 활쏘기, 그리고 씨름과 수박치기에서도 징석은 아우의 적수가 되지 못했다.

그해 가을의 어느 날이었다.

세 식구가 마주 앉아 저녁을 먹는 자리에서 어머니가 입을 열었다.

"얘들아! 옆집 곱단이가 며칠 후면 시집을 간단다. 이웃의 정으로 잔치에 쓰라고 뭣 좀 보내 주긴 주어야겠는데 마땅한 것이 없구나, 어떡하면 좋겠노?"

"어무이예, 저희들이 산으로 올라가 산짐승이나 몇 마리 잡아 주면 안 되겠능교."

두 형제는 똑같은 말을 했다.

"그래, 그게 좋겠구마, 그런데 잔칫상에 여러 산짐승 고기는 필요없고……. 산돼지나 한 마리 있으면 좋겠구나."

"그렇게 하겠심더. 형이 한 마리, 내가 한 마리 잡아오면 한 마리는 곱단이 집에 보내 주고 한 마리는 우리가 묵으면 되겠네예."

이튿날 새벽 배불리 밥을 먹은 두 형제는 주먹밥을 허리에 차고 사냥을 나갔다. 9월의 석양이 징옥이네 처마 밑으로 기어들 때쯤 밥상을 차려 놓고 기다리고 있던 어미의 귀에 '쿵'하고 마당이 올리는 소리가 무겁게 들려 왔다.

어머니는 후다닥 방문을 밀고 밖으로 나왔다.

툇마루 밑 마당에는 창에 찔리고 화살이 꽂혀 있는 시커먼 산돼지가 있었고 그 옆에서 싱긋 웃으며 땀을 닦고 있는 큰 아들이 보였다.

이렇게 어렵지 않게 큰 아들은 산돼지를 잡아왔으나 작은 아들은 밤이 이슥해져도 돌아오지 않았다. 밤이 깊어지자 징석은 이내 곯아떨어졌으나 어머니는 마당 쪽으로 귀를 열어 놓고 뜬눈으로 밤을 새웠다.

이튿날 아침이 되고 정오가 되어도 징옥은 돌아오지 않았다.

'야가 실수를 하여 산왕(山王, 범)에게 잡아먹히지나 않았을까? 아이믄 다친 몸으로 어느 골짝에서 꼼짝도 못하고 있는 것은 아이가?'

이렇게 마음 졸이며 서성거리고 있는 중에 마당에는 벌써 땅거미가 덮이기 시작했다.

이때였다.

어깨에 송아지만한 멧돼지 한 마리를 둘러멘 훤칠한 징옥이 어둠을 뚫고 나타난 것이다.

"이놈아야! 뭐 한다고 이렇게 늦게 오노. 이 에메 애간장 다 녹았다."

반갑게 달려오는 어미의 모습을 본 징옥은 메고 있던 산돼지를 '툭툭' 손으로 치면서 허연 이빨을 드러냈다.

"어무이예! 요놈아를 산 채로 잡아온다고 이렇게 늦었심터."

툇마루 위에 놓여진 산돼지는 축 늘어진 채 더운 콧김만 헉헉 내뿜고 있었다.

간월산을 헤매던 징옥은 중화참이 되었을 때 엄청나게 큰 산돼지 한 마리를 만났다. 호랑이보다 더 뚝심이 세다는 산돼지를 사로잡고 싶어진 징옥은 산돼지 쪽으로 살금살금 다가갔다.

인기척을 느끼고 태세를 갖춘 산돼지를 향해 징옥은 별안간 힘찬 기합 소리를 내지르며 비호처럼 달려들었다.

"우아아앗!"

갑자기 온 산이 뒤흔들리는 듯한 고함 소리와 함께 덮쳐 오는 사람 그림자를 본 산돼지는 그만 질겁을 하고 내달리기 시작했다. 수풀을 뚫고 쏜살처럼 달리는 짐승의 뒤를 징옥은 나는 듯이 뒤쫓기 시작했다. 산등을 몇 개 넘고 계곡을 몇 개나 건넜는지는 짐승도 모르고 사람도 몰랐다. 오직 달리고 뒤쫓는 데만 짐승과 인간의 집념이 어려 있었다. 캄캄한 어둠 속에서도 둘은 쉬지 않고 달리고 또 달렸다.

이튿날 정오쯤 되자 드디어 지쳐 버린 산돼지는 더 이상 도망을 가지 않고 뒤쫓는 인간을 향해 어금니를 드러냈다. 마지막 힘을 다해 달려든 산돼지를 피하며 한 손으로 산돼지의 목을 휘어잡은 징옥은 다른 한 손으로 산돼지의 골통을 내리쳤다. 퍽 소리와 함께 산돼지는 무릎을 꺾고 늘어졌다. 청도에 있는 운문사(雲門寺) 어림에 있는 산 중턱에서였다.

징옥이네 집 툇마루 위에서 마지막 숨을 몰아쉬고 있던 산돼지의 돌덩이 같은 골통은 깨어져 내려앉아 있었다.

이때부터 양산 땅에 나이 어린 천하 장사가 났다는 소문이 짜하게 퍼져 나가 경상도 일원에서는 이징옥이라는 이름을 모르는 사람이 없을 정도가 되었다.

"저놈들을 백수의 왕이라 카이, 어디 그놈들과 맞붙어 봐야겠구마."

여기저기 다녀 봐도 적수다운 적수를 만나지 못한 징옥의 드센 용력은 호랑이를 적수로 삼을 수밖에 없었다.

그러나 인근 산 속의 호랑이들도 징옥의 두 눈에서 쏟아져 나오는 불꽃 같은 안광(眼光)과 늠름한 기상을 보면 슬금슬금 꼬리를 감추고 사라졌다. 피에 굶주린 채 달려드는 사나운 녀석들도 징옥의 날렵하고 정확한 창질 몇 번에 그만 축 늘어진 고깃덩어리가 되어 버렸으며, 멀리서 으르렁거리는 놈들은 화살 몇 발에 나뒹굴고 말았다.

"호랑이는 백두산 호랑이가 제일 영물(靈物)이고, 활 잘 쏘고 용감하기로는 두만강 근방에 사는 야인(野人)들이 제일이지."

태백산 준령을 헤매다 만난 어느 사냥꾼의 말이었다. 이 말을 들은 징옥은 북녘 땅 함길도로 가기로 했다.

징옥이 하직 인사를 드리자 징옥의 어머니는 장롱 속 깊숙한 곳에서 비단 한 폭을 꺼냈다.

"니한테 줄 끼라고는 이거빼기 없구나. 은제 다시 만날지는 알 수 없지만, 이 비단처럼 바래지지 않는 삶을 살도록 하그레이. 활활 타올라가 꺼지지 않는 불꽃처럼 말이데이."

이후 징옥은 대적할 때나 사냥할 때에는 항상 어머니가 준 비단띠를 이마에 묶고 다녔다. 함길도에서도 징옥의 용력과 병장기 쓰는 재주를 당해 낼 사람은 없었다. 그들이 징옥보다 나은 점은 말을 타고 달리는 재주였다. 사나운 호랑이를 옆집 똥개 한 마리 때려잡듯 손쉽게 해치워 버리는 징옥을 본 야인들은 엄지를 치켜세우며 징옥을 칭찬했다.

"아마도 저 홍띠 장사를 당해 낼 사람은 이 백산(白山) 흑수(黑水)뿐만 아니라 중원 땅에도 없을 거야!"

이렇게 징옥의 이름이 나자 함길도 절제사 조말생의 눈에 띄게 되었다. 야인들과의 최후 방어선인 부거(富居)를 지키는 책장(柵將)으로 발탁된 것이다. 징옥이 부거 책장이 되자 자주 소란을 피우던 야인들도 감히 준동을 하지 못했다. 따라서 징옥은 매일 말이나 타고 사냥으로 소일할 수밖에 없었다. 매일매일 계속되는 사냥에 싫증을 내고 있던 징옥에게 어느 날 서찰이 날아왔다.

사나이 대장부로 태어났으면 입신양명을 하여 가문(家門)을 빛내도록 해야지, 그렇게 변경에 눌러앉아 여망 없는 졸아치로 허송세월 만 보내고 있단 말이냐! 어서 한양 땅으로 와 무과(武科)에 급제한 후 입신양명을 도모해 봐라.

한양에서 내금장(內禁將)으로 있는 형 징석에게서 온 서찰을 받아본 징옥은 부거 책장 자리를 때려치웠다. 스물두 살이 된 3월 초순 경이었다.

5

백두산에서 만난 젊은이, 바로한

한양 땅으로 향하던 징옥은 조선인의 영산(靈山)인 백두산의 웅자를 한 번 보고 싶었고 짐승 중의 영물(靈物)이라는 백두산 호랑이와 한 번 맞닥 뜨려 보고 싶어졌다.

산 속에서 몇 날 밤을 지새운 징옥은 아직도 하얀 눈에 뒤덮여 있는 백두산 영봉(靈峰)에 올라섰다 봉우리를 빙 돌러 감싸고 있는 폭신폭신한 목화송이 같은 한 조각 구름을 밟고 징옥은 남녘 땅을 굽어보았다. 그의 눈에는 하얀 구름을 덮어쓴 채 거뭇거뭇한 머리통만 삐쭉삐쭉 내밀고 있 는 산맥들의 끝없는 용틀임이 들어왔다. 그것뿐이었지만 그 속에서 일어 난 한 가닥 장엄한 기운은 징옥의 가슴 속에 빨간 불길 하나를 일으켜 놓 기에는 충분했다.

이제는 몸을 돌려 끝간데 없이 널찍하게 펼쳐져 있는 북녘 땅을 굽어 보았다. 그러자 징옥의 머리 속에 하나의 그림이 떠올랐다.

대군을 거느리고 거들먹거리며 쳐들어왔던 당 태종 이세민의 눈깔 하나를 화살 한 대로 뽑아 내어 기를 꽉 꺾어 버린 양만춘의 씩씩한 모습이었다. 그리고 칼 일곱 자루를 허리에 꽂고 당장(唐將)의 모가지를 나무에서 과일 따듯 거둬들이는 연개소문의 용맹한 모습이었다. 또 패주하는 당군(唐軍)을 뒤쫓아 장안성에 입성한 후 당 태종의 항복을 받아 낸 연개소문의 위엄 있는 얼굴이었다.

어디 그뿐인가, 그림은 또 있었다.

천문령 전투에서 당군을 격파하고 대진국을 건설하여 고구려의 맥을 이어 간 대조영의 지혜로운 눈빛도 있었다. 가없이 넓은 벌판에는 그런 그림과 더불어 겨레의 우렁찬 함성과 호령 소리가 가득 차 있었다.

징옥의 가슴 속에 뜨거운 피가 솟구치기 시작하고 마음 속에서 천지를 뒤덮을 것 같은 한 줄기 호연지기(浩然之氣)가 불끈 치솟아 올랐다.

"우야앗!"

징옥의 아랫배와 뜨거운 심장 속에서 시작된 우레 같은 외침 소리가 백두산 영봉을 휘감고 9만 리 저 창공으로 솟구쳐 올랐다.

가슴이 벅찼다. 징옥은 두 손으로 가슴을 부여안았다.

징옥의 눈 속에 뜨뜻한 물기가 촉촉이 배어났다.

아……, 너무나도 위대한 조상님을 두었건만 우리는 지금 무얼 하고 있는 것인가. 자신의 몸 속에 흐르고 있는 조상님의 혼백이 통곡하고 있는 것 같았다.

징옥은 자욱한 구름 속에 잠겨 있는 아랫세상을 모두 빨아들일 것처럼 한 입 가득 숨을 들이마셨다.

'그래, 사나이 대장부라면 자랑스런 조상님의 얼굴에 먹칠을 할 수는

없지. 그러기 위해서는 우선은 입신양명을 하여 때를 기다리자!'

징옥의 가슴 속에 한 가닥 장엄한 웅지가 뿌리 내리기 시작했다.

징옥은 뿌듯해진 가슴을 안고 하산 길에 나섰다. 아래쪽으로 내려가는 길목 우람한 바위 옆에 다다랐을 때였다.

지나치는 세찬 바람결에 실린 나직한 한숨 소리가 징옥의 귀로 들어왔다. 그 소리는 빈 벌판 위를 이리저리 뒹구는 낙엽 소리 같았는데 바위 저편에서 들려 오는 것 같았다.

'이 험산 준봉에 나 말고 다른 사람이 올라와 있단 말인가?'

이런 생각과 함께 흘낏 바위 저쪽을 향해 눈길을 주는 징옥의 귀에 이번에는 낭랑하게 읊조리는 탄식조의 소리가 들려 왔다.

> 망망한 구름 바다 속에서
> 거뭇거뭇 고개 내민 수만 개의 저 산봉우리
> 사방으로 흩어져 제 홀로 우뚝하나
> 그 줄기 그 뿌리는 이곳에서 비롯되었네
> 오늘도 무심한 저 봉우리들은
> 하얀 너울 걷어 내리고
> 조산(祖山) 향해 우러러 절하건만
> 천애지각(天涯地角)에 홀로 선 이 내 몸은
> 마음이 있다 한들 어디 누구를 향해 엎드릴꼬.

비록 낭랑하고 우렁찬 목소리였으나 그 소리에는 천애(天涯)를 떠도는 한 조각 구름 같은 외로움과 육친(六親)을 잃어버린 진한 슬픔이 배어 있었다.

어려서 아버지를 잃은 징옥의 가슴 한 끝이 찡해졌다.

징옥은 소리나지 않게 그쪽으로 다가갔다. 아무나 함부로 올라올 수 없는, 따라서 인적조차 찾아보기 힘든 이곳에 사람이 있구나 하는 반가움이 앞섰고 동병상련(同病相憐)의 정 같은 것을 느꼈기 때문이었다. 널찍한 바위 위에 뒷짐을 지고 서 있는 한 사내가 보였다. 사내는 세찬 바람 속에 옷깃을 휘날리며 남쪽 산하(山河)를 멍하니 굽어보고 있었다. 활을 메고 칼을 찾으며 꿩 깃을 꽂은 털모자를 쓰고 녹피(鹿皮) 바지를 입고 있었다. 흔히 볼 수 있는 사냥꾼 차림이었으나, 뒷잔등에 늘어지게 땋은 머리채와 털모자에 꽂힌 꿩 깃이 그가 야인(野人, 여진 사람)임을 말해 주고 있었다.

'그런데 야인 같아 보이는 저자가 우째 고려 말을 저리도 잘 하는걸꼬? 아마도 저자는 야인 복색을 했다뿐이지 고려 사람이 분명할꺼야.'

이렇게 생각한 징옥은 그 사내와 인사를 나누고 싶어졌다.

징옥은 점잖게 인기척을 내어 봤다.

"어험……, 흠."

징옥의 헛기침 소리가 제법 컸음에도 불구하고 사내는 여전히 돌부처처럼 꼼짝도 안 했다.

'눈 덮인 이 꼭대기까지 혼자서 올라온 사람이라면 상당한 수준의 담력과 용력을 갖춘 자일 낀데 이 정도의 목소리를 못 알아들을 리 없을 터, 그렇다믄 이 자는 지금 나를 무시하고 있는 것이 아이가?'

약간 기분이 상한 징옥은 이번에는 온 산봉우리가 쩌렁쩌렁 울리도록 고함을 질렀다. 징옥의 고함 소리에 바위 틈에 붙어 있던 눈(雪)들이 퍼석퍼석 떨어져 내렸다.

"보소! 그대는 버버리(벙어리)요? 우째 사람이 사람을 부르는데도 대답이 없소?"

그제서야 사내는 고개를 돌려 징옥을 쳐다보았다.

무겁게 내려앉은 잿빛 하늘 같은 표정이었다. 사내는 냉랭한 눈빛으로 징옥을 쏘아보며 손을 몇 번 까닥거렸다. 상대하기 싫으니 가라는 표시였다. 무시당했다고 느낀 징옥의 얼굴이 벌겋게 달아올랐다. 와락 부아가 치민 징옥은 발을 한 번 들어 땅바닥을 꽝 박차며 위로 올라갔다.

이런 징옥을 향해 사내는 '픽' 코웃음을 쳤다. 같잖다는 비웃음이었다.

'이 오랑캐놈이 감히 나를 비웃어? 어데 맛 좀 봐라!'

와락 덮쳐든 징옥은 사내의 멱살을 움켜잡고 오른손을 치켜들었다. 사내는 징옥의 치켜든 오른팔 어깨 위에 자기의 왼손을 슬쩍 얹어 놓은 다음 오른손을 수도(手刀)로 하며 징옥의 왼쪽 팔 관절 부위를 향해 내리치려 했다. 사내의 이런 응수는 방어와 공격을 겸비한 수로써 무술의 이치를 터득한 사람만이 행할 수 있는 수법이었다. 이렇게 되면 쳐든 오른손으로는 상대를 공격할 수 없을 뿐 아니라 자기의 목 부위를 노리는 상대의 오른손 공격도 막아야 했다. 그리고 멱살을 잡고 있는 손은 멱살을 풀고 재빨리 거둬들여야만 했다.

이런 상황을 파악한 징옥은 재빨리 왼손을 거둬들임과 동시에 뒤로 한 걸음 물러났다.

'아차! 내가 상대를 너무 가볍게 여겼구마. 이 자는 여간내기가 아이다. 조심하지 않으면 망신당하겠구마.'

징옥의 얼굴엔 붉은빛이 살짝 어렸다.

자기를 무시하는 듯한 사내의 태도에 부아통이 터져 사내의 멱살을 잡고 으름장을 놓긴 했지만, 징옥은 처음부터 사내를 칠 뜻은 없었다. 그러했기에 멱살을 잡은 즉시 사내를 공중으로 쳐들어 꼼짝못하게 제압을 하지 않았던 것이다. 움직이지 않을 때는 그 몸 자세를 태산처럼 고요하고 무겁게 해야 하며 움직인다면 질풍신뢰처럼 움직여 상대를 제압해 놓고 봐야 했었다. 이것은 무인(武人)의 기본적인 진퇴법(進退法)이었다. 외로운 곳에서 만난 한 핏줄 같은 자기 또래의 사나이, 그 사나이가 읊조리는 탄식 속에서 느꼈던 동병상련의 마음, 이것 때문에 징옥은 잠시 깜박했던 것이다.

징옥이 뒤로 물러서자 사내는 따라오라는 손짓을 한 후 바위에서 뛰어내려 아래쪽으로 달려갔다. 바위와 바위 사이를 획획 건너뛰고 눈 덮인 비탈길을 꼿꼿이 선 채 미끄러져 내려가는 사내의 몸동작은 흐트러짐 하나 없이 날렵하기만 했다. 징옥도 뒤질세라 옷깃을 펄럭이며 그 뒤를 쫓았다. 한참 달리던 사내는 몸을 멈추고 등에 멘 활과 전통을 끌러 놓았다. 한쪽에는 관목이 빽빽하게 들어차 있고 한편은 바위투성이의 산등이 가로막고 있는 제법 널찍한 풀밭 위였다.

어느새 긴 칼을 빼어 든 사내는 몸을 돌려 징옥을 노려보았다. 환도를 빼어 든 징옥도 호흡을 가다듬으며 사내를 주시했다. 흰 얼굴에 콧날은 우뚝했고 크고 아름다운 눈에는 흑백 뚜렷한 맑은 눈동자가 들어 있었다. 참으로 잘생긴 사내였다. 그러나 사내의 눈빛은 사생을 판가름할 수 없는 이 일촉즉발의 상황과는 너무나 어울리지 않는 것이었다. 먼 산을 멍하니 쳐다보며 홀로 서 있는 새끼 사슴의 눈망울 같기도 했고, 어찌 보면 보름달을 향해 한숨 짓는 미인의 눈빛 같기도 했다.

'저 사내는 어떤 가슴 아픈 사연을 지녔기에 저런 눈빛을 하고 있는 걸

까? 혹시 좀 전의 그 쓸쓸하게 읊조리던 시구와 연관이 있는 것이 아일까?'

가슴 밑바닥 한켠에서는 뭉클한 동정심이 일어 징옥의 몸을 흠칫 떨게 하였다. 그러나 어느새 사내는 재빠르게 뒷잔등에 늘어져 있던 긴 머리칼을 앞가슴 옷섶에 찔러 넣고 징옥의 빈틈을 찔러 들어왔다. 꼿꼿이 머리를 쳐든 독사가 독액을 뿜어내듯 악랄한 수였다.

'아차, 또 한 번 병가(兵家)의 금기를 망각했군!'

가까스로 몸을 피한 징옥도 환도를 휘둘렀다.

두 사내의 칼부림이 시작되자 지저귀던 이름 모를 새들도 울음을 멈추었고 수풀 속에서 부스럭거리던 짐승들도 숨을 죽였다. 산 속에는 바람을 가르며 일으키는 칼바람 소리와 칼과 칼이 마주치는 섬뜩한 소리들만이 아우성쳤다. 간간이 터져 나오는 기합 소리와 호통 소리 속에 뒤섞인 이 소리들은 한 시진이나 계속되었다. 한 사람을 상대로 하여 이처럼 신나게 마음껏 칼을 휘둘러 본 적이 없었던 징옥은 싸우면 싸울수록 힘이 솟아오르고 흥도 났다.

'역시 보통내기는 아이구마. 아까는 내 니를 적으로 생각지 않아 한 수 뒤졌지만 이제는 그렇지 않을 끼다. 어디 니도 좀 당해 봐라.'

징옥은 내리 쪼개고 비껴치고 쑤시기도 하며 이리 뛰고 저리 뛰었다. 그야말로 숲 속을 누비는 한 마리 맹호처럼 거칠 것 없이 칼을 휘둘렀다. 후려치는 징옥의 칼을 몇 번 맞아 본 사내는 팔이 시큰거리고 손아귀가 얼얼해졌다.

'이크, 이 자의 완력은 참으로 엄청나군. 힘으로 맞받아서는 낭패를 당하기 십상이겠다.'

이렇게 생각한 사내는 세찬 칼바람 소리와 함께 내리쳐 오는 징옥의 칼을 살짝살짝 피해 가며 징옥의 허점만을 골라 예리한 칼질을 했다. 이런 사내의 모습은 마치 뒤엉킨 나뭇가지를 타고 노는 원숭이처럼 영활했고 물 속을 헤엄치는 물고기처럼 유연했다.

거센 힘을 앞세운 징옥의 공격.

민첩한 몸놀림으로 백사(白蛇)가 혓바닥을 쏘아 내듯 징옥의 허점만을 집요하게 파고드는 야인 사내.

이들의 이런 드잡이질은 두 시진이 넘게 계속되었지만 그 어느 누구도 조금의 우세를 차지하지 못했다. 두 사람의 얼굴에는 경탄의 빛이 어리기 시작했다.

'여간내기가 아인 줄은 알았지만 이처럼 대단할 줄이야, 이 자는 도대체 누구일까?'

'난생 처음 만나 보는 무서운 상대로군. 고려 땅에 저런 인물이 있었다니, 혹시 이 자는 그 사람이 아닐까?'

이렇게 생각하면서도 서로의 손은 멈추지 않았다.

밀고 밀리는 사이에 그들의 몸은 바위투성이 산등이 있는 쪽으로 옮겨졌다.

그때였다. 크르릉거리는 맹수의 나지막한 울부짖음이 바로 옆 산등성이에서 들려 온 것이다. 분명 호랑이의 울부짖음이었으나 만짐승을 벌벌 떨게 할 위엄은 없었다. 두 사람은 동시에 소리가 난 쪽을 쳐다보았다. 바위 틈새에 제법 큰 굴이 있었고 소리는 그 속에서 나오고 있었다. 인간들의 기척과 쇠붙이 맞닿는 소리, 그리고 그 속에서 물씬물씬 풍겨 나오고 있는 살기를 느낀 새끼 호랑이가 신변의 위험을 느끼고 어미를 부른 것이다.

두 사람은 칼을 든 손을 멈추었다.

두 사람 모두 새끼를 보호하기 위해 달려올 어미 호랑이의 사나움을 익히 아는 능숙한 사냥꾼이었던 것이다.

"우리 인자 칼부림은 그만두고 어미 범을 누가 먼저 잡나 내기하입시더. 먼저 잡는 사람이 성(兄)이 되는기요. 됐능교?"

"좋소, 그렇게 합시다."

징옥은 사내의 대답은 아랑곳하지 않고 저쪽에서 뒹굴고 있는 커다란 바위 쪽으로 성큼성큼 다가갔다. '끙' 하고 힘쓰는 소리 한 번에 육칠백 근 정도 되어 보이는 큰 바위가 징옥의 두 어깨 위로 쳐들려졌다. 쳐다보고 있던 사내의 두 눈이 크게 떠지고 입술이 달싹거렸다.

'과연 대단한 힘이야. 저 정도면 백산(白山) 흑수(黑水)뿐 아니라 중원 땅에서조차 천하장사 소릴 듣겠는걸. 저러니 칼을 받는 내 손이 얼얼하고 어깨까지 시큰거렸지.'

뚜벅뚜벅 호랑이 굴 앞으로 다가간 징옥은 들고 있던 바위를 굴속으로 휙 던져 넣었다.

'쿵'하는 땅울림과 함께 '꽥'하는 애처로운 소리가 들렸다. 징옥의 거동을 지켜보던 사내의 입에서 '쯧쯧' 혀 차는 소리가 나왔다. 새끼를 잃고 죽자사자 덤벼들 어미 호랑이를 생각했고 그렇게 되면 사냥도 어려워질 뿐 아니라 자칫 잘못하면 호랑이에게 뒷덜미를 물어뜯길 수도 있다고 생각했기 때문이었다. 그러나 징옥의 생각은 달랐다. 새끼가 죽은 것을 발견한 호랑이는 더욱 사납고 악착같아질 것이고 그래야 한 번 해볼만한 호랑이와의 대결이 될 것이라 생각한 것이다.

사내는 재빨리 활 있는 곳으로 가서 전통을 어깨에 메고 활을 잡았다. 징옥은 호랑이 굴 앞에서 몇 걸음 뒤로 물러나 사방이 횡 보이는 넓은 곳에 버티고 섰다. 그러고는 풀밭 위에 뒹굴고 있던 자기 키만하고 허벅지 굵기를 가진 나무 하나를 세워서 왼손에 들었다.

관목 숲 저쪽에서 노루 한 마리를 물고 오던 어미 호랑이는 새끼가 부르는 소리를 듣자 물고 있던 먹이를 놓고 바람처럼 달렸다. 달리는 호랑이의 눈에서 시퍼런 불줄기가 뚝뚝 흘러내리고 내딛는 몸통은 쏜살같았다. 달리던 호랑이는 새끼의 애처로운 마지막 비명을 들은 것이다.

"쏴악."

비린내를 동반한 일진의 세찬 바람이 흙먼지와 나무 검불을 어지럽게 휘날렸다. 용(龍)은 구름을 부르고 호랑이는 바람을 일으킨다더니 '으르렁'거리는 소리가 바람 끝에 매달려 왔다. 나타난 호랑이는 백두산 대호(大虎)라는 말에 어울릴 만큼 엄청나게 컸다. 전문적인 호랑이 사냥꾼인 징옥도 이렇게 큰 호랑이는 처음 보는 것이었다. 황소만 했다. 호랑이는 굴 앞에 딱 버티고 선 채 송곳 같은 허연 이빨을 드러내며 이글거리는 눈빛으로 두 사내를 노려봤다. 날카로운 이빨 사이로 주홍빛 혓바닥이 부르르 떨렸고 그 사이로 으르렁거리는 소리가 나지막하게 흘러 나왔다. 어미가 부르는 소리에도 불구하고 굴에서는 아무런 소리가 들려 오지 않았다.

"어흥!"

노안(怒眼)을 부릅뜬 호랑이 입에서 온 산을 뒤흔드는 소리가 나왔다. 윙윙 고막이 울리고 머리털이 쭈뼛쭈뼛해지는 엄청난 진동을 가진 소리였다. 보통 사람이 아닌 두 사내조차 자기도 모르게 몸을 흠칫 떨었다.

환도를 쥐고 있던 징옥의 손에 힘이 가해지고 사내의 손은 등 뒤 전통 쪽으로 가 화살 한 대를 잡았다. 손들은 은밀히 움직이고 있었지만 호랑이를 마주 쏘아보는 형형한 눈빛들은 조금의 동요도 없었다. 호랑이는 또한 번 온 산을 부르르 떨게 할 울부짖음을 뱃속으로부터 뽑아내면서 덮쳐들 것 같은 몸동작을 했다.

그래도 두 사나이는 흔들리지 않았다.

두 번의 위협에도 꿈쩍하지 않는 두 사내를 본 호랑이는 만만찮은 강적을 만난 것을 알았다. 호랑이는 뒷발에 힘을 모은 채 두 사람의 틈만을 노렸다.

그야말로 호시탐탐(虎視眈眈)이었다.

야인 복색의 사내는 가만가만한 손놀림으로 뽑아 든 화살 하나를 활줄에 걸었다.

"텅!"

시위 놓는 소리와 함께 화살은 '퓽' 소리를 내며 날아갔다. 사내는 호랑이의 가슴 위 목줄을 향해 활을 쏜 것이다. 호랑이의 눈이 번쩍 빛났고 오른쪽 앞발이 번개 같은 속도로 허공을 휘저었다. 호랑이의 목줄을 향해 날아간 화살은 호랑이의 얼굴 바로 앞에서 뚝 떨어졌다. 과연 영산(靈山)에 사는 영물(靈物)다웠다. 사내는 활시위를 놓는 순간에 또다시 화살을 시위에 걸었다. 아주 능숙하고 재빠른 솜씨였다. 그러나 호랑이도 가만히 있지 않았다. 화살이 땅에 떨어지고 또다른 화살이 활시위에 얹혀져 당겨지고 있는 그 틈에 호랑이는 벼락같이 사내에게로 덮쳤다. 사내와 굴 앞 호랑이 사이의 거리는 스무 걸음 남짓했다. 이 정도 거리에서는 화살 한 방으로 끝내든지 아니면 치명상이라도 입혀야 했다. 그렇지 못할 때는 미처 두 번째 화살을 날리기도 전에 날랜 호랑이에게 당할 수가 있는 것이다. 그만큼 호랑이는 날랜 동물이다. 능숙한 사냥꾼인 그가 이런 점을 몰랐을 리 없었다. 다만 자기의 각궁(角弓)에서 힘차게 쏘아진 화살을 가볍게 쳐 낼 수 있는 호랑이가 있다는 것을 꿈에도 생각지 못했던 것이다. 특히나 스무 걸음 정도밖에 되지 않는 거리에서 쏘아진 화살을 말이다.

사내의 눈동자에 당황한 빛이 나타났다.

화살을 건 시위가 팽팽히 당겨지기도 전에 호랑이의 시뻘건 혓바닥과 날카로운 송곳니가 바로 자기의 눈 위에 다가와 있었다. 사내는 황급히 시위를 놓았다. 날아간 화살은 정확하고 힘차진 못했지만 호랑이의 어깻죽지에 꽂혔다. 그러나 그것으로 호랑이의 기세를 꺾어 놓지는 못했다. 호랑이의 억센 두 발톱이 사내의 두 어깨에 꽉 박히고 삐쭉한 그 송곳니에 목줄기가 물어뜯길 아찔한 순간이었다. 사내는 역시 보통내기가 아니었다. 자빠지면서 옆으로 데구루루 몸을 굴린 것이다. 절박한 그 상황에서 생명을 구할 수 있는 방법은 오직 그 한 수뿐이었다. 간단한 것 같은 이런 몸놀림에는 침착, 냉정, 민첩함이 어우러져 있어야 되는 것으로 아무나 쉽게 할 수 있는 동작이 아니었다. 비록 그런 몸놀림으로 호구(虎口)에서 일단 벗어나기는 했지만 사내의 왼쪽 어깨 살점은 호랑이의 왼발톱에 걸려 확 찢겨 나가고 말았다. 솟구쳐 오른 몸이 땅바닥에 내려섰으나 바로 코 앞에 있던 목표물이 순식간에 옆으로 빠져 나가 버리는 것을 본 호랑이는 재빨리 두 번째 공격을 하려 했다.

그 찰나.

'야잇'하는 소리와 함께 나무 뭉치 하나가 호랑이 허리를 향해 날아왔다. 사내의 오른쪽 10여 걸음 정도 되는 곳에 서 있던 징옥은 호랑이가 몸을 날림과 동시에 사내 쪽으로 달려갔다. 그러다가 사내의 위험을 보자 그 즉시 왼손에 쥐고 있던 나무 뭉치를 던진 것이다. 호랑이는 살짝 몸을 틀어 날아드는 나무 뭉치를 피한 후 다 잡은 고기를 놓쳐 버린 것이 분한 듯 '어흥! 으르렁' 한 소리를 내질렀다.

그러나 피해야 할 것은 또 있었다. 날아온 나무 뭉치 뒤를 따라 징옥의 예리한 환도가 싸늘한 칼빛을 내며 목줄기를 노리고 짓쳐들어온 것이다. 벌린 입으로 으르렁거리는 소리를 연신 뽑아 내던 호랑이는 잽싸게 한 걸음 뒤로 물러나며 왼쪽 앞발을 들어 칼몸을 후려쳤다. '탕' 소리와 함께 칼을 든 징옥의 손아귀가 찢어질 듯 아파 왔다.

호랑이 앞발의 힘은 대단했다. 자칫했으면 천하장사인 징옥마저 칼을 놓쳐 버릴 뻔했으니 말이다.

'음……. 요놈들이 후려치는 앞발 힘에는 황소 등뼈마저 으스러진다 카더니 거짓말은 아이로구나. 그렇다믄 어디 이번에는 어떻게 하는가 좀 보자.'

이런 생각을 한 징옥은 칼 든 손에 더욱 힘을 주며 호랑이 주둥이 속으로 칼을 찔러 갔다. 역시 호랑이는 살짝 고개를 들어 칼끝을 피하면서 또 한 번 앞발로 칼몸을 후려쳐 왔다.

징옥은 입가에 실낱같은 웃음을 떠올림과 동시에 칼날 부분을 쳐던 호랑이 앞발 쪽으로 돌렸다. '꽉' 하는 소리와 '어흥' 하는 소리가 동시에 나왔다. 뻘건 핏방울이 호랑이 앞발에서 흘러 나왔다. 징옥의 꾀에 영물(靈物)이라는 호랑이가 당한 것이다.

'오른쪽 어깻죽지에는 화살을 맞았고 왼쪽 앞발은 이렇게 상처가 났으

니 이젠 네놈도 함부로 날뛰지 못하겠제.'

자기 꾀가 성공한 것에 절로 힘이 솟아난 징옥은 더욱 드센 칼질을 해 댔다. 앞발을 들어 칼을 막아내지 못하게 된 호랑이는 이리저리 피하기 바빴다. 한동안 피하기만 하던 호랑이는 으르렁거리는 큰 울부짖음과 함께 뒤쪽으로 멀찌감치 물러나 버렸다. 그러나 꽁지를 보인 것은 아니었다. 얼굴은 이쪽으로 두고 자기 뒤쪽에 있는 한 길이나 되는 바위까지 물러난 호랑이는 징옥을 굽어보며 으르렁댔다. 그때 빠른 동작으로 징옥의 뒤에 숨어 상처를 수건으로 싸맨 사내는 칼을 뽑아 들고 일어서며 말했다.

"저놈은 이제 공중으로 뛰어올라 뒷발 공격을 할 것이오. 뛰어내리자마자 등 뒤를 공격할 것이니 조심하시오. 괜찮다면 뒤는 내가 엄호하리다. 어떻소?"

지금껏 단 한 마디도 없던 사내의 입에서 비로소 말이 나왔다.

"그 정도는 나도 마 알고 있으니 끼어들 생각은 말고 내게 맡겨 두소."

징옥의 말이 미처 끝나기도 전에 호랑이는 징옥의 머리 위로 뛰어 올랐다. 눈 깜짝할 사이에 이미 징옥의 머리 위를 넘어선 호랑이는 뒷발을 할퀴듯 뒤로 내질렀다. 그러나 호랑이의 이런 공격법을 훤히 알고 있는 징옥이었다. 징옥은 호랑이의 앞발이 머리 위를 지나치는 순간 상반신을 뒤로 젖히며 다가오는 범의 뒷발을 향해 환도를 휘둘렀다. 빨간 핏방울이 징옥의 얼굴 위로 주르륵 떨어졌다.

"어흥!"

울부짖음 같은 비명이 짧게 나왔다.

공격은 실패하고 뒷발에 따끔한 상처까지 입은 호랑이는 땅에 내려서

자마자 징옥의 뒷덜미를 향해 사생결단의 공격을 하려 했다. 그러나 바로 눈 앞에 더 큰 난관이 기다리고 있었다. 호랑이가 내려앉을 수밖에 없는 지점에 긴 칼을 뻗쳐 든 사내가 눈에 불을 켜고 버티고 있는 것이었다. 도약했던 몸은 점점 땅바닥으로 떨어지고 있고 조금 후면 기다리고 있던 사내의 긴 칼이 자신의 심장을 꿰뚫을 판이었다.

이런 절대절명의 위급한 순간에 처한 호랑이는 도저히 짐승이라고 생각할 수 없을 만큼 영특했다. 호랑이는 자기의 긴 꼬리를 채찍처럼 휘둘러 칼 든 사내의 손목 쪽을 쳐 온 것이다.

꼬리에 맞아 칼을 놓치거나 칼끝을 아래로 숙이게 되면 호랑이 심장을 꿰뚫기는커녕 그의 몸만이 육중한 호랑이에게 깔려 악에 받친 그 발톱에 온몸이 찢겨질 판이었다. 깜짝 놀란 사내는 한 번 더 덮쳐내리는 호랑이 몸 밑에서 빠져 나올 수밖에 없었다. 그 틈에 간신히 땅에 내려선 호랑이는 그대로 앞쪽에 서 있는 관목 숲으로 뛰어들어 몸을 감춰 버렸다.

앞발 뒷발 모두 적지 않은 상처를 입은 몸으로 여간내기가 아닌 두 사내하고 상대해 봐야 승산은커녕 자칫 잘못하면 두 사내의 칼밥이 되기 십상이라는 것을 호랑이는 알아차린 것이다.

이 모든 일은 그야말로 순식간에 일어난 것이다.

숲으로 뛰어든 호랑이와 서산으로 숨어드는 해를 번갈아 쳐다보던 사내의 입에서 한 마디가 나왔다.

"이젠 골치 아프게 생겼군. 어떡하든 이 자리에서 끝장을 봐야 하는 것인데."

그랬다. 호랑이는 물고기가 물 속으로 들어가듯 숲으로 들어간 것이다. 비록 몇 군데 상처를 입고 잠시 숲 속으로 몸을 숨기긴 했지만 새끼를 잃은 어미 호랑이로서는 원수인 두 사람을 그냥 놔주지 않을 것이 분명했다. 하산을 하려면 10리 가량이나 뻗쳐 있는 관목 숲을 빠져 나가 또다시 이어지는 넓은 수림(樹林) 지역을 헤쳐 나가야 했다. 이러다가 수풀 속에 몸을 숨긴 호랑이의 공격을 받는다면 아무리 뛰어난 재간을 지닌 사람이라 해도 목숨을 빼앗기지 않으면 크게 다치기 십상이었다.

벌써 어둑어둑해지고 있는 저녁 때의 하산 길은 더욱 위험한 것이고 하산 길을 포기하고 그곳에서 밤을 지샌다 해도 어둠 속에서 쏜살처럼 덮쳐들 호랑이의 공격을 막아내기란 여간 어려운 일이 아닐 수 없었다. 이런 뒷일을 생각한 사내였다. 그래서 끼어들지 말라는 징옥의 말을 무시하고 호랑이의 착지 지점에서 칼을 세워 들고 기다리는 위험한 한 수를 쓴 것이었다.

"인자, 밤을 새울 곳을 찾아 보고 마른 나뭇가지들이나 주워 모으도록 하입시더."

징옥도 어려워진 상황을 깨닫고 있었다.

마땅한 곳을 찾아 두리번거리던 징옥의 눈이 한 곳에 머물렀다.

"우리 오늘 밤은 저곳에서 지내도록 하입시더."

징옥이 가리킨 곳은 호랑이 굴이었다.

제법 넓은 굴 안에서는 비린내와 노린내, 그리고 고약하게 썩는 냄새가 뒤섞여 흘러 나오고 있었다. 두 사람은 얼굴을 찡그리며 굴 안으로 들어갔다. 굴 안 중간쯤에는 큰 개(犬)만한 새끼 호랑이가 징옥이 던져 넣은 큰 바윗덩이 밑에 깔려 있었다. 숨이 끊어진 호랑이의 몸에는 아직도 온기가 남아 있었다. 징옥은 그 바위를 굴려 굴 입구를 대강 막아 놓고 부시를 쳐 불을 피웠다. 불길이 이글이글 타오르자 사내는 품 속에서 비수를 꺼내서 새끼 호랑이 가죽을 능숙한 솜씨로 벗겨 냈다. 그런 다음 통통하게 살이 오른 허벅지 살점 두 개를 잘라 내어 굽기 시작했다. 지글지글 기름이 빠지면서 고기가 익자 사내는 고깃덩이 하나와 고량주가 담긴 술병을 징옥에게 건네 주었다. 둘은 아무 말 없이 고기를 뜯고 돌려 가며 술병에 입을 대기 시작했다. 멀지 않은 곳에서 '어흐흥, 으르렁'거리는 호랑이의 울부짖음이 고요한 밤 공기를 찢으며 으스스하게 들려 오기 시작했다. 이때부터 호랑이의 울부짖음은 간헐적으로 되풀이되었다.

배를 채운 사내는 각궁을 이리저리 살펴보고 시윗줄을 점검해 보았다. 고개를 끄덕거린 사내의 입에서 낮은 중얼거림이 새어 나왔다.

"시윗줄이 이렇게 늘어져 있으니 그놈의 호랑이가 화살을 쳐 낼 수 있었군."

사내는 각궁을 불에 쪼여 말린 후 시윗줄을 살짝살짝 잡아당겼다가 놓아 보았다.

"이만하면 되겠군."

사내는 활과 화살을 건조한 곳에 놓아 두고 상처를 매만져 보았다.

"내가 먼저 한숨 잘 터이니 잠이 오거든 나를 깨우소."

쭈그리고 앉아 있던 징옥은 두 무릎 사이에 얼굴을 파묻었다.

징옥은 어느 방 안에 혼자 앉아 있었다.

방문이 소리없이 열리며 30대 초반으로 보이는 건장한 사내가 들어섰다. 그는 빼어 든 환도를 닦고 있는 징옥 앞으로 고개를 숙인 채 다가오더니 엎드려 넙죽 큰 절을 올렸다. 그런 다음 애절한 목소리로 하소연했다.

"흑흑, 장사 나으리. 나 좀 구해 주시오. 흑흑, 장사 나으리만이 나를 구해 줄 수 있소이다. 지옥보다 더 음산한 이곳에서 뼈를 자르는 듯한 고통 속에 빠져 있는 이 몸을 불쌍히 여기시어 제발 좀 도와 주시오. 흑흑."

"보소! 도대체 그대는 뉘시오? 대체 무슨 곡절이 있길래 다짜고짜 짜능교? 뭘 알아야 도와 주든지 말든지 할 것 아니겠능교? 그러니 울음일랑 멈추고 그 곡절이나 자세히 말해 보이소."

이상한 생각이 든 징옥은 칼을 칼집에 꽂으며 말했다. 사내는 얼른 일어나 다시 한 번 큰 절을 올린 후 말하기 시작했다.

"저는 평안도 곡산 땅 차리골에 사는 하해령이라 하는 자이온데 한 달 전 이곳으로 산삼을 캐러 왔지요. 산 중턱에서 산삼을 캐는 순간에 그만 이곳 호랑이에게 목줄을 물렸습지요. 명줄이 끊어진 제 몸뚱이를 자기 굴로 물고 온 호랑이는 내 살점으로 제 새끼를 먹이는 한편 내 몸뚱이를 가지고 사냥 연습을 시켰습니다. 새끼는 내 뼈다귀 여기저기를 꽉꽉 깨물어 보기도 하고 앞발로 툭툭 쳐서 마디마디를 분질러 놓기도 했습니다. 그리고 내 골통을 가지고는 공깃돌 놀이를 하듯 물어 던졌다가 앞발로 받기도 하고 뒷발로 차 굴리기도 했습지요. 장사 어른! 매일매일 뼈골에 붙들려 매인 제 혼백이 받고 있는 고통을 어찌 입으로 다 말할 수 있겠습니까?"

"잠깐! 그대는 뭐 땜에 이 멀고 힘든 야인(野人)의 땅에까지 와 산삼을 캐려 했능교?"

자신의 뼈마디까지 시큼시큼하게 하는 그의 말을 끊고 징옥은 물었다.

"예, 저에게는 이상한 괴질에 걸려 5년 동안 꼼짝 못하고 누워 계시기만 하는 아비가 있었습죠. 그동안 백 가지 약을 다 써 봐도 효과를 못본 저는 백두산 산삼 한 뿌리면 어른의 병을 고칠 수 있다는 말을 듣고 여기까지 찾아오게 되었답니다."

"그대 말대로라면 그대는 흔히 볼 수 없는 효자(孝子)가 분명하구마……. 내가 알기론 아무리 사나운 호랑이라캐도 효자는 건드리지 않고 오히려 도와 준다고 합디다. 그런데 효자인 그대가 요러콤 되었으니 참으로 이상합니데이."

징옥은 이상하다는 듯 머리를 갸우뚱거리며 사내를 내려다 봤다.

"휴우."

사내의 입에서 땅이 꺼질 것 같은 한숨 소리가 절로 흘러 나왔다.

"영산(靈山)에 올라 영물(靈物)을 얻으려면 깨끗한 마음으로 정성을 다해야 하는 것인데, 그만 일시적인 물욕에 눈이 어두워 이런 일을 당하는 것 같군요. 흑흑……."

"어데 무슨 일이 있었는지 자세히 말해 보이소."

궁금증이 섞인 채근에 사내는 더욱 고개를 숙이며 입을 열었다.

"이곳으로 오는 노정(路程)에 평양성 남문 어귀에 있는 어느 주막에서 하룻밤을 묵게 되었습지요. 저녁밥을 먹고 일찌감치 잠자리에 들었습니다. 어느 때가 되었는지는 모르겠지만 세상 모르게 곯아떨어져 있던 제 귀에 앙칼진 여자 목소리가 들려 오지 않겠습니까. 옆 봉놋방에서 나는 소리였습니다. 가만히 귀를 기울여 봤습니다.

'아니 이 남정네가! 한양을 벗어나 먼 이곳까지 와서 이젠 발 뻗고 잘 수 있겠거니 했는데 오늘 밤에도 또 그 짓이야? 그까짓 거 한 번 쳐다보고 쓰다듬어 보면 될 것을 뭐가 그리 좋다고 혼자서 해죽거리고 있담. 그것 어서 집어넣고 이불 속으로 들어와요.'

'음, 알았어. 조금 더 들여다 보고 집어넣을게. 정말이지 이것은 보면 볼수록 내 가슴을 뛰게 한단 말이야. 이렇게 호롱불에 비춰 은밀히 들여다 보는 이 재미를 어느 누가 알겠어, 쩝쩝.'

'흥……. 재미는 임자 혼자 보고 있지 나는 이게 뭐람. 그 여진 종년이 우리 주막에 들지만 않았으면, 아니 고년이 남의 서방에게 추파만 살짝 살짝 흘리지 않았다면, 제년도 살고 나도 이 고생을 안해도 될 것인데. 에이 참.'

무슨 일을 저지르고 도망 길에 나선 듯한 연놈이 야밤중에 무슨 수작을 떨고 있다는 생각이 들자, 제 머리에 퍼뜩 잡념이 일더니 갑자기 제 아랫도리께가 빳빳해졌습니다. 살그머니 일어난 저는 뚫린 구멍에 눈을 갖다 대었습니다. 계집은 젖퉁이를 다 드러내 놓고 이불 속에 하반신을 넣은 채 반듯이 누워 있었습니다. 엄장한 덩치의 사내는 계집 옆에 웅크리고 앉아 검은 보따리 한 쪽을 두 손으로 까발린 채 노란빛을 번쩍번쩍 토해 내는 물건을 보고 있었습니다. 저도 모르게 제 시선은 그것에 박혀 버렸습니다. 그 물건은 어떤 마력이 있는 듯했습니다. 한 번 보면 갖고 싶어 미치도록 하는 그런 마력 말입니다.

'보셔요! 정말 그것 집어넣고 불 끄지 못하겠어.'

표독스런 계집의 목소리가 또 한 번 터져 나왔습니다. 사내는 황급히 호롱불을 훅 불어 끄고 이불 밑으로 들어갔습니다. 곧이어 옆방에서는 숨 넘어가는 소리와 방구들 울리는 쿵쿵 소리가 한참 동안 계속되었습니다. 그렇지만 제 머리 속에는 온통 그 물건의 눈부신 모습만이 끊임없이 아른거리고 있었지요. 아무리 잠을 청해도 잠은 오지 않고, 언제부터인가 쿨쿨 드르렁거리는 옆방의 잠자는 소리가 들려 오기 시작했습니다. 저는 일어났다가 드러눕기를 열 번도 넘게 했습니다. 마침내 슬그머니 일어난 저는 들메끈을 단단히 하고 오른손에 박달나무 목침을 거머쥐었습니다. 침을 흠뻑 묻힌 손가락으로 창호지를 뚫고 그들의 방문 고리를 벗겨 낸 저는 소리없이 방문을 열고 그 보따리를 움켜잡았습니다. 보따리는 쉽게 끌려오지 않았습니다. 사내의 잠든 손이 보따리 귀퉁이에 매여 있었던 것입니다.

'누구냐!' 하고 사내의 입에서 그 소리가 터져 나오는 순간 제 오른 손에 들려 있던 목침이 사내의 골통을 내리쳤습니다.

'퍽' 하는 소리와 함께 '윽'하고 자빠지는 소리가 들리더군요. 사내의 손에서 빼낸 보따리를 손에 든 저는 정신없이 줄달음질을 놓았습지요. 몇 날 며칠을 허겁지겁 달려 아무도 보는 사람이 없는 이곳 산기슭에 와서야 저는 그 물건을 꺼내 보았습니다. 그것은 보면 볼수록 황홀했습니다. 저는 그것을 보자기에 꽁꽁 싼 다음 제 뱃구레에 전대처럼 표나지 않게 감았습니다. 그러자 우리 마을 천석지기 박 노인뿐 아니라 나라님도 부럽지 않았습니다. 마치 천하가 내 뱃속에 들어온 듯했습니다.

그렇게 한나절을 헤맨 제 눈에 진한 향기를 내뿜으며 나를 향해 손짓하는 듯 하늘거리는 산삼 잎사귀가 들어왔습니다.

'운수대통(運數大通)이란 이런 경우를 말하는 게로군.'

이렇게 한 마디 내뱉은 소인은 흙을 파 내기 시작했습니다. 손으로 흙을 서너 번 긁어 내었을까 말까 한 그 순간이었습니다. 이상하게도 섬뜩한 느낌이 들며 등줄기에 오싹 소름이 돋아나질 않겠습니까. 웬일일까

하며 잠시 손을 멈춘 그때였습니다.

휘익, 비린내나는 세찬 바람이 덮쳐 왔고 목덜미를 불꼬챙이로 쑤시는 듯한 아픔을 느꼈습니다.

'아이쿠! 호랑이로구나.' 그렇게 느끼자마자 제 명줄은 끊어졌습니다. 지금에 와서 후회한들 무슨 소용이 있겠습니까만, 이렇게 된 것은 함부로 가져서는 안 될 물건에 욕심을 부린 제 불찰인가 합니다. 장사 어른! 이런 제 허물일랑 덮어 두시고 외로운 이 혼백의 소원이나 들어 주십시오."

"그라믄 그렇제. 사슴은 죄가 없어도 그 뿔(녹용) 때문에 사람의 표적이 되고 사람은 죄가 없어도 보화(寶貨) 지닌 것이 죄가 되어 그 목숨을 재촉한다카는 옛말이 하나도 틀린 기 없구마. 그러나 인간이기에 그렇게 빠져들 수밖에 없었던 거 아닝가? 지금 내 눈 앞에 내 마음을 온통 사로잡는 것이 나타난다믄 나 역시 그렇게 빠져들지 않으리란 법도 없으려니, 그래 그대의 소원이 무엇인교?"

"장사 어른! 정말 고맙습니다. 이 굴 안 구석에 흩어져 있는 제 뼈골을 수습하여 저의 집으로 보내 주시고 저 밑 관목 숲이 끝나는 곳 큰 바위 옆에 있는 산삼을 캐어 그 중 한 뿌리만 제 어른께 전해 주시면 그야말로 백골난망이외다."

얼굴도 모르는 아버지를 그리워하며 자란 징옥은 그 사내의 효심에 감동하여 꼭 그의 소원을 이루어 주기로 작정했다.

"알았소. 그렇게 하겠으니 그만 물러가이소."

사내는 큰 절을 세 번 한 후 무언가 또 말을 할 듯 말 듯 망설이고 있었다.

"또 무슨 할 말이 남아 있소?"

"예, 제 뼈골을 수습할 때에 시커먼 보자기에 싸인 물건이 있을 것인데……. 그것은 혼자 있을 때 끌러 보시고 장사 어른의 마음에 드시면 가지셔도 될 것 같습니다. 제 손에 골통을 맞아 골로 가 버린 그 자도 원주인이 아닌 듯해서 드리는 말씀입니다. 당부하고 싶은 것은 그 물건은 절대 남의 눈에 띄게 해서는 아니 되옵니다. 그 물건에는 이 나라 사내들의 혼백을 사로잡는 엄청난 힘이 있기에 재차 당부 드리옵니다. 그리고 내일 어미 범을 상대하실 때는 내 두개골을 새끼 범의 가죽 속 심장 부근에 넣어 주십시오. 그리하면 미약한 이 혼백의 힘일지라도 숲 속에 있는 어미 범을 유인해 낼 수 있답니다. 그럼 저는 물러가옵니다."

"어흥."

굴 앞 가까운 곳에서 꼭지까지 치밀어 오른 노기(怒氣)를 터뜨리고 있는 호랑이 소리에 징옥은 잠에서 깨어났고 꿈에서도 깨어났다. 호랑이는 굴 앞을 이리저리 배회하며 살기 어린 울부짖음을 토해 내고 있었다.

"보소! 이젠 그쪽이 눈 좀 붙이도록 하소. 내가 망을 보겠소."

그러자 사내는 몇 모금 남아 있는 고량주를 입 속으로 쏟아붓고 징옥처럼 세운 무릎 위에 머리를 얹었다.

"그르릉 그르릉."

사내의 코고는 소리가 굴 안에 울려 퍼졌다. 징옥은 사내가 잠 속으로 떨어지자 불붙은 나뭇가지 한 개를 손에 들고 굴 안 구석구석을 살펴봤다. 꿈 속의 사내가 말한 대로 살점 하나 남아 있지 않은 누렇고 허연 인골(人骨)들이 이 구석 저 구석에 흩어져 있었다. 큰 갈퀴 두 개를 맞대어 놓은 것 같은 갈비뼈 근처엔 까만 보자기에 야무지게 싸맨 묵직한 물건도 있었다.

징옥은 그 물건을 품 속에 갈무리한 다음 뼈를 주워 모았다.

'이것들이 정녕 한 달 전까지만 해도 팔팔했던 건장한 그 사내였단 말인가.'

새끼 호랑이 가죽 속에 아직도 한쪽 눈알이 박혀 있는 두골(頭骨)과 나머지 뼈다귀까지 넣어 생시 때의 형체로 만들던 징옥의 입에서 긴 한숨이 나왔다.

눈부신 햇살이 굴 입구를 막아 두었던 바위 머리 위를 기웃거리기 시작했다. 그렇게 으르렁거렸던 어미 호랑이의 울부짖음도 사라졌다.

"보소, 이젠 호랑이 잡으러 나갑시더."

풀어 두었던 빨간 비단끈을 품 속에서 꺼내어 이마에 질끈 동여맨 징옥은 일어서며 발을 들었다. 징옥의 발길질 한 번에 굴을 막고 있던 바위는 쓰러져 데굴데굴 굴렀다. 징옥은 불룩해진 호랑이 가죽을 품에 안고 굴 앞에 섰다. 활시위를 한 번 잡아당겨 본 사내는 상처를 만지며 얼굴을 찡그렸다. 그는 손에 들었던 각궁(角弓)은 어깨에 메고 칼을 뽑아 들었다. 사내는 징옥의 빨간 머리띠와 징옥의 품에 안겨 있는 호랑이 가죽을 번갈아 쳐다보더니 고개를 갸우뚱거리며 관목 숲 옆 공터 쪽으로 갔다. 잠시 후 사내가 고개를 끄덕거리더니 이내 그의 입술에선 얄팍한 비웃음이 픽 새어 나왔다.

"흥, 모성애(母性愛)가 지극한 어미 호랑이를 숲 속 밖으로 끌어 내려는 수작이지만 영특한 백두산 호랑이가 어디 그까짓 술책에 넘어갈까, 혹시 새끼 호랑이가 되살아난다면 또 모르지만."

그렇다. 사내의 비웃음은 당연한 것이었다. 아무리 짐승이라도 그들끼리는 서로간의 소리를 내어 뜻을 통할 수 있는 것이다. 징옥 역시 그런 점을 모를 리 없었다. 그렇지만 그는 꿈 속에 나타난 사내의 말을 믿었다. 따라서 새끼 범의 가죽 속에 들어 있는 사내의 두골이 도대체 어떤 조화를 부려 영특한 짐승을 유인해 낼 것인가가 궁금했다. 그리고 꿈 속 사내의 부탁을 들어 주려면 그 뼈골을 호랑이 가죽 속에 싸가지고 가는 것이 편하다고 생각했기 때문에 그렇게 한 것이다.

"우아, 으얏."

공터에 서 있던 사내는 돌덩이 몇 개를 관목 숲 여기저기에 휙휙 던져 놓으며 고래고래 고함을 질렀다. 징옥 역시 숨이 끊어진 새끼범의 골통을 두드리며 고함을 질렀다. 숲 속에서 이빨을 갈고 있을 호랑이의 약을 올려 뛰쳐 나오게 하려는 짓이었다. 꽤 오랜 시간이 지났는데도 관목 숲 덤불 속에 몸을 숨긴 호랑이는 숨소리 하나 내지 않았다. 오직 눈만을 번쩍거리고 있을 뿐이었다. 그들이 하산하려면 반드시 자기가 숨어 있는 관목 숲을 통과할 것이고 때는 그때뿐이란 것을 호랑이는 알고 있는 것이다. 징옥은 손을 멈추고 그가 안고 있는 새끼 범의 가죽을 쳐다보며 귀를 기울여 보았다. 꿈 속 사내의 말대로라면 지금쯤 새끼 범의 가죽에서 어떤 이상한 조짐이라도 나타나야 했다. 그러나 이렇게 제법 많은 시간이 흘러가도 아무런 일도 나타나지 않았다. 시간은 점점 흘렀고, 징옥의 마음은 차츰차츰 흔들리기 시작했다.

'언제까지나 이렇게 있을 수는 없지. 위험하기야 하겠지만 관목 숲으로 뛰어들어 하산해야지. 뒤에서 벼락같이 덮쳐든다 해도 설마 몇 군데 상처까지 입은 그까짓 늙은 호랑이 하나 처치 못할까.'

마음을 굳힌 징옥이 발걸음을 떼어 놓으려는 그때였다.

갑자기 산봉우리 저편에서부터 일진(一陣)의 음산한 광풍(狂風)이 불어오기 시작했다. 더불어 하늘에는 시커먼 구름들이 바쁘게 모여들었다. 주위는 대번에 어둑어둑해졌다.

그러자 징옥의 품에 있던 호랑이 가죽 속에서 휘파람 소리 같기도 하고 어린애 울음 소리 같기도 하며, 또 발정한 살쾡이가 내지르는 울음 소리 같은 이상한 소리가 새어 나오기 시작했다. 으스스하기도 하고 애처롭기도 한 그 소리에 징옥의 마음까지도 울적해졌다.

이런 괴상한 소리가 정말 이 가죽 속에서 나오는 해골의 소리인가?

징옥의 시선은 주위를 두리번거리다가 가죽 끝에 매달린 호랑이 머리에 머물렀다. 이때였다. '휙' 하는 바람 소리와 함께 숲 속에 숨어 있던 어미 호랑이가 징옥에게 덮쳐든 것이다. 섬뜩한 느낌을 받고 쳐다본 징옥의 시선 속에 두 발을 쳐들고 입을 딱 벌린 호랑이의 머리통이 들어왔다. 미처 허리에 꽂힌 환도를 뺄 시간도 없었다.

다급해진 징옥은 어깨를 향해 내리쳐 오는 호랑이의 앞발 두 개를 왼손에 들고 있던 범 가죽을 쳐들어 막을 수밖에 없었다. 솟구쳤다가 떨어지면서 내리찍는 호랑이의 앞발, 그 힘은 황소 두개골이라도 깨뜨릴 만큼 강했다. 그런 데다 새끼를 구하려는 어미의 필사적인 모성애까지 겹쳤으니 그 힘이야말로 어마어마하기 짝이 없었다. 그러나 그렇게 사납게 덮쳐 오던 호랑이의 앞발이 주춤했다. 어미 호랑이는 자기의 앞발 쪽으로 밀려온 새끼의 몸뚱이를 보았던 것이다.

그런 틈에 겨우 한숨을 돌린 징옥은 새끼 몸뚱이를 어미에게 휙 던져주며 옆으로 몸을 빼면서 환도를 뽑아 냈다. 호랑이는 땅에 떨어지려는 새끼의 몸뚱이를 입으로 받아 물었다. 그 순간, 허리에서 뽑힌 징옥의 환도가 호랑이의 갈비 사이를 뚫고 들어가 심장까지 푹 찔러 버렸다. 호랑이는 앞으로 몇 걸음쯤 달리다가 무릎을 푹 꺾고 말았다. 물고 있던 새끼 가죽은 땅에 떨어졌고 크르롱거리는 마지막 숨소리가 처량하게 들려 왔다.

죽은 호랑이 곁으로 다가오던 사내는 또 고개를 갸우뚱거렸다.

'거참 이상하다. 구름 한 점 없던 하늘에 시커먼 구름은 어디서 모여들었고, 미친 듯한 바람은 또 어디서 불어온 것일까? 그리고 어미를 찾아 울부짖던 애처로운 새끼 호랑이 소리는 도대체 어디서 나왔단 말인가? 혹시 저자가 새삼스럽게 빨간 머리띠를 매던 것이 무슨 요상스런 환술이라도 부린 것일까?

사내는 도무지 알 수가 없었다.

눈을 크게 뜨고 죽은 호랑이와 징옥의 얼굴을 번갈아 살펴보는 사내에게 징옥은 싱긋 웃으며 말했다.

"보소! 이 호랑이는 내 손에 죽긴 했으나 어제 그대의 화살을 맞아 이미 힘이 빠진 놈이었소. 그러니 이 호랑이 가죽은 그대가 가지도록 하소. 나는 저 새끼 범의 가죽을 가질 끼구마."

'이렇게 큰 호랑이 가죽은 말 몇 필보다 더 값나가는 물건이다. 그런데 이런 귀중한 물건을 처음 만난 사람에게, 그것도 적이 되어 칼부림까지 했던 사람에게 선뜻 양보하다니. 혹시 저 조그만 새끼 가죽이 어미 호랑이 가죽보다 몇 배나 더 귀중한 것이 아닐까. 새끼 가죽이 불룩한 것을 보니 저 속에 무언가 귀중한 것을 감춘 것이 분명해. 그렇지 않고서야 저 좋은 가죽을 내게 그냥 줄 리가 없지.'

사내는 새끼 가죽을 힐끔거리면서 입을 열었다.

"그 무슨 겸양의 말씀을 하시오. 분명 호랑이는 그대 손에 죽었으니 그대가 가지는 것이 당연하오. 하룻밤 같이 지낸 정리로 내게도 나눠주시려면 저 조그만 새끼 가죽 하나만으로도 충분하오."

징옥은 사내의 속마음을 읽고도 얼굴색 하나 변하지 않은 채 말했다.

"사실 저 새끼 호랑이 가죽 속에는 남에게 부탁을 받은 귀중한 것이 들어 있소. 남의 급한 부탁을 받아들이기로 한 이상 한시도 지체할 수 없는 몸이고 보니 저 큰 호랑이 가죽은 나한테는 짐이 될 뿐이오. 그러니 부담 없이 가져도 된다오."

사내는 의아스런 눈빛으로 징옥을 쳐다보았다.

'어제부터 그대와 나는 쭉 같이 있었는데 어느 누구에게 무슨 부탁을 받았단 말이오?'

징옥을 쳐다보며 사내의 눈빛은 이런 말을 하고 있었다.

"저 새끼 호랑이 가죽 속을 한 번 들여다 보이소."

담담한 징옥의 말을 좇아 꿰맨 가죽 속을 벌려 본 사내의 눈이 휘둥그레졌다. 그 속에 들어 있는 것은 흉측한 인골(人骨)이었다. 징옥은 검은 보자기에 싸인 물건 얘기만 빼고 어젯밤의 꿈 얘기를 사내에게 해 주었다.

징옥의 꿈 얘기를 들은 사내는 얼굴을 붉히며 입을 열었다.

"그대는 혼령에게 한 꿈 속의 약속까지 지키려고 궂은 일도 마다않는 참으로 신의(信義) 있는 대장부구려. 잠시나마 소인(小人)의 마음으로 오해했던 것을 용서하시오."

"원 별말씀을……. 아참, 내는 이징옥이라 하오만?"

"오……. 우리 야인들조차도 사나이 중의 사나이라고 칭송하는 홍대장사(紅帶壯士)가 바로 그대였군요. 오래 전부터 만나고 싶었는데 이렇게 만나게 될 줄이야. 이 바로한 참으로 반갑기 그지없소이다."

"바로한이라……. 그런데 그대는 어인 일로 이곳에 왔능교?"

"예, 저에게는 깊은 병이 들어 백약(百藥)이 무효인 채 날마다 점점 수척해지기만 하는 어미가 있답니다. 그래서 산삼 한 뿌리 캐 볼까 하고 왔답니다."

"오! 그래예? 그렇다믄 잘 됐구마. 저 아래 관목 숲 끝나는 곳 큰 바위 옆으로 우리 같이 가 보입시더."

살고 있는 나라는 달라도 말이 통하고 뜻까지 통하게 된 두 사내는 누가 먼저랄 것도 없이 서로 손을 마주 잡았다.

꿈 속 사내가 일러 준 그곳에는 파헤쳐지다 만 산삼(山蔘) 세 뿌리가 있었다.

여기까지 이야기한 징옥은 스승의 얼굴을 빤히 쳐다보며 어떤 말을 할까 말까 하는 태도를 보였다.

"징옥아! 나한테 할 말이 더 있는 듯한데 어렵게 생각 말고 할 말이 있거든 해 봐라."

스승의 말이 떨어지자 징옥은 조심스레 입을 열었다.

"스승님예, 스승님께서는 결혼하셨는지요? 그리고 아드님이 있으신지요?"

"정처없이 떠도는 이 몸에게 가정이 어디 있으며 무슨 아들이 있겠느냐?"

"그렇다믄 이상한데……?"

"처자식 없는 사람이 수두룩한데 이상하긴 뭐가 그리도 이상하냐?"

"스승님요, 백두산에서 만난 그 바로한이라는 젊은이가 스승님을 꼭 빼어 닮았기에 혹시나 해서 여쭤 본 깁니더. 정말이지 스승님의 이마에 있는 큰 흉터 하나만 빼고는 영판 그대로입니더."

믿어지지 않는다는 눈빛으로 말을 꺼낸 징옥의 이야기를 들은 김 처사의 눈빛이 일순 망연해졌다. 김 처사는 잠시 자신의 가슴팍을 쓰다듬는가 하더니 이내 눈빛을 바꾸고는 말을 이었다.

"얘, 징옥아. 이 넓은 세상에 어찌 닮은 사람이 없을 수 있겠느냐."

잠시 침묵이 흘렀다. 그 침묵 사이에 돌쇠의 머리가 갸웃했다.

'신선 같으신 스승님께서 가슴병을 앓고 계실 리가 없는데 왜 저렇게 가슴팍을 쓰다듬으시는 거지?'

큰 덩치와 험상궂은 얼굴 때문에 미련하게 보이는 돌쇠였지만 관찰은 세심하였다. 사실, 김 처사는 황금 인형과 백두산 이야기가 나올 때마다 자신의 가슴팍을 지그시 짚곤 했다.

"그래, 어쨌든 그 다음 얘기나 마저 해 보아라."

"예, 저는 바로한이 산 아래 야인 마을에서 구해 준 말 한 필을 타고 혼령이 가르쳐 준 곳으로 찾아갔심더. 차리골에서 한 마라 하니 금방 찾을 수 있는 집이었심더. 혼령의 말대로 병석에 누워 말라비틀어진 늙은 애비와 열댓 살 정도 되어 보이는 그의 아들이 있었고, 제법 반반하게 생긴 마누라도 있었지예.

그들은 지가 해 준 얘기를 믿지 않았심더. 특히 그 사람 아들과 마누라는 절대로 그럴 리 없다며 유골을 한사코 받지 않았습니다. 아마도 한 달 전까지만 해도 팔팔했던 가장(家長)의 죽음이란 엄청난 현실을 선뜻 받아들이기가 무척이나 두려웠겠지예. 가져간 산삼은 노인이 받았습니다만 받아들이지 않으려는 유골 때문에 지는 무척 난처했고 은근히 부아마저 치솟아 올랐심더. 한참 동안 이리저리 산삼을 살펴보고 냄새까지 맡아 보던 노인이 아무 말 없이 눈만 감고 있더니 손자를 향해 띄엄띄엄 입을 열었지예.

'얘야! 네가 한 보름 전쯤부터 이유 없이 뼈골이 쑤시고 머리통이 빠개지는 듯한 아픔을 느낀다고 말한 일이 있었지?'

'예, 할아버지. 한 보름쯤 전부터 그 증상이 있더니 며칠 전부터는 씻은 듯이 개운합니다.'

손자의 대답이 떨어지자 노인은 가죽 속에 들어 있는 두골(頭骨)을 손에 들었심더. 그러더니 며느리의 은장도로 손자의 엄지손가락을 찔러 몇 방울 피를 해골 위에다 떨어뜨리지 않겠심니꺼. 해골 위에 떨어진 핏방울은 마른 모래 위에 부어진 물처럼 모두가 뼛속으로 스며들었심더. 참으로 이상합디더. 그것을 보고 있던 노인은 그만 해골을 껴안고 꺼억꺼억 울기 시작했심더. 삽시간에 온 방 안은 구슬픈 곡성으로 가득 찼지예.

저는 슬그머니 빠져 나와 한양 징석 쇠이(兄) 집으로 곧장 내려왔지요. 한양에 온 그날 밤 저는 그 물건을 꺼내 보았습니다. 참으로 정교하게 만들어진 황금 인형이었심더. 번쩍번쩍 누런 빛을 내쏘며 훌쩍 뛸 것만 같은 그것은 정말이지 내 눈을 잡아 끄는 이상한 힘이 있었심더. 저는 평소 재물이나 금붙이 등에는 큰 애착을 갖지 않고 있었는데도 말입니다. 그래서 더욱 자세히 그것을 살피다가 배 밑에 새겨져 있는 글귀까지 보게 되었심더."

긴 얘기를 마친 징옥은 한 잔 술로 목을 축이며 스승을 쳐다보았다. '이제는 스승님께서 그 궁금증을 풀어 줄 차례요' 하는 눈빛이었다.

"징옥아! 그 인형은 너뿐만 아니라 환웅님의 피를 이어 받은 우리 모두에겐 무엇과도 바꿀 수 없는 귀중한 보물이란다. 그러기에 이 좁은 땅에 살고 있는 핏기 있는 사내라면 누구나 끌려들 수밖에 없는 것이지. 나역시 그 물건과는 떨어질 수 없는 관계일 뿐 아니라 오랫동안 내 품 속에 들어 있기도 했단다. 그런 탓으로 네가 쓴 한 구절을 살펴보고도 그 글귀의 출처를 쉽게 알 수 있었느니라. 징옥아! 수수께끼 같은 내용과 인형의 내력이 무척이나 궁금하겠지. 그렇지만 좀더 기다리도록 해라. 때가 되면 모든 것을 속 시원히 말해주마. 그것을 설명하려면 내 과거도 설명해야 하기 때문이란다."

"예, 스승님께서 기다리라시면 그때가 언제가 되든 기다리겠심더. 그런데 스승님과 불가분의 관계일 뿐 아니라 오랫동안 지니고 계셨다가 잃어버렸다면 원 소유자는 스승님이시네예. 그라믄 지금이라도 후딱 달려가 그것을 가져다 드리겠심더."

"아니다 징옥아, 그 인형은 나와 인연이 없었기 때문에 오래 전에 품을 떠난 것이고 지금 돌아온다 해도 이미 내게는 그 인형의 한을 풀어 줄 힘이 없단다. 그러니 네가 잘 간직하고 있다가 때가 되면 꿈 속 할머니의 말처럼 그것의 고향을 찾아 주어야 한다. 알겠느냐."

"스승님, 금인(金人)의 한(恨)이 무엇인지 잘 모르겠으나 모든 점에서 저보다 몇 배나 뛰어난 능력을 지니신 스승님께서도 못하신 일을 어찌 이 못난 제자가 감당할 수 있겠심꺼?"

"그렇지 않다. 무릇 큰 일[世上之大事]을 이루는 데는 그 표면에 나서서 공(功)을 이루고 그 영광을 차지하는 사람이 있다. 그리고 그늘 속에서 그 일이 이뤄지도록 온갖 힘을 다하기만 할 뿐 그 이름조차 전하지 못하는 사람도 있단다. 우리들은 전자(前者)를 양인(陽人)이라 부르고 후자(後者)를 음인(陰人)이라 부르지.

　　예를 들면 대명(大明)의 문을 열고 천자(天子)가 된 주원장이는 양인에 속하고 그 밑에서 온갖 계책을 다 짜내어 대명의 기반을 다져놓은 유백온 같은 이는 음인에 속한단다. 따라서 음인으로 태어난 사람들은 아무리 그 뜻이 높고 재주가 출중하다 해도 시운(時運, 天運)과 사람이 따라 주지 않아 일을 이룰 수가 없단다. 이런 음인의 안타까움을 일러 '모사재인(謀事在人)이나 성사재천(成事在天)이라.' 하느니라. 그렇기 때문에 큰 뜻과 출중한 재주를 지닌 음인들은 앞에 내세울 양인을 찾아 그 그늘 밑에서 자기의 뜻과 재주를 펼칠 수밖에 없는 것이지."

　　"스승님, 일을 이룰 만한 능력만 있으면 되지 어찌 음인, 양인의 운명이 있을 수 있단 말입니꺼?"

　　"허허, 나도 너만한 나이 때에는 그렇게 생각하고 설쳤지. 그러나 여러 번 좌절을 겪고 보니…… '얘야! 너는 실체 없는 영혼 같은 음인으로 태어나 네가 지닌 큰 뜻을 이룰 수 없는 것이 애석하구나.' 하시던 스승의 말씀이 옳다는 것을 깨달았단다."

　　"스승님! 스승님께서 성님에게 큰 일을 맡기는 것을 보니 징옥이 성님은 양인으로 태어난 것이 분명하고 그에 따라 그 일을 이룰 수 있겠구만유."

　　"돌쇠야! 징옥이가 양인의 운명인 것만은 틀림없다. 그러나 그 일이 징옥의 손에서 이뤄질지 어떨지는 아직까지 확실하게 알 수 없단다. 징옥이가 금정산에서 마고 할머니를 만나 큰 힘을 얻게 되었고 백두산에서 금인을 얻게 된 것을 보면 하늘은 징옥에게 큰 일을 시키려 하심이 분명하다. 그러나 시운이 와도 일을 이루는 것은 어디까지나 사람에게 달린 일이란다. 특히 징옥이 개인만의 일이 아니고 우리 피붙이 모두의 일인 이런 큰 일에는 우리 모두의 마음이 한 데 모아져야만 쉽게 이룰 수 있단다. 그런데…… 지금의 사람들이 징옥일 도와주기는커녕 방해를 할 것 같으니 참으로 걱정이구나, 쯧쯧."

"스승님! 시운(時運)이 와도 안 이뤄진다니 저의 우둔한 머리로는 도저히 이해가 안 되는구만요."

"그렇다면 돌쇠야, 비유를 들어 설명해 주마. 말라 버린 큰 논에 벼를 심기 위해서는 반드시 비가 와야 되는 법이지. 이 비는 바로 시운(時運)에 속하는 것이란다. 그런데 비는 흡족하게 와 주었건만 벼를 심어야 되는 농사꾼들이 일을 하지 않으면 그 좋은 때를 놓쳐 버리는 것이 아니겠느냐, 바로 이와 같으니라."

"그렇다면 스승님, 될지 안 될지도 모를 그런 일을 힘들여 해야 할 필요가 어디 있겠습니꺼?"

"그렇지 않다. 징옥이가 우리 피붙이들의 외면과 방해로 인해 그 일을 지금 당장에 못 이룬다 해도 그 일의 중요함을 깨달을 제2(第二) 제3(第三)의 징옥이가 계속 나타날 것이 아니겠느냐. 그리 되면 언젠가는 그 꿈이 이뤄질 것이니 어찌 가치가 없는 일이겠느냐. 징옥아! 이때까지 한 말 잘 기억하고 있거라, 알겠지?"

"스승님, 명심하겠심더. 그런데 스승님의 스승님께서는 아직도 살아 계시는지요? 살아 계시다면 마땅히 찾아 뵙고 그 어른께 인사를 올려야 저희들의 도리가 아니겠습니꺼?"

"참으로 옳은 말이다. 10월 초하루가 그 어른의 생신이시니 그때 우리 모두 찾아 뵙기로 하자."

"그런데, 스승님! 지금의 나라님께서는 남보다 뛰어나게 총명하신 데다가 마음 또한 넓고 어지셔서 사람을 쓰실 때 그 신분보다는 재주를 귀히 여기신다 합니다. 그러니 스승님께서도 나라님 같은 양인을 모시고 만백성을 복되게 하는 것이 저잣거리에서 점이나 치며 세월을 보내는 것보다 훨씬 낫지 않겠습니꺼?"

부리부리한 눈을 껌벅거리며 돌쇠가 또 물었다.

"허허, 돌쇠야, 내가 이 저잣거리에 나와 있는 이유 중의 하나가 바로 그것이니라."

6

천신(天神)의 아들

　징옥한테서 얻은 산삼 한 뿌리를 가슴 속에 단단히 갈무리하고, 호피를 접어 등에 진 바로한은 백조봉(白鳥峯)을 넘어 허천강 나루 쪽으로 나아갔다. 허천강은 압록강에서 갈라져 나와 지금의 혜산진을 돌아 백조봉 아래로 해서 갑산 쪽으로 남하(南下)하는 강이다. 그러므로 백조봉 아래에서 배를 타고 반 나절만 보내면 그가 사는 갑주(甲州)에 다다를 수 있는 것이다.

　집을 떠나온 지 불과 보름 남짓밖에 되지 않지만 오랫동안 떠돈 것처럼 집이 그립고 어머니의 얼굴이 보고 싶어졌다.

　'그 동안 어머니는 어찌 지내시는지, 혹시 병세가 악화되어 내 출생에 대해 한 마디 언질도 못주시고 이 세상을 훌쩍 떠나 버리신 것은 아닌지…….'

　그리움의 뒷자락에 불길한 생각들이 줄줄이 딸려 왔다.

"이보시오, 사공! 이젠 기다릴 만큼 기다렸으니 그만 출발합시다."

환한 정오의 햇살 속에 거무튀튀한 위통을 드러내 놓고 저고리 속의 이를 잡고 앉아 있던 사공은 바로한의 조급한 재촉에도 아랑곳하지 않았다.

"그래, 탈 만큼 다 탔으면 가야지. 사공의 저고리 구석구석에 숨어있는 이를 다 잡고 사타구니 속의 이까지 다 잡아 내다간 오늘 해 떨어지기 전엔 갑주에 도착하지 못할걸."

한 짐 쌓인 모피를 하나하나 헤아리고 있던 갓 쓴 고려 사람 하나가 점잖은 말투로 바로한을 거들고 나서자 그제서야 사공은 느릿느릿 일어나면서 길 저쪽을 힐끗 살펴보았다. 강물 쪽으로 저고리를 훨훨 털고 일어난 사공은 굼뜬 동작으로 저고리를 걸치고 삿대를 집어들었다. 사공의 구릿빛 팔뚝에서 불룩불룩 힘줄이 몇 번 솟아나자 배는 이내 강심으로 옮겨졌다.

그때였다. 저쪽 소나무 숲 사이로 뚫린 길 위에 여진 복색을 한 세 사내가 헐레벌떡 달려오며 소리를 질렀다.

"이봐! 잠깐만 기다려."

사공의 퉁방울 같은 눈에 웃음기가 어리면서 배는 나루로 되돌아갔다.

"흥, 굼뜬 곰이 결국 먹이를 또 하나 잡긴 잡았군."

녹피(鹿皮) 바지를 입고 여우털 윗도리를 걸친 왜소한 여진 사내가 옆에 앉은 뚱뚱한 계집에게 눈을 찡긋하며 여진 말로 지껄였다. 계집은 모피 보따리 위에 퍼지르고 앉아 사슴포를 질겅질겅 씹고 있는데 짧은 저포(모시) 치맛자락 속으로 허벅지 속살까지 다 드러내놓고 있었다.

헐레벌떡 달려온 세 사내는 웬일인지 냉큼 배 위로 오르지 않고 배 위에 탄 사람들의 얼굴과 짐 더미를 하나씩 훑어보기만 했다. 그러던 그들은 뭐라 수군거리더니 천천히 배 위로 올라탔다. 그들은 입성과는 어울리지 않는 중원인(中原人, 중국 사람)의 검을 차고 있었으며 별로 날카롭지 못한 창 하나와 시위가 늘어져 있는 활 하나를 어깨에 메고 있었다. 그들은 바로한이 앉아 있는 맞은편 쪽 뱃전에 엉덩이를 걸쳤다.

잠시 후 허리에 축 늘어진 여우 한 마리를 꿰찬 땅딸막한 사내가 노를 젓고 있는 사공에게 갔다.

"사공! 이 나루에는 이 배 말고 갑주로 가는 또다른 배가 있소?"

서툰 여진 말이었다.

"이 근방 나루에는 이 배 하나뿐이나 갑주에서 올라왔다가 내려가는 배가 한 척 있는데 오늘 아침녘에 하행(下行)했다우."

땅딸막한 사내는 고리눈을 부릅뜨고 배 안에 있는 사람들을 쓰윽 훑어본 후 짚고 있던 창으로 배 한복판에 수북이 쌓여 있는 모피 더미를 폭폭 쑤셔 본 다음 일행 곁으로 갔다. 모피 주인인 갓 쓴 고려 중늙은이는 못마땅한 듯 입을 실룩거렸으나 살기 띤 땅딸보의 시선을 생각하고는 얼른 고개를 저쪽으로 돌려 버렸다.

그들은 마주 보고 앉아 무엇인가 수군거리기 시작했다. 강바람 속에 간간이 업혀 오는 말소리는 고려 말도 여진 말도 아닌 한어(韓語)였다. 여진 사냥꾼으로 차려 입은 어설픈 옷매무새와 서툰 여진 말, 그리고 지니고 있는 검(劍)의 모양과 한어(漢語)로 수군거리는 저들은 명인(明人)이 분명한데 무엇 때문에 이곳까지 와서 누구의 행적을 찾는 것일까.

의심이 생긴 바로한은 그들을 향해 귀를 기울였다.

"그 여우 같은 놈의 꾀에 속아 반 나절 동안 헛고생만 실컷 했더니 분통이 터져 미치겠네. 내 그 자를 잡기만 하면 먼저 그놈의 다리 힘줄부터 댕강 잘라 버릴 거야."

벌건 얼굴을 한 땅딸보가 손으로 뱃바닥을 탁 치며 한 소리 내질렀다.

"쉿, 너무 목소리가 크네. 가만가만 말하게."

키가 껑충하니 크고 제법 청수하게 생긴 자가 은밀한 눈짓을 했다.

"크면 어떻소, 이 산골 오랑캐들 중에 누가 우리 말을 알아들을 수 있겠소. 만일 알아듣는다 해도 누가 감히 우리 삼형제에게 맞상대할 수 있겠소."

"세째야! 따거(大兄) 말씀대로 조심하는 것이 상책이란다. 우리가 맡은 일이 얼마나 중요한 일이냐."

시위가 늘어진 활을 메고 꿩 한 마리를 꿰차고 있는 뚱뚱한 텁석부리가 땅딸보의 어깨를 다독거렸다. 세운 무릎 속에 얼굴을 처박고 자는 시늉을 하고 있던 바로한은 그들의 말들을 낱낱이 알아들을 수 있었다. 바로한의 집에는 오도리족의 추장이 선물한 중년의 한족(漢族) 노예가 있었는데 바로한은 그 여자한테서 한어를 배웠기 때문이었다. 뚱뚱이의 말에 잠시 잠잠하게 있던 땅딸보는 주위를 한 번 살펴보았다. 가죽 상인인 듯한 고려 사람 하나와 바보같이 보이는 여진 연놈 한 쌍, 그리고 고개를 처박고 간간이 코를 고는 여진 사내 하나뿐이었다. 특별히 경계해야 할 사람은 없는 듯했다.

안심을 한 땅딸보가 무료함을 못 참겠다는 듯 또 입을 열었다.

"따거(大兄)! 그놈이 강계 땅을 거쳐 갑주(甲州)로 갔다면 부그런 살만을 만나러 갈 것이라고 총관께서 말씀하셨지요. 그러면서 살만을 만나기 전에, 놈을 처치하는 것이 상책이고, 만일에 살만을 만났다면 살만 역시 살려 두면 안 된다고 했지요. 그러니 부그런 살만이 어디에 사는지 알아야 하지 않겠소?"

"첫째야, 네 말이 옳다. 그렇지만 그것은 별로 걱정 안 해도 될 듯하다. 이 땅에 있는 여진족뿐만 아니라 건주위 오랑카이족까지도 부그런 살만을 천녀(天女)라고 받들고 있기 때문에 감주(甲州)에 닿는 즉시 아무나 잡고 물어 보면 찾기가 쉬울 거다. 다만 문제는 우리 흠차관 배준 나으리보다 그 자가 먼저 회령에 있는 오도리족의 추장을 만날까 그것이 걱정이다."

순간 바로한은 눈을 번쩍 떴다. 그러고는 귀를 더 세웠다.

"따거! 그것은 염려 안 해도 될 듯하오. 내 칼에 맞은 허벅지의 상처가 작지 않아 당분간 치료를 하지 않고는 도저히 먼 길을 떠날 수 없을 거요. 아마도 그 자는 갑주에 닿자마자 상처부터 치료하고 있을 것이니 내 말이 맞나 안 맞나 어데 두고 봅시다."

"그래, 그렇게만 된다면 얼마나 좋겠느냐. 둘째야! 셋째야! 이번에는 전번처럼 실수를 해서는 결코 안 된다."

"그럼요, 요 몇 달 동안 총관의 명에 따라 여진 땅 구석구석을 헤매고 다니느라고 계집 밑구녕 하나 뚫어 보지 못했는데 더 이상 질질 끌 수는 없지요."

"허허, 히히히."

"하하."

웃음 소리와 함께 그들 중의 하나가 바지를 까 내리고 강물을 향해 힘찬 오줌 줄기를 내갈겼다.

'이것들이 도대체 무슨 까닭으로 감히 우리 어머니한테까지 흉수(兇手)

를 뻗치려 하지. 어디 네놈들 뜻대로 될지 두고 보자.'

바로한의 숙인 고개 밑에서 빠드득 이빨 가는 소리가 흘러 나왔다.

울창한 숲을 등에 진 기암(奇岩) 절벽 몇 개가 이들이 탄 배를 배웅했고 파릇파릇 나부끼고 있는 갈대 숲들도 훌쩍훌쩍 뒤로 사라졌다.

배는 나루 몇 곳을 지나친 뒤에야 갑주에 도착했다. 허천강 갑주 나루에는 사슴 가죽으로 만든 저고리 자락 밖으로 흐벅진 젖통을 다 내놓은 여진 계집이 벌여 놓은 술막[酒店]이 몇 개 있었다. 그리고 고려 사람이 벌여 놓은 봉노가 대여섯이나 되는 주점(酒店)도 한 곳 있는 제법 흥청거리는 곳이었다.

이 나루에서는 단천과 풍산 마을도 물길로 연결되기 때문에 아래 쪽에서 올라오는 배와 압록강 쪽에서 내려오는 배가 모두 여기에서 머물렀다. 남쪽에서는 주로 소금과 곡식, 그리고 저포와 일용 잡화가 올라왔고 북쪽에서는 호랑이, 담비, 여우, 사슴 등의 모피가 주로 내려왔다. 이런 관계로 이 나루 자체가 시장이 된 것이다.

이 나루가 있는 지금의 갑산군(甲山郡)은 원래 고구려 땅이었다. 고구려를 계승한 발해 때에는 서경 압록부에 속해 있었고 원(元)나라 때에는 쌍성총관부에 속했던 곳이다. 원(元)나라 세력이 물러가자 고려가 이 땅을 갑주(甲州)라 칭하며 다스렸다. 고려라는 나라 이름이 조선으로 바뀌고 난 초기에는 이 땅의 이름이 허주(虛州)현으로 불렸다. 땅은 분명 고려를 이어받은 조선의 땅인데 조선 백성이 아닌 여진족이 많이 살고 있어 조선 조정의 행정력이 거의 미치지 않은 빈 땅이라는 뜻으로 그렇게 불린 것이다.

이 땅엔 이곳뿐만 아니라 이웃 삼수군과 함경북도 일대, 그리고 평안도 강계 여연 등지에도 야인(野人) 혹은 여진이라 불리는 사람들이 많이 살고 있었다. 이 땅에는 고려 사람들도 간혹 섞여 살았다. 탐관의 압제를 피해 온 사람, 죄를 짓고 도망 온 사람, 여진인과 교역을 하러 왔다가 눌러앉은 사람 등이었다.

바로한은 남들이 모두 배에서 내린 뒤에야 기지개를 한 번 켜고 일어났다. 해는 이제 막 서산 봉우리에 걸터앉고 있었다.

세 사내는 배에서 내리자마자 여진 계집이 벌여 놓은 술막으로 달려 갔다.

"여기 빼주[白酒] 한 병하고 사슴 고기 한 접시."

키가 껑충한 사내가 제법 묵직해 보이는 은붙이 한 조각을 술상 위에 던졌다. 그 은붙이를 마파람에 게눈 감추듯 집어 넣은 여진 계집이 생글생글 눈웃음 치며 술과 안주를 상 위에 올려 놓았다. 계집의 웃저고리 틈새로 커다란 가슴이 몸짓에 따라 출렁댔다.

땅딸보의 눈이 벌건 물기를 머금고 계집의 젖통이에 박혔다. 꼴깍 침을 한 번 삼킨 땅딸보의 두 손이 아래위로 계집의 옷 속을 파고들었다.

'아이, 이러지 마. 밤은 아직 멀었는데 뭐가 그리 급해, 응?'

계집은 앙탈하는 척하며 땅딸보의 몸 쪽으로 중심을 무너뜨렸다. 주물럭주물럭 바쁘게 손을 놀리던 땅딸보의 입에서 점점 더 거친 숨소리가 나오기 시작했다.

"셋째야! 한 잔 마시고 빨리 그 자의 행적을 더듬어야지, 그러구 있을 때가 아니잖니. 일을 끝마치고 난 다음 허리뼈가 녹작해지도록 해도 되잖니."

빼주 한 잔을 입에 쏟아 부은 덥석부리가 품 속에서 은붙이 하나를 끄집어 내어 땅딸보의 품 속에서 빠져 나온 계집의 손에 쥐여 주었다.

"이봐, 오늘 정오쯤에 허벅지를 다친 내 친구가 여기 왔을 텐데, 보지 못했나?"

"응, 큰 칼을 메고 오른쪽 다리를 절룩거리던 그 사람 말이로군. 흥! 그 사람, 같은 여진 사람이면서도 저 위쪽 고려 주막으로 갔어."

"오! 그랬군. 그러면 부그런 살만은 어디 살고 있지?"

계집은 사내의 품 속과 제 손 안에 든 은붙이를 번갈아 쳐다보며 우물쭈물 말이 없었다.

"돼지 같은 년이 욕심은 더럽게 많군."

한어(漢語)로 한 마디 중얼거린 텁석부리는 품 속에서 은붙이를 하나 더 꺼내어 계집에게 내밀었다.

"그런데 부그런님의 집은 왜 물어?"

"우리 형제는 사냥을 나온 지 한 달이 넘었는데도 큰 수확이 없어. 그래서 부그런님에게 복을 빌어 달라고 청할 참이야."

"그럼 됐어. 부그런님의 집은 저기 보이는 회색봉 올라가는 길목에 있어. 그런데 그대들은 가 봐야 허탕을 칠 거야."

"왜 그렇지?

"부그런님은 지금 몸이 아파서 잡인(雜人)들의 일은 맡지를 않아. 뿐만 아니라 잡인들에겐 함부로 그 모습을 드러내지도 않지."

"흥, 우리 형제들이 찾아가도 만나 주지 않을까?"

땅딸보가 콧방귀를 뀌며 술상을 탁 쳤다.

"그대들이 아무리 대단하다 해도 우격다짐으론 결코 안 될걸. 까딱 잘못하다간 부그런님의 아들에게 큰코 다쳐."

"부그런님의 아들이 그렇게 대단해?"

"그럼, 사나운 호랑이도 그분의 화살 한 대에 숨통이 끊어지고 말지. 여진각부(女眞各部)의 회맹(會盟)이 있어 시합을 한다면 여진 제일 용사(勇士) 라는 칭호는 그분 차지가 될 거야."

"그렇게 대단한 사람인 줄 미처 몰랐군. 그런데 그 사람이 그렇게 대 단하다면 그 아비 또한 아주 대단한 사람일 것인데……. 그 아비의 이름 은 어떻게 되지?"

묵묵히 오가는 얘기들을 듣고만 있던 껑충한 사내가 은근히 파고 물 었다.

"그대들은 여진 사람이면서 아직 그것도 모르고 있다니 좀 이상한 걸?"

"우리들은 말이야, 요동 땅에서 한인(漢人)들과 어울려 살다가 건주(建 州)로 나온 지 얼마 안 돼서 그래."

"그래서 말도 서툴고, 그것도 몰랐군. 내 얘기해 주지."

계집은 자기 젖가슴을 더듬는 땅딸보의 손을 홱 뿌리친 후 얘기를 시 작했다.

"장백산은 높이가 2백 리나 되고 둘레가 천여 리나 되는 큰 산인데 꼭 대기에는 큰 호수가 있지. 둘레가 80리나 되는 이 호수를 하늘 못(天池)이 라 하기도 하고 용왕(龍王)이 살고 있는 못이라 하기도 하지. 이 호수는 야 루무렌(鴨綠江), 문무렌(豆滿江), 쑹화무렌(松花江)의 근원이야.

어느 날이었어. 언구런, 정구런, 부그런이란 이름을 가진 아보개[天] 살만 셋이 이 호수에 기도를 하러 왔어. 일곱 밤낮 동안 지극한 기도를 한 그들은 옷을 훨훨 벗어 놓고 목욕을 했지. 찰방찰방 물장난을 쳐 가며 목욕을 하고 있는 그들의 머리 위에서 난데없이 아름다운 빛이 쏟아져 내려 맑은 물 위에 아롱아롱 어리는 것이 아니겠어. 이상타 싶어 하늘을 쳐다본 그들의 눈에는 빨간 구슬 같은 것을 입에 문 까치 한 마리가 그들의 머리 위를 맴돌고 있는 것이 보였지. 아름다운 빛은 그 구슬 같은 것에서 나온 것이었어. 까치는 그들의 머리 위에서 뱅뱅 몇 번인가 맴돌더니 그들이 벗어 놓은 옷 쪽으로 날아갔어. 목욕을 마친 그들은 물가로 걸어 나왔지. 옷을 입으려던 부그런은 자기 옷 위에 새빨간 빛을 영롱하게 내쏘고 있는 그 구슬을 보았어. 황홀하도록 아름다웠어. 부그런은 구슬을 손에 들고 한참 동안 들여다 보다가 그것을 입에 물고 옷을 입기 시작했어. 너무나도 아름다운 그것을 잠시라도 몸 밖에 두기가 싫었기 때문이었어. 입 안에서 달콤하고 향기로운 냄새를 풍겨 내던 구슬은 그만 부그런의 목구멍을 타고 뱃속으로 미끄러져 들어갔지. 이런 일이 있은 얼마 후에 부그런님의 배가 불러 왔고 마침내 애기가 나왔어. 그래서 우리들은 부그런님의 아들을 아보개[지]님이 우리들을 위해 보내 준 큰 어른이라 생각하여 그분을 존경하며 받들고 있지.”

“그렇다면 그 자는 바로 후레자식이로군. 아마도 부그런 살만이 어느 잡놈과 붙어 먹고는 그런 얼토당토않은 이상한 얘기를 지어 내어 퍼뜨렸을 거야. 히히히…….”

웃기는 소리 말라는 듯 빈정거리며 말하는 땅딸보를 흘겨본 여진 계집은 못 들을 말을 들은 것처럼 깜짝 놀라며 손사래를 쳤다.

“정말 천벌받을 소리를 겁도 없이 하고 있군. 하기야 개 눈에는 똥밖에 보이지 않으니 어쩔 수 없지.”

“그런데 그 자는 어떻게 생겼지?”

고개를 끄덕거리며 듣고 있던 껑충한 사내가 계집을 쏘아봤다.

"나도 직접 보지는 못했지만 들리는 말로는 우리 계집년들의 얼을 빠지게 할 만큼 잘생긴 사내라 하더군."

그 시간에 화제의 주인공 바로한은 고려 사람이 주인이라던 그 주막으로 올라갔다. 주막 주인인 고길보는 원래 고려 최영 장군의 녹사(錄士)로 있었다. 위화도에서 회군한 이성계에 의해 최영이 죽자 신변의 위협을 느껴 이곳으로 피신을 하게 된 것이었다. 20여 세의 젊은 나이에 이곳에 온 그는 이곳 여진 여인에게 장가를 들었다. 이태 동안 처가(妻家) 사람들을 따라 사냥으로 생활하던 그는 이 나루를 오르내리는 장사치들을 연결해 주는 거간꾼 노릇을 했다. 눈치빠른 그였기에 몇 년 후에는 제법 큰 재물을 모을 수 있었다. 그렇게 모은 재물로 그는 번듯한 주막을 열어 놓고 거간꾼 일도 같이 했다. 평소 사람 사귀는 것과 사람들에게 신용을 얻는 일을 제일 귀중하게 생각한 그는 얼마 안 가 많을 재물을 모을 수 있었다. 그는 그렇게 모은 재물을 이웃 어려운 여진 사람들을 돕는 데 아낌없이 썼다.

더 이상 갈 곳 없는 그의 피신책이기도 했지만 아무튼 그런 그의 행동은 근처 여진 사람들의 칭송과 우러름을 받게 되었고 그에 따라 그의 주막은 항상 많은 사람들로 들끓었다. 이러다 보니 이 근방에서 일어나는 일은 자질구레한 것까지도 그의 귓속으로 전해졌고, 그는 바로 이곳의 확실한 정보통이 되었다.

주막에서 어슬렁거리던 고 노인은 안으로 들어서는 바로한을 보자 황급히 머리를 숙여 인사를 올린 다음 바로한의 손에 들린 호피를 받아 들었다.

"아이구! 나으리 마님. 도대체 이렇게 큰 호랑이를 어디서 잡았습니까. 내 생전 이렇게 큰 호피는 처음 봅니다. 어서 이리 앉으시죠."

"고 노인, 그 동안 잘 있었소. 고 노인이 전번에 가져다 준 평양 강주부의 탕약을 잡수신 에메께서 고맙다는 인사말을 전하라 하셨소이다."

"뭘 그까짓 조그만 일로 부그런님과 나으리의 인사를 감히 받을 수 있겠습니까. 그런데 부그런님께서는 차도가 좀 있었는지요?"

"예, 한결 나아진 것 같더이다. 그런데 고 노인! 오늘 정오쯤에 허벅지에 검상(劍傷)을 입은 젊은이가 이곳에 왔었지요?"

"예! 왔었습니다. 허벅지를 피로 물든 헝겊으로 칭칭 동여맨 20대 초반의 사내였습니다. 그는 식은땀을 줄줄 흘리며 이곳으로 비틀비틀 들어서더니 그만 픽 쓰러지더군요. 그래서 저 봉놋방으로 옮겨 놓았습지요."

"지금도 거기에 있소이까?"

"아닙니다. 한 시진 후에 깨워 달라며 그만 잠 속으로 빠져들더니 한 식경 전에 부그런 천녀(天女)님을 뵈러 간다며 나갔습지요."

"우리 집은 고 노인이 가르쳐 주었소?"

바로한이 약간 큰 소리로 묻자 고 노인은 혹시 가르쳐 줘서는 안될 것을 가르쳐 준 것인가 싶어 묻지도 않은 말을 쭉 쏟아 냈다.

"피범벅이 된 헝겊을 풀어 보니 상처가 아주 깊습디다. 그 상처 말고도 왼쪽 어깨쯤에도 적지 않은 상처가 있었지요. 그래서 이 늙은이가 지니고 있던 금창약으로 치료를 해 주었습죠. 치료를 대강 끝내고 잠이 들었던 그는 한 식경 전에 이 늙은이가 깨워 주자 한시 바삐 부그런 천녀님을 만나야 한다며 길을 묻질 않겠습니까. 그래서 뭣 때문에 이런 성치 못한 몸으로 부그런님을 만나려고 서두르느냐고 물었지요. 그랬더니 여진 사람들의 사활(死活)이 걸린 아주 중요한 일 때문에 그런다고 합디다. 그래서 그만 남들도 다 아는 길을 이 늙은이가 남들보다 한 걸음 앞서 가르쳐 준 것입지요. 빼주 한 잔을 마시고 육포 몇 점을 뜯고 난 그는 긴 칼을 지팡이 삼아 절룩거리며 나갔습죠. 지금 바삐 달려가시면 중도에서 만날 수 있을 겁니다."

"고 노인, 참으로 잘하셨소이다."

고 노인에게 눈인사로 답례를 한 바로한이 고 노인의 마누라가 차려 놓은 빼주 한 잔을 입에 넣었을 때였다.

"주인장! 말씀 좀 물어 봅시다."

유창한 고려 말과 함께 술막에 있던 세 사내가 들어섰다.

"어서 오시오. 그래 뭣을 물어 보시려우?"

오랜만에 듣는 유창하고 공손한 고려 말에 절로 미간이 펴진 고 노인은 얼굴에 환한 웃음까지 띠며 그들을 맞았다.

"노인 어른! 오늘 정오쯤에 압록강 쪽에서 허벅지에 상처를 입은 사내 한 명이 이곳으로 왔지요?"

"……."

고 노인은 어째서 바로한과 저들이 상처 입은 사내를 똑같이 찾는지 이상한 마음이 들었다. 그래서 왼쪽 탁자에 앉은 바로한을 힐끔 쳐다보았다. 바로한의 눈짓에 따라 대답을 결정할 참이었다.

바로한은 고 노인의 그런 눈길을 느꼈으나 모르는 척 술만 마셨다. 이리저리 눈치만 보며 우물쭈물하고 있는 노인을 향해 키가 큰 따거(大兄)란 자가 말했다.

"노인장! 그 사람은 우리 형제와 동행인데 뜻밖의 사고가 생겨 상처를 입은 그를 먼저 이곳으로 보낸 것이라오. 그러니 아무 염려 말고 여기 있는지 없는지 그것부터 빨리 말씀해 주시오."

유창하고 부드러운 어조의 고려 말에 경계심이 풀어진 고 노인은 상처 입은 사내의 행적을 말해 주었다. 고 노인의 대답이 끝나자 그들은 인사도 없이 바쁘게 밖으로 뛰쳐 나갔다. 느릿느릿 일어난 바로한은 호피를 고 노인에게 맡겨 두고 그들의 뒤를 밟았다. 활을 쏘아 버들잎도 맞힐 수 있는 50보 간격을 두고.

이제 뜨거운 차 한 잔 마실 만한 시간이면 바로한의 집 입구에 닿을 참이었다. 갑자기 여유 있게 걷던 세 사내가 칼을 빼어 들고 뛰기 시작했다. 바로한도 덩달아 뛰면서 앞쪽을 살폈다. 마주 선 두 개의 높다란 기둥 사이에 나무로 깎은 까치 세 마리가 앉아서 문 없는 대문을 내려다보고 있는 어머니의 집 입구. 그 열 걸음쯤 앞에 한 사내가 엎어져 있는 것이 보였다. 냅다 뛰던 세 사내는 순식간에 엎어져 있는 사내에게 몰려들었다.

"이 자식아! 네 다리 힘줄부터 끊어 놓은 다음에 천천히 죽여 주려했으나 시간이 없어 네 목줄부터 먼저 끊어야겠다."

두 사람보다 한 걸음 앞서 있던 땅딸보가 빼어 든 칼을 들어 올렸다. 눈 깜짝할 틈에 목 없는 몸통으로부터 시뻘건 핏물이 쫙 뿜어 나올 순간이었다. 그때 어쩐 일인지 땅딸보는 등짝에 번갯불이 '번쩍'하는 아찔한 느낌이 왔다. 그뿐이었다. 땅딸보는 치켜든 칼과 함께 픽 거꾸러지고 말았다. 셋째가 왜 저렇게 힘없이 땅에다 코를 박고 엎어지는지 의아하게 생각한 따거와 텁석부리의 눈에 땅딸보의 뒷덜미에 박힌 화살이 들어왔다.

'시윗줄 울리는 소리도, 화살의 파공성도 듣지 못했는데……. 아차! 이 건 보통 솜씨가 아닌 생각지도 못한 적이 등 뒤에 있다는 게로군.'

번개같이 이런 생각이 떠오른 둘의 등줄기에 소름이 돋아났다. 둘은 잽싸게 움직였다. 텁석부리는 몸을 홱 돌렸고 따거라는 자는 달리는 그 자세 그대로 달려가며 앞으로 쓰러지듯 엎드렸다. 그런 후 데구루루 몸 을 굴렸다. 몸을 돌린 텁석부리의 눈 속으로 빗살처럼 날아오는 화살이 보였다. 화살은 이미 코 앞에 다가와 있어 피하거나 막아낼 방도가 없 다. 텁석부리의 동공이 크게 열려지는 것과 동시에 화살은 그의 목줄기 를 꿰뚫었다. 조금 전까지만 해도 팔팔거리던 목숨 하나가 아차하는 그 짧은 순간에 외마디 소리 하나 없이 사라진 것이다. 껑충한 사내는 제법 한 가닥씩 하는 두 아우가 제대로 힘 한 번 못써 보고 저 세상 사람이 되 어 버린 것을 봤다. 그러자 갑자기 이때껏 느껴 보지 못했던 죽음에 대한 공포가 밀려왔다. 살고 싶었다. 아니 살아야 했다. 캄캄한 어둠 속에서 날 카로운 이빨을 드러낸 공포가 입을 크게 벌리고 가까이 다가올수록 사내 의 마음 속에서는 강렬한 생(生)의 욕구가 치솟았다.

사내는 재빠르게 눈알을 굴려 주위를 둘러봤다.

'그래, 살 길은 하나뿐이다.'

사내의 머리 속에 한 생각이 떠올랐다. 사내는 아직도 가쁜 숨을 몰아 쉬고 있는 상처 입은 사내에게 공처럼 몸을 굴려 다가갔다. 목숨으로 목 숨을 건질 생각이었다. 주막 고 노인의 만류에도 불구하고 상처 입고 지 친 몸을 이끌어 죽을힘을 다해 여기까지 온 사내였다. 그는 부그런 살만 의 집이란 표시인 목까치와 구리 방울이 매달려 있는 솟대를 보자 그만 긴장이 풀려 맥없이 엎드려 헉헉거리고 있었던 것이다.

그렇지만 정신마저 놓아 버린 것은 아니었다. 비록 축 늘어진 몸으로 엎드려 있긴 했지만 그림자처럼 쫓아온 그들의 기척을 알아차리고 있었다. 그래서 마지막 안간힘을 다 짜낼 요량으로 아랫배 깊숙이 한숨을 들이마시고 있는 중이었다. 칼 든 손에 힘을 준 그가 몸을 뒤집어 일어서려 할 때 자기를 향해 칼을 내리치려던 땅딸보가 맥없이 쓰러지고 뒤이어 텁석부리도 그렇게 쓰러지는 것을 보았다.

'아, 구원의 손길이 나를 기다리고 있었구나.'

그 순간 사내의 찌푸려졌던 얼굴이 활짝 펴졌다. 그러나 다음 순간 껑충한 사내의 몸이 공처럼 구르며 자기 옆으로 닥쳐 온 것이다. 미처 몸을 일으킬 틈도 없었던 사내는 반쯤 뒤집었던 몸을 땅바닥에 뉘며 굴러온 사내에게 한 칼 먹일 수밖에 없었다. 구르던 사내는 축 늘어져 있던 사내에게서 생각지도 못한 칼이 날아오자 깜짝 놀랐다. 그러나 그의 응변은 전문적인 살수(殺手)답게 아주 신속했다. 그는 멈칫거리거나 뒤로 몸을 빼지 않고 오히려 칼이 날아오는 쪽으로 한 바퀴 더 굴러간 것이다. 반원을 그리며 내려쳐진 칼질을 칼몸을 눕혀서 받아 낸 그는 그 즉시 오른손을 갈고리처럼 벌려 사내의 목줄기를 꽉 움켜잡았다.

"캑, 캑."

바둥거리던 사내의 눈알은 튀어나올 것처럼 불거졌고 손에 든 칼은 땅바닥에 미끄러져 내렸다. 그렇게 사내를 제압한 그는 잼싸게 사내의 몸을 끌어당겨 자기 품 안에 안았다. 그러고는 화살이 날아온 쪽을 봤다. 쏠 테면 쏘아 보라는 듯 사내의 얼굴에는 한 가닥 안도의 기색이 비쳤다.

화살 걸린 시위를 반쯤 잡아당긴 바로한이 저만큼 쪽에서 나타났다. 활을 겨눈 바로한이 점점 다가올수록 품 안에 볼모를 안은 사내의 발은 뒷걸음쳤다.

'이 자가 내 목숨으로 흥정을 할 참이군. 아아! 제법 용력(勇力)이 있다고 뽐내던 내가 이렇게 되다니, 이 창피스런 꼴을 어떻게 벗어나나.'

등 뒤에 있는 껑충한 사내의 왼손에 목이 감긴 채 질질 끌려 가던 사내는 입으로 숨을 들이마시며 틈을 노렸다. 뒷걸음치던 그들의 꽁무니가 살만의 집 입구 솟대 아래에 이르렀을 때였다.

"칭칭! 문 앞에 사람 기척이 있는 것 같구나, 누군지 나가 봐라."

미약하기는 하나 여인의 맑은 목소리가 등 뒤에서 들려 왔다.

'아차! 뒤에도 적(敵)인 여진인들이 있지.'

껑충한 사내가 본능적으로 몸을 한 번 움찔했다. 그 틈이었다. 질질 끌려 가던 사내의 축 늘어져 있던 오른손이 뒷사내의 불알을 사정없이 쳐 버린 것이다. 솟대 바로 밑에서 벌어진 일이었다.

"으윽!!!"

별안간에 오장육부가 찢겨 나가는 듯한 아픔을 느낀 사내는 숨 넘어가는 한 마디를 내뱉으며 손아귀에 넣었던 인질을 놓고 폴짝 주저앉고 말았다.

'아이고! 내가 잠시 방심한 탓에 기어코 큰 일이 나고 말았구나, 이젠 어쩌지?'

이 생각이 머리 속에 '번쩍' 했다.

그러나 미처 어떤 행동을 취하기도 전에 이번에는 뼈를 자르고 들어오는 화끈한 아픔이 가슴과 어깨 사이에 느껴졌다.

"윽."

단발마의 비명을 토해 낸 그의 머리 속에는 캄캄한 어둠 한가운데로 끝없이 빨려 들어가는 듯한 아찔한 느낌만이 있었을 뿐 아무런 생각도 없었다.

"쿵."

그의 몸은 솟대 안쪽으로 자빠졌다. 사내의 왼쪽 어깻죽지와 가슴 사이에는 부르르 떨고 있는 화살 하나가 꽂혀 있었다. 절룩거리며 자신의 칼을 집어 든 사내는 자빠져 꼼짝 않고 있는 땅딸보와 텁석부리 곁으로 비틀거리며 다가갔다. 칼끝으로 그들의 몸을 쿡쿡 쑤셔 본 그는 한 손으론 가슴 쪽을 움켜잡고 웅크린 자세로 옆으로 꼬꾸라져 있는 사내 옆으로 다가갔다.

칼 든 사내는 이를 부드득 갈며 쓰러진 사내를 노려보았다. 피를 내뿜고 있는 가슴이 약하게나마 들썩이고 있는 것으로 보아 아직 숨은 끊어지지 않은 듯했다. 또 한 번 박박 이빨을 갈아붙인 사내는 칼을 번쩍 쳐들었다.

"잠깐! 누가 감히 이 곳에서 살생을 하려는가?"

칼을 치켜들고 막 내리치려던 사내는 위엄이 가득 서린 여인의 목소리에 그만 동작을 멈추고 말았다. 그러나 사내는 치켜든 칼을 내리지도 않은 채 소리나는 쪽으로 고개만 돌렸다.

"이곳에서는 예부터 어떤 살생도 금지되어 있소. 그러니 어서 그 칼을 내리도록 하시오."

하얀 비단 옷을 입은 중년 여인이 사내같이 우람한 덩치를 지닌 중년 여인의 부축을 받고서 있었다. 눈자위가 푹 꺼져 있고 얼굴엔 병색이 가득했지만 서릿발 같은 위엄과 기품 있는 아름다움을 달빛처럼 흘러내리고 있는 여인이었다.

"이 자는 내 생명을 노린 원수일 뿐 아니라 내 아비와 우리 동족을 살해한 흉악한 놈입니다. 결코 살려 줄 수 없으니 용서하시오."

이를 악문 사내의 칼이 힘있게 내리쳐졌다.

"챙."

칼과 칼이 맞부딪치는 쇳소리와 함께 한 사내의 말소리가 들렸다.

"그대는 아보개[天] 살만인 부그런님의 말씀을 못 들었소? 이 솟대 안에서는 어떤 이유로든 살생은 금지되어 있소. 이것은 예부터 우리 종족에게 전해지고 있는 불문율(不文律)이라오. 그러므로 아무리 흉악한 죄인이라도 일단 이곳에만 들어오면 어김없이 보호를 받게 되어 있소."

사내는 한 손에 활을 들고 한 손엔 칼을 잡은 채 엄숙한 목소리로 말하고 있는 바로한의 얼굴을 쳐다보았다.

'아, 이 사람이 화살 세 대로 내 목숨을 구해 준 은인이구나.'

사내는 한숨을 폭 내쉬며 칼을 던져 버렸다.

"부여의 후손인 이 몸이 어찌 소도(蘇塗)의 옛 법을 모르겠소만 분한 마음이 앞서 그만 허물을 범하고 말았군요. 자, 은공께서는 먼저 저의 사례(謝禮)를 받으소서."

사내는 휘청거리는 몸으로 왼쪽 무릎을 꿇고 오른쪽 무릎을 세운 채 엎드리는 여진인 대례(大禮)를 올리려 했다.

"상처 입은 사람이, 그것도 동족(同族)이 그런 위험에 처해 있는 순간이라면 그대 역시 나처럼 했을 거요. 그러니 성치 않은 몸으로 무리할 것 없소이다. 그것보다 제 에메인 부그런님을 뵙도록 하시오."

바로한은 엎드리려는 사내를 부축해 일으키며 부그런에게 시선을 돌렸다.

"얘야! 그분의 상처가 보통 아닌 듯하니 먼저 치료부터 해 드리는 것이 순서일 것 같구나, 콜록콜록."

입을 가리는 부그런의 하얀 비단 수건에 선홍색 얼룩이 졌다.

"칭칭! 어서 에메를 방 안으로 모셔라."

바로한은 이 방 저 방에서 뛰어 나오는 집안 사람들에게 뒷수습을 지시한 후 부그런의 방으로 들어갔다.

마당에는 어둠을 싣고 다가온 바람결이 제법 으쓱한 냉기(冷氣)를 살짝살짝 풍겨 내고 있었다.

사흘이 지난 아침 녘.

"자, 여러 차례나 죽을 고비를 넘기면서 여기까지 나를 찾아온 연유를 말씀해 보시오."

무럭무럭 김이 나는 산삼탕을 몇 모금에 걸쳐서 마신 부그런은 사내를 쳐다보았다.

"저는 모도리라 하옵고 아바의 이름은 달리하르라 합니다."

"오, 젊은 나이에 원군(元軍)에 소집되어 중국 절강성의 반란을 단숨에 진압해 명성을 날리던 달리하르 장군이 늦게 자식을 보셨다더니 바로 그대로군요."

"예, 그렇습니다……. 살만께서도 잘 아시다시피 저희 부족은 옛날부터 요동 벌판 여기저기 흩어져 살고 있었지요. 발해 나라 때에는 이런 우리 부족을 발해 말갈이라 불렀지요. 저희들은 원나라가 망하자 이젠 우리들도 옛날처럼 우리들의 나라를 이룩할 수 있겠구나 하는 꿈에 부풀어 있었답니다. 그래서 은밀히 뜻을 모으기 시작했지요. 그러던 어느 날 명

(明)의 요동 총관이 저희 아바를 찾아와 말했습니다.

"원(元)을 망하게 하고 그 자리를 대신한 것이 명(明)이지 않느냐, 그러므로 예전에 원(元)이 다스리던 모든 땅은 명의 다스림을 받아야 옳다. 따라서 요동·만주뿐만 아니라 조선의 철령까지 모두 명의 땅이다. 이제 그 권리를 밝히기 위해 조선의 철령까지 역참(驛站) 70개를 설치하려 한다. 그대도 그렇게 알고 명의 조정에 충성을 바치도록 하라. 그러면 황제가 내리는 관직도 받게 해 줄 것이고 이때까지 은밀하게 추진해 왔던 그런 일도 없는 것으로 돌리겠다."

잔뜩 위엄을 부려 가며 말한 그의 얼굴을 뚫어지게 쏘아보며 아바는 말했습니다.

"현명하신 총관께서도 역사를 잘 아실 테니 한 번 들어 보시오. 이 요동 땅과 만주 땅은 조선·예맥·고구려·발해·금(金)으로 이어 내려온 우리 종족의 땅이 아니오? 그런 탓으로 우리들도 지금까지 여기에 뿌리 박고 살아왔던 것이오. 따라서 원나라의 세력이 없어진 이 마당에 이 땅들은 원주민인 우리들에게 돌아오는 것이 마땅한 이치 아닙니까?"

요동 총관은 눈을 감고 잠시 동안 말이 없었습니다. 그 대신 총관의 뒤에 시립해 있던 호위 무사 셋이 칼자루에 손을 얹으며 눈을 부릅떴습니다.

'흥! 중화(中華)의 덕치(德治)가 베풀어진다면 영광으로 알고 감지덕지 받아들일 것이지, 미개한 야만인 주제에 무슨 쓸데없는 옛날 이야기를 떠벌리는가? 끝내 권하는 향주(香酒)를 안 마시겠다면 부득이 혈주(血酒)를 마시도록 해 줄 수밖에 없겠군.'

그렇게 말했던 그 세 놈이 바로 바로한 나으리께서 화살 세 대로 간단히 처치해 버린 그 자들이올시다.

아바 뒤에 서 있던 저와 부족 용사들도 칼자루에 손을 댔습니다. 피보라가 거세게 일어날 일촉즉발의 분위기였지요. 이때 눈을 감고 있던 총관이 부드러운 소리로 말하며 일어났습니다.

"뜻이 다르다면 할 수 없지. 각자 제 갈 길로 갈 수밖에."

총관이 그렇게 돌아간 열흘 후부터였습니다.

평화롭기만 하던 우리 부족 각 마을에서 줄초상이 일어나기 시작했습니다. 밤에 잠을 자다 목 잘린 시체로 발견되기도 했고, 가축을 돌보러 들에 나갔다가 어디선가 날아온 화살에 맞아 죽기도 했습니다. 그리고 어제까지도 아무 탈 없던 우물 물을 먹고 일가족이 몽땅 피를 토하고 죽기도 했으며, 호수 위에 떠오른 시체로 발견되기도 했습니다. 이들은 모두가 아바와 뜻을 같이했던 사람들이었지요. 코 앞에 닥친 위험을 느낀 아바는 두 눈에서 피눈물을 흘리며 일전(一戰)을 결심했습니다.

아바는 드디어 부족의 모든 용사들을 소집하라는 명령을 내렸습니다. 연락병들의 말굽 소리가 동구 밖으로 사라진 지 얼마 안 되었을 때였습니다. 지축을 울리는 소리와 함께 일단의 기마병을 앞세운 그 세 놈의 모습이 나타났습니다. 반란을 획책했으므로 그 주모자를 체포하겠다는 것이었습니다. 아녀자들은 모두 집 안으로 들어가게 한 후, '우리는 명(明)의 백성이 아니므로 너희들에게 체포당할 이유가 없다.'고 아바와 저희들이 버티자 그들은 칼과 창을 꼬나들고 무자비하게 공격해 왔습니다.

아바와 저는 마을에 있던 5백여 명의 용사들과 함께 그들과 맞부딪쳤습니다. 그러나 미처 준비를 갖추지 못한 우리들은 세 배나 넘는 명군(明軍)을 당할 수가 없었습니다. 기울어질 대로 기울어진 판세를 본 아바께서는 어깨에 피를 줄줄 흘리며 저에게 달려왔습니다.

'얘야! 너는 분명 달리하르의 아들 모도리가 분명하지? 그렇다면 이곳에서 개죽음당하지 말고 어서 건주(建州)로 피신하여 후일을 도모하거라.'

저는 옆에서 창을 내지르는 명군 한 놈을 칼로 베어 버린 후 말했지요.

"아바! 저는 끝까지 저놈들과 싸우다 죽겠습니다."

떠나지 않겠다는 저를 향해 아바는 눈을 크게 부릅뜨며 호통쳤습니다.

"하나뿐인 내 아들아! 너는 어찌 가볍고 무거운 것도 구별하지 못한단 말이냐. 끝내 내 말을 안 듣겠다면 너는 더 이상 내 아들이 아니다."

그 말과 함께 아바는 등을 돌려 명군 속으로 짓쳐 들어갔습니다.

"저는 펑펑 쏟아지는 눈물을 닦을 틈도 없이 마을 용사 50명과 같이 명군의 포위망을 뚫기 시작했습니다. 그 와중에 대부분의 용사들은 명군의 칼밥이 되었고 저를 포함한 다섯 명만이 겨우 명군의 포위망을 빠져나올 수 있었지요. 뒷산 중턱을 오르는 제 눈에 비로소 아바와 귀여운 아들 비양코(費陽古), 그리고 사르한(아내의 여진 말)의 모습이 어른거렸습니다. 가슴이 저린 저는 마을 쪽을 돌아봤습니다. 아, 그것은 도저히 눈을 뜨고 바로 쳐다볼 수 없는……. 큭, 크흐흑."

사내는 하던 말을 삼키고 소리 높여 통곡하기 시작했다. 사내의 눈에서 벌건 핏물이 흘러 내렸다. 한숨을 길게 내쉰 바로한은 사내를 감싸안아 주었고, 부그런은 하얀 수건으로 자신의 눈가를 훔쳤다. 그렇게 가슴속에 맺힌 슬픔과 한을 한바탕 쏟아 낸 모도리는 탁자 위에 놓인 식은 차를 한 모금 마신 후 다시 입을 열었다.

"칼과 칼이 맞부딪치고 살기 서린 호통이 맞물리던 드잡이질은 이미 사라지고 없었습니다. 마을 여기저기에는 즐비하게 늘어진 주검들이 보였고 마을 전체가 불타고 있었습니다. 크고 작은 아이들과 늙고 젊은 사람들이 비명을 지르며 우왕좌왕하고 있었습니다. 명군들은 이런 아녀자들을 쫓아다니며 파리 잡듯 그 목숨을 맹강맹강 끊어 놓았습니다. 아이 업은 젊은 계집을 본 어떤 명군(明軍)은 어미 등에서 울부짖는 아이를 잡아채어 활활 타오르는 불길 속으로 집어 던졌습니다. 그런 후 두 손으로 눈을 가리고 흐느끼는 그 여인을 겁간하기 시작합디다. 한 놈이 그러자 여기저기서 짐승 같은 겁간이 시작되더군요. 겁간을 마친 그들은 몸부림치는 계집들의 가슴에 창을 푹 꽂기도 했고 칼로 목을 맹강 잘라 버리기도 했습니다. 그뿐이 아니었습니다. 몇몇 놈들은 히히덕거리며 계집의 사타구니를 긴 창대로 푹 쑤셔 박기도 했고 불룩한 젖가슴을 도려내기도 했습니다.

그 광경은 마치 아귀들이 벌이는 피의 축제 같았습니다. 말에 앉아 부하들의 그런 짓거리를 히죽거리며 쳐다보고 있던 그 세 놈은 뒤에 서 있는 부하들을 향해 뭐라고 명령을 했습니다. 명령을 받은 군졸들은 여기저기에 즐비한 시체 더미 곁으로 다가갔습니다. 그들은 그 속에서 허우적거리며 꿈틀거리는 부상자들을 확인 살해하기 시작했습니다. 그러던 군졸 하나가 뭐라고 소리쳤습니다. 세 놈 중에서 키가 껑충한 놈이 그쪽으로 말을 달려 갔습니다. 그놈의 손에 들려 있던 창이 땅바닥에서 무엇을 찍어 올렸습니다. 그것은 사람의 목이었습니다.

'에이! 이 개 돼지만도 못한 뙤놈들아! 네놈들의 천인공노할 이런 만행은 결코 하느님의 벌을 면치 못할 거다!'

부들부들 몸을 떨며 그 참혹한 현장을 본 저는 들고 있던 칼을 그쪽으로 힘껏 던지며 고래고래 악을 썼습니다.

미친 듯한 내 모습을 본 명군 하나가 그 세 놈에게 가서 뭐라 말하며 내 쪽으로 손가락질을 했습니다. 세 놈은 말에 채찍질을 하며 내쪽으로 달려왔습니다.

'야! 이 야만인 종자야! 네 애비 모가지가 여기 있으니 어디 구경이나 해 봐라.'

창끝에 꿰어져 있는 것은 허연 수염이 치렁치렁한 아바의 목이었습니다. 눈이 확 뒤집힌 저는 아바의 그 애절한 유언도 생각나지 않았습니다. 저만큼 아래쪽에서 위로 달려오는 그들을 향해 저는 빈 손으로 뛰어 나갔습니다. 그때 같이 탈출한 늙은 용사 한 분이 제 허리를 꽉 잡아 안으며 제 뺨을 세차게 후려쳤습니다.

'자네는 끝내 달리하르님의 큰 뜻을 거역할 참인가? 현명하고 용감한 달리하르님의 아들이 어찌 이 모양인가?'

아바의 충실한 부하였던 그분의 따귀 한 대에 저는 정신이 번쩍 들었습니다. 저는 뒤돌아 달리기 시작하였습니다. 용사 다섯 명은 따라오지 않았습니다. 등 뒤에서 드잡이질하는 소리가 잠깐 나는가 했더니 끝내 원통하게 내지르는 단발마의 비명들이 들려 왔습니다. 그때부터 저는 그 세 놈들에게 쫓기는 노루 신세가 되어 몇 날 며칠 밤을 보낸 후에야 건주 일대에 제일 큰 세력을 지닌 이만주님을 뵙게 되었습니다.

저는 울며불며 저희 부족이 당한 일의 전말과 끔찍한 그 살육을 하소연했습니다. 그런 다음 우리 동족의 손으로 우리의 나라를 세워야 하고, 그때는 바로 지금이므로 어서 요동으로 출병해야 한다고 말씀 올렸지요.

제 말을 묵묵히 듣고 있던 이만주님은 즉각 휘하에 있는 모든 오랑캐

이(오랑캐, 호리개)족의 족장을 소집했습니다. 저탕개라는 추장이 제일 먼저 일어났습니다.

'지금 명(明)은 솟아오르는 태양과 같다. 섣불리 대항하다간 헛되게 많은 목숨만 요절날 뿐이다. 그러니 출병은 안 된다.'

이 소리를 들은 어떤 오랑캐 추장이 자리를 박차고 일어났습니다.

'오랑캐, 우디거, 오도리 등으로 부족의 이름은 틀려도 우리는 부여와 고려(고구려)의 후손으로 모두 한 핏줄이다. 그러니 동족의 원수를 안 갚을 수 없다. 출병하여 패전을 한다 해도 우리는 결코 만만히 볼 족속이 아니라는 것을 저들에게 보여 주어야 한다. 출병하자.'

그러자 또 한 늙은 오랑캐 족장이 일어나 그 말을 받았습니다.

'원칙적으론 출병을 해야 하지만 지금의 우리 병력으로는 명의 요동군과는 상대가 안 된다. 그러니 아보개[之] 살만의 힘을 빌려 모든 여진인들의 뜻을 모으자. 그리 되면 우리의 큰 우두머리인 이만주 합하께서도 대금국(大金國) 같은 나라를 세워 황제가 될 수 있을 것이다. 중요한 것은 우리가 우리 됨을 잊지 않고 뜻을 모으는 것이다.'

그의 입에서 황제 소리가 나오자 이만주님의 입이 벌어졌고 결론이 났습니다. 바로 저와 오랑카이 용사 한 명을 부그런님에게 보내는 것이었습니다.

저희들이 호위병의 보호 속에 압록강을 건너 이쪽 땅 앞으로 들어서자 마치 기다렸다는 듯 그 세 놈이 덮쳐 왔습니다. 치열한 싸움 끝에 저는 땅딸보의 한 칼에 허벅지를 맞았습니다.

오랑카이 용사는 저보고 먼저 달아나라는 눈짓을 한 후 목숨을 걸고 그 세 놈을 막아 주었습니다. 그분의 희생 덕분에 저는 이렇게 여기까지

와 바로한님의 도움을 얻어 원수도 절반쯤 갚았고 목숨도 건지게 되었지요."

피눈물을 흘리며 울먹이는 사내에게 바로한은 또 차 한 잔을 따라 주었다.

"그대에게 그런 피맺힌 사연이 있었기에 그렇게 그 자의 명줄을 끊으려 했군. 그 자가 몸을 치료한 다음 이곳을 벗어나면 그때에 설분하도록 하시오. 내 그대를 도우리다."

바로한의 말이 떨어지자 자는 듯이 눈을 감고 있던 부그런이 사르르 눈을 떴다. 푹 꺼진 그 눈에서 이슬 같은 눈물이 흘러 나오고 있었다.

"얘야! 그렇게 말해서는 안 되느니라. 이곳은 모든 생명은 모두가 귀한 것이며 그 본성은 착한 것이기에 남의 생명 역시 내 생명처럼 아껴 주어야 하고 어리석은 자에게는 그 본성을 찾도록 도와 주어야 한다는 한(汗, 韓)님의 가르침을 시행하는 곳이 아니더냐. 그리고 살만[巫師]인 내 임무 역시 그런 한님의 뜻을 이어받아 사람다운 사람이 되도록 어리석은 사람들을 도와 주는 것이 아니더냐.

따라서 천리(天理)를 어긴 그 흉악한 사람에게도 본성을 찾을 기회를 주어야만 하지 않겠니. 다행히 그 사람이 본성(本性)을 찾아 사람다운 사람이 된다면, 이 소도(蘇塗)를 벗어난다 해도 결코 그 목숨을 해쳐서는 안 된단다. 다만 그가 본성을 되찾지 못할 때는 앞으로 폐해를 입을 많은 사람들을 위해 제거해야 하겠지만……

바로한아! 저 사람의 말을 듣고 본즉 이 일은 우리 여진인들에게 아주 중요한 일이라 내가 나서지 않을 수가 없구나. 그러니 지금 즉시 인근 마을의 족장 어른들을 모셔 오도록 해라."

부그런의 명을 받아 뒷봉우리 봉화대로 올라간 바로한은 나무에 불을 붙였다. 잠시 후 한 무더기 하얀 연기가 뭉게뭉게 피어올랐다.

연기를 피워 올린 바로한은 고개를 갸우뚱거리며 내려와 모도리를 찾았다.

"그대의 얘기 속에 이해 못 할 이상한 점이 있군요."

"어떤 점이 이상하단 말씀입니까?"

"이만주님한테서 떠나올 때 그대들이 도착할 지점을 그 세 사람이 어떻게 알고 그곳에서 기다리고 있었느냐 하는 점이오. 뭐 짚이는 것이라도 없소이까?"

한참 동안 눈을 껌뻑거리던 모도리가 입을 열었다.

"이제 생각해 보니 그렇군요. 압록강 이쪽 그곳은 여진인들만이 알고 있어 조선 사람들도 잘 모르는 은밀한 곳이라 하는데……. 그들이 어떻게 알았으며 또 여진 복색을 하고 우리가 도착할 그 시각에 맞춰 기다리고 있었을까? 저로서는 도무지 알 수 없군요."

"며칠 후 명줄이 길어 살아난 그 자를 족쳐 봅시다. 아마도 내 생각엔 이만주 측근에 명(明)과 내통하는 자가 있는 것이 분명한 듯하오."

'과연 부그런님의 아들답게 매사가 빈틈이 없군. 대금(大金)의 맥을 이어받을 수 있는 사람은 저분이 아닐까.'

모도리는 바로한의 뒷등을 쳐다보며 고개를 끄덕거렸다.

7

여진 각부의 회맹(會盟) 주선

이튿날 저녁 무렵이 되어서야 인근에 흩어져 있던 다섯 개의 여진 마을 족장들이 모두 도착했다.

머리엔 장끼 깃털을 꽂은 모자를 쓰고 옛 금국(金國)의 조복(朝服) 비슷한 옷을 입은 부그런은 모도리더러 다시 한 번 사태의 전말을 사람들에게 들려 주라고 말했다.

모도리가 또 한 번 피눈물을 쏟아 내며 설명을 끝내자 부그런은 여러 사람의 의견을 물었다.

백발이 성성한 치하르라는 족장이 일어났다.

"이 일은 요동에 있는 달리하르 부족의 일일 뿐만 아니라 우리 피붙이 모두의 아픔이고 원한이오. 따라서 그 방법이야 어떻든 우리는 결코 이 일을 덮어 둘 수 없소이다. 여러분들은 어떻게 생각하시오?"

"옳소. 그렇고말고."

"당연히 그래야지."

여러 족장들 또한 허공으로 주먹을 내지르며 찬동한 후 이구동성(異口同聲)으로 부그런에게 말했다.

"아보개[天] 살만이시여! 어서 우리들에게 그 방법을 가르쳐 주소서."

콜록콜록 잔기침을 몇 번 뱉어 낸 부그런이 차 한 잔을 마신 다음 입을 열었다.

"나 역시 여러분들과 같은 뜻이오. 그래서 이번 중추절(仲秋節)을 기해 우리 여진 각부(各部)의 회맹(會盟)을 주선할 생각이오. 그러니 여러분들께서도 회맹에 참가할 준비를 해야 할 것이오."

힘겹게 말을 마친 부그런이 좀 전보다 더 심한 기침을 하며 입가에 수건을 갖다 댔다. 흰 수건에 토해 낸 빨간 핏덩이를 본 바로한은 잽싸게 부그런의 등 뒤로 가 토닥토닥 등을 두드려 주었다.

"에이 참! 아보개[天]님도 정말 무심하시군. 당신의 뜻을 전해 주는 살만님에게 왜 저런 몹쓸 병을 앓게 하신담."

"쯧쯧, 그러게 말일세. 그런데 각지에 흩어져 있는 우리 부족의 회맹을 주선하시려면 몇 달 동안 머나먼 길을 다니셔야 될 텐데 저런 몸으로 어떻게……"

족장들의 입 속에서 탄식들이 흘러 나왔다. 심한 기침을 하고 난 부그런이 가쁜숨을 몰아쉬며 입을 열었다.

"오랫동안 끊어졌던 우리 부족의 회맹(會盟)을 성사시키려면 내 몸소 소도(蘇塗)의 징표(방울, 거울, 칼)를 들고 머나먼 길을 떠돌아다녀야 합니다. 그러니 여러 어른들께서는 제 여행 준비나 해 주시구려."

"안 됩니다. 그런 몸으로 어찌 멀고 험한 길을 갈 수 있겠습니까. 절대

안 됩니다."

질겁을 한 바로한이 펄쩍 뛰었다.

그러자 여러 족장들도 고개를 절레절레 저으며 만류했다.

"아보개 살만이시여! 바로한님의 말씀이 옳습니다. 그런 몸으로는 단 열흘도 배겨 내지 못합니다. 그리 되면 회맹 자체도 무산되고 맙니다."

"그렇습니다. 아보개 살만께서는 이곳에서 조신(調身)하시고 다른 방도를 생각하소서."

그들의 사리 정연한 만류를 들은 부그런은 아무런 말도 없이 눈을 감았다. 한참 동안 그러고 있던 부그런은 고개를 끄덕였다.

부그런은 눈을 뜨고 탁자 위에 놓인 붓을 들었다.

향 한 개비가 탈 정도의 시간이 흘렀다. 부그런은 글 쓴 종이를 바로한에게 넘겨주었다.

"얘야! 이 글을 여러 장 베껴 여러 곳에 있는 부족들에게 보내면 어떻겠니?"

종이를 받아 든 바로한은 종이와 에메의 얼굴만 번갈아 보며 어리둥절해 했다. 종이 위에는 거란 문자 같기도 하고 한자(漢字)의 해서(楷書) 같기도 한 알 수 없는 문자가 잔뜩 그려져 있었고 그 밑부분에는 방울과 거울, 그리고 칼 한 자루가 솟대 밑에 그려져 있었다.

"에메! 이 글이 도대체 무슨 글이옵니까? 저는 솟대 아래에 그려진 그림의 뜻만은 짐작할 수 있으나 글자의 뜻은 전연 짐작조차 할 수 없군요."

"뭐라고! 여기저기 고명한 분들을 찾아다니며 고금(古今)의 학문을 익혔다는 네가 그것도 모르다니, 아……, 이것은 내 불찰이구나, 그럼 그 종이를 여러 어른들에게 보여 드려라.”

바로한에게서 넘겨받은 그 종이 위의 글은 그 방에 있는 여러 사람 모두가 한 번도 보지 못한 글이었다.

‘이것은 한자(漢字)도 아니고 거란 문자도 아니며 몽골의 팔사파 문자도 아닌데……, 그러면 도대체 어느 나라 글인가?’

학식 높은 치하르 노인조차도 고개를 흔들었다.

‘아니! 자기 나라 글인데 한 사람도 아는 사람이 없으니 어찌 이럴 수가 있는가?’

놀란 눈으로 여러 사람들의 얼굴을 쳐다보고 있는 부그런에게 바로한이 물었다.

“에메! 도대체 이 글자는 어느 나라 글자인가요? 혹시 저 남쪽 조선의 글은 아닌지요?”

부그런은 바로한을 쳐다보며 목소리를 높여 말했다.

“이 글은 우리 금(金)나라의 태조이신 아골타님께서 완안 희윤(希尹)인 고신(古神)님에게 명하여 만든 여진 문자란다. 이 문자를 여진대자(女眞大字)라 한다. 금나라 희종(熙宗) 때에 대자(大字)의 부족한 부분을 보완하여 또 글자를 만들었는데 그것을 여진소자(女眞小字)라 한단다. …… 애야! 사람들의 삶은 서로간에 말을 통함으로써 그 삶을 더욱 아름답게 가꾸어 나갈 수 있는데 이런 말(言語)은 글자(文字)를 통해 보존될 수 있는 법이란다. 또 말이란 것은 생각과 얼을 담고 있는 것이므로 문자를 지닌 겨레들은 그 겨레의 생각과 정신을 오랫동안 보존해 나갈 수 있을 것이다. 그렇기 때문에 사람들은 문자를 지니고 있는 겨레를 문화 민족이라 부른단다. 흔히 중국인들은 우리를 미개한 야만인으로 보고 있으나 결코 그렇지 않음이 이것으로 증명되지 않느냐, 콜록콜록."

"오……."

부그런을 쳐다보는 여러 사람들의 눈빛 속에 자랑스런 긍지가 반짝였다. 잠시 가쁜숨을 가다듬은 부그런을 향해 치하르 노인이 물었다.

"아보개 살만이시여! 우리 여진인들은 일찍이 부여 때부터 한문(漢文)을 써 와 서로 뜻을 통함에 어려움도 없었고 우리 선조의 얼을 지켜 내려온 부족들도 이렇게 건재하고 있지 않습니까? 이러한데 무엇 때문에 아골타님과 희종(熙宗)께서는 새로이 글을 만들었습니까?"

"치하르 사극달(老人의 여진 말)이시여! 내가 아는 바는 이렇습니다. 금(金)나라의 위엄을 만방에 떨치신 아골타님께서는 인근 여러나라와 상교(相交)하실 때 우리 글이 아닌 한문(漢文)을 빌려 국서(國書)를 보내는 것을 심히 부끄러워하셨답니다. 그리고 한자(漢字)를 익히려면 한문(漢文)을 읽어야 되지요? 그런데 한문(漢文)을 오랫동안 접하다 보면 자연히 한문 속에 내재되어 있는 저들의 생각과 정신, 그리고 생활 습성과 생각들이 오염될 수밖에 없을 것이고 끝내 저들과 동화(同化)되어 우리 겨레는 사라지고 말 것입니다. 이런 점을 깨달으신 선조들께서는 부랴부랴 머리를 짜내어 우리 글을 만드신 것이올시다. 그리고 우리 몇몇 부족들이 우리의 얼을 지닌 채 건재하고 있지만 결코 그런 것이 아닙니다.

부여 이후의 역사만 살펴봐도 많은 우리 피붙이들이 중국인들에게 동화(同化)되었음을 알 수 있지요. 특히 요하를 건너 중원(中原) 깊숙이 내려가 자리를 잡은 부족들은 거의 대부분 중국 사람이 되어 버렸습니다. 이 점은 요동 땅에 살고 있었던 저 모도리에게 물어 보면 금방 알 수 있을 것입니다."

부그런의 눈길을 받은 모도리가 일어섰다.

"10여 년 전 우리 부족 3백여 명은 요하를 건너 백제군(百濟郡)으로 가축을 팔러 가게 되었습니다. 그때 사소한 일로 그곳 사람들과 분쟁이 일어났습니다. 쌍방간에 수십 명이 죽고 다쳤습니다. 뒤늦게 이 소식을 듣고 달려온 아바께서 말씀하셨습니다.

'이 땅에 살고 있는 사람들은 원래 우리와 같은 부여 핏줄을 가진 사람들의 후손이란다. 이들은 삼한(三韓) 시대에 이곳에 터를 잡고 나라를 세워 그 이름을 백제라 했지. 이런 탓으로 지금의 지명 역시 백제군(百濟郡)이 된 거야. 그러므로 백제는 저쪽 압록강 남쪽에도 있었고 이곳에도 있었지. 우리 부여의 핏줄이 여기저기에 두 개의 백제를 세운 셈이야. 지금 그들의 나라가 망해 없어졌다 해도 그때부터 이 땅에 살고 있던 그 사람들의 후손인 이들은 분명 백제인의 후손이고 부여의 핏줄이 분명한 것이야. 안타까운 것은 이들이 이런 그들의 역사와 언어 풍속을 잃어버리고 원래부터 한족(漢族)인듯 착각하여 우리와 죽기 살기로 싸우고 있는 점이야.'

믿어지지 않는 아바의 말을 들은 부족 사람 하나가, 달리하르님께서는 어떻게 그 사실을 알 수 있었냐고 눈을 동그랗게 뜨고 물었습니다.

'원군(元軍)에 몸담고 있을 때 양서(梁書) 남사(南史) 등의 역사책을 읽을 기회가 있어 그런 사실을 알게 되었지.'

아바께서는 빙긋 웃으시며 말씀하셨습니다.

이것 말고도 요동에 살고 있는 몇몇 여진 부족늘도 한인(漢人)들처럼 한어(漢語)를 쓰며 심지어 복색(服色)과 생활 태도까지 저들과 같아졌습니다."

모도리의 말을 들은 여러 사람들의 눈도 동그래졌다.

하얀 수건으로 땀을 닦고 있던 부그런이 다시 입을 열었다.

"어찌 그들뿐이겠습니까. 비록 중국 땅이 아닌 이곳에 살고 있는 우리들이라 할지라도 입으로는 중국 말을 늘상 쓰며 그들과 같은 생각을 하며 살고 있다면 저들과 다를 바가 어디 있겠습니까?'

부그런의 말이 여기에 이르렀을 때 치하르 노인의 고개가 푹 숙여졌다. 뒤통수를 몇 번 긁적거린 치하르가 일어나 부그런에게 예를 갖추며 말했다.

"말과 글이란 한시도 소홀할 수 없는 스중한 것이군요. 그것도 모르고 소박한 우리 말이 있는데도 불구하고 일부러 어렵고 꾸밈이 많은 중국 글을 유식한 자랑이나 하듯 마구 뱉었으니…… 정말이지 부끄러워 몸둘 바를 모르겠습니다. 부그런 살만이시여! 깨우쳐 주셔서 참으로 고맙습니다."

"모르고 한 일이 어찌 큰 허물이 되겠소. 또 그런 허물을 범하지 않는 사람이 몇이나 되겠소. 어쨌든 자신의 허물을 드러내 놓고 인정하는 그 용기야말로 참으로 여진 사나이답소.

그건 그렇고 이렇게 말과 글은 민족의 얼과 밀접하게 연관되어 있기에 회맹을 하자는 글을 우리의 얼이 서린 여진 자(字)로 썼던 것입니다. 그러나 아골타(金太祖)님의 출생지인 완안부(完顔部)의 후손들인 여러분들조차 여진 글자를 모르니 딴 방법을 찾아야 하겠습나"

부그런의 말이 끝났건만 다섯 족장들은 고개를 폭 숙인 채 아무런 말이 없었다.

생여진(生女眞)을 구성하고 있던 핵심 부락인 완안부의 선조들이 불과

3백여 년 전에 이룬 귀중한 역사를 모르고 있다는 것은 후손인 그들로서는 수치가 아닐 수 없었다.

정적이 흘렀다.

바로한이 정적을 깨뜨렸다.

"에메! 그런데 어째서 조상님들이 심혈을 기울여 만든 그 여진 글자가 이때까지 전해지지 않게 되었습니까?"

수그리고 있던 고개들이 들리고 그들의 눈빛이 반짝거렸다.

"그것은 이렇게 생각된다. 글자라는 것은 오랫동안 널리 쓰여져야만 자리를 잡을 수 있는데 미처 널리 통용되기도 전에 나라가 망한 탓이라 생각된다. 그리고 이때껏 알게 모르게 젖어 온 사대 사상(事大思想) 탓으로 우리 자신의 것을 너무나도 소홀하게 여겨 왔기 때문이다. 그리고 또 한 가지는 호시탐탐 우리들을 노리고 있는 한족(漢族)이 의도적으로 우리의 귀중한 유산을 훼손시켜 버린 것이 아닐까 한다."

"왜 그들은 힘들여 우리 것을 없애 버리려 하지요?"

고개를 갸우뚱거리던 모도리가 입을 열었다.

"그것은 어떤 나라를 철저하게 집어삼키려면 그 나라의 땅덩이와 권력만을 빼앗아 봐야 아무런 소용이 없고 나라의 피와 살이 되는 백성들의 얼까지도 몽땅 빼앗아 노예로 만들어야 되기 때문이지요. 즉, 땅덩이와 권력을 무력(武力)으로 빼앗긴다 해도 그곳에 사는 모든 사람들의 마음이 굴복되지 않는다면 침략자들을 언제든지 몰아낼 수 있는 것이기 때문입니다.

이런 탓으로 침략자들은 무력을 동원하기 앞서 먼저 정신적·문화적 침략을 하는 것이며, 무력으로 빼앗은 뒤에는 꼭 그곳 백성들의 얼을 빼는 여러 가지 방법을 쓰는 것이랍니다.

지나간 우리 역사를 돌이켜보면, 고려(고구려)를 무너뜨린 당(唐)은 제일 먼저 고려의 서고(書庫)부터 불질러 예부터 전해지던 우리 발자취를 깡그리 지워 버리려 했지요. 그리고 발해를 멸망시킨 거란은 발해의 문자를 금지시키는 한편 우리들의 호방한 얼이 서린 격구마저 금했지요. 콜록콜록."

"흥! 우리의 자랑스런 역사를 없애 우리의 얼과 정신을 몽땅 빼앗으려는 수작이었군."

탁자를 탁 치며 눈을 부릅뜬 사람은 바로한이었다.

"부그런 살만님이시여! 오래 전부터 지니고 있던 이 모도리의 궁금증이 오늘에서야 환하게 뚫리는군요. 일찍이 요동 종관이 저희 부족을 찾아와 명 황제가 내려 주시는 것이라 하며 여러 가지 서책과 옷가지를 주었지요. 왜 저들이 아무런 대가 없이 그런 것을 줄까, 이상하다 생각하면서도 그 당시엔 고마웠습니다. 그러나 이제 보니 모두가 그런 뜻이 숨어 있는 계획적인 선심이었군요. 흥."

콧방귀를 뀐 모도리가 자리에 앉았을 때 똑똑 방문을 두드리는 소리가 들려 왔다.

"들어와라."

바로한의 말이 떨어지자 중년 사내의 모습이 나타났다. 그는 부그런의 집안 일을 맡아 보고 있는 우야소라는 하인이었다.

"살만님, 그리고 바로한님! 바로한님의 화살에 부상당한 그 사내가 보이지 않습니다. 아마도 저 혼자 도망 간 듯합니다. 어젯밤 으슥한 때에 문 밖으로 용을 쓰며 기어 나가더니 더 이상 가지 못하고 솟대 밑에서 콩

큥거리고 있기에 안아다 방 안에 뉘어 놓았는데……."

모도리의 눈에서 번쩍 빛이 나며 바로한을 쳐다보았다. 바로한이 고개를 가볍게 끄덕이자 모도리는 슬그머니 일어나 방문을 열었다.

"잠깐! 그대는 여기 있도록 하고 우야소 네가 나가서 그 사람을 찾아 모시고 오너라. 어서 빨리."

싸늘한 목소리가 부그런의 입 안에서 터져 나왔다.

바로한의 번개 같은 화살 한 방을 맞은 사내는 상처를 감싸쥐고 죽은 듯이 쓰러져 있었지만 부그런과 바로한, 그리고 모도리가 자기의 한 목숨을 놓고 주고받는 말들을 아련하게 들을 수는 있었다. 섬뜩한 칼질 한 번에 구천(九天)을 헤맬 혼백이 소도의 옛법 때문에 육신을 떠나지 않게 된 것을 깨달았다.

그러나 쉽게 믿어지지 않았다.

"짐승 같은 야만인들이 틀림없이 무슨 꿍꿍이속이 있을 것이다. 혹시 더 큰 고통을 주기 위해 소도의 옛법을 빙자해 일단 살려 주는 것이 아닐까? 혹은 내게 어떤 비밀이라도 캐내기 위해서……? 어쨌든 이들은 자신들의 동족을 무수히 죽인 나를 결코 살려 두진 않을 거야. 안 돼! 죽을 수는 없어. 그렇다면 어떻게 해야 하지?

방 안으로 옮겨져 우야소에게 치료를 받으면서도 온통 그 생각뿐이었다. 사람들의 기척이 있는 벌건 대낮은 그래도 좀 안심이 되었지만 풀벌레 소리만이 간간이 들리는 고요한 밤에는 더욱 불안했다. 캄캄한 어둠 저쪽에서 독기 어린 시퍼런 눈빛을 한 그 야만인 놈들이 도마 위의 생선 꼴이 된 자신을 노려보며 입맛을 다시고 있는 것 같았다.

이틀 밤을 자는 듯 깨는 듯 지샌 그는 조금이라도 상처가 회복되면 한

시 바삐 이곳을 벗어나리라 생각하며 이빨을 악물었다. 그리고 팔다리에 힘을 줘 봤다. 이만하면 제법 움직일 만했다. 그래서 모든 것이 어둠을 덮어쓰고 잠에 빠져 있을 때 살금살금 밖으로 나가본 것이었다. 그러나 가슴팍에서부터 퍼져 나온 아픔이 온 전신을 마비시켜 끝내 몇 걸음 걷지도 못하고 솟대 밑에서 주저앉게 된 것이다.

이튿날 저녁 무렵 많은 사람들이 모여드는 기척을 느낀 그는 생각했다.

'아하, 이젠 나를 처리할 의논들을 할 모양이군. 그렇다면 내 목숨도 오늘 밤을 넘기지 못하겠구나. 이래 죽으나 저래 죽으나 죽기는 매일반이니 우선 내빼고나 보자.'

이렇게 되어 틈을 찾은 그는 휘청거리는 다리를 이끌고 솟대 밖으로 나간 것이다. 숨을 몰아쉬고 휘청거리는 몸을 몇 번이나 주저앉으며 걸은 다음에야 그는 뒤를 돌아봤다. 솟대는 보이지 않았다.

그는 동구(洞口) 밖에 버티고 서 있는 우람한 돌무더기 앞에 털썩 주저앉았다. 색색의 헝겊 조각들이 매달린 버드나무 가지를 꼭지에 꽂고 있는 돌무더기는 작은 산봉우리만했다.

'휴우……. 이제 겨우 호구(虎口)에서 벗어난 듯하군.'

그는 한숨과 함께 비 오듯 흐르는 땀을 닦았다.

긴장이 풀리자 이때껏 참아 왔던 오줌보가 터질 듯했다. 이쪽저쪽을 두리번거려 보았으나 석양의 꼬리를 문 땅거미만이 기웃거릴 뿐 아무런 인기척도 없었다.

'아직도 안심하긴 일러. 하지만 급한 불부터 먼저 *끄고* 봐야지.'

그는 바지를 까 내렸다. 오랫동안 기다렸던 오줌보가 세찬 물줄기를 뿜어 냈다. 스르르 눈을 감은 그의 손이 흔들흔들 오줌 방울을 털어 냈다.

"부그런 살만님에게 무슨 급한 일이 생겼기에 연기를 올려 마을 어른들을 불렀을까?"

"그러게 말일세, 몇 년 동안 이런 일이 없었는데 말이야."

"우리 여진 사람으로 변장을 한 명인(明人) 세 놈이 동족 젊은이를 여기까지 뒤쫓아와 죽이려 했다더군. 그런데 바로한님의 화살 세 대로 두 놈은 그 자리에서 황천으로 갔고 한 놈만이 겨우 살아 남아 그곳에 있다더니, 그 일 때문이 아닐까?"

두런거리는 말소리와 함께 자기 머리통만한 돌덩이 하나씩을 손에 든 중늙은이 두 명이 길 저쪽에서 나타났다. 모두 흰 옷을 입었고 그들 중 한 사람의 어깨 위에는 송골매 한 마리가 앉아 있는 것으로 보아 그들은 매사냥꾼인 듯했다.

뜻밖에 나타난 인기척에 화들짝 놀란 사내는 살곳에 맺힌 오줌 방울을 다 털어 내지도 못한 채 황급히 바지를 끌어올렸다. 돌무더기 곁으로 다가온 중늙은이들의 눈에 사내의 그런 엉거주춤한 모습이 들어왔다.

"아니! 저런 신벌(神罰)을 받아 마땅한 놈 봤나. 감히 여기에다 오줌을 내갈겨?"

"여보게! 이 작자의 낯선 꼬락서니와 가슴팍의 상처를 좀 보게. 저 작자는 아마도 바로한님의 화살에 요행히 목숨을 건졌다던 그 고약한 중국놈인 듯싶네. 그렇지 않고서야 신성한 아보 위에 어찌 이런 짓을 할 수 있겠는가?"

"그런 것 같네. 내 저 똥되놈에게 따끔한 맛을 보여 주어야겠네."

매를 어깨에 태우고 있는 깡마른 사람이 눈을 부릅떴다.

그 돌무더기는 우리 서낭당 곁이나 동구 밖에 있던 그런 것이다. 이것은 몽골과 만주 지방에도 있으나 중국[中原]에는 없는 우리의 옛 신앙 형태이다.

바지를 끌어올린 사내는 재빠르게 허리띠를 매면서 두 사람을 훑어보았다. 무기라야 허리 쌈에 작은 칼 하나씩만 꽂고 있는 허약해 보이는 여진 늙은이 둘이었다.

"뭐! 따끔한 맛을 보여 주겠다고? 흥, 내 아무리 상처 입은 몸이나 네까짓 것들쯤이야."

오른팔에 가만히 힘을 넣어 본 사내는 히쭉 웃으면서 허리에 달린 칼자루에 손을 얹었다.

사내의 칼집에서 칼이 뽑혀져 나올 그 순간 어깨에 매를 태우고 있던 늙은이의 입에서 날카로운 소리가 터져 나왔다.

"가, 가칵."

이 소리와 함께 늙은이의 어깨 위에서 한 줄기 그림자가 빛살처럼 쏘아져 나갔다.

"아악악."

칼을 빼려던 사내는 털썩 주저앉고 말았다. 세 줄기 골이 파인 사내의 오른손등과 가슴 쪽 상처에서 피가 흘렀다. 그 두 곳을 눈 깜짝할 사이에 할퀴고 쪼아 버린 송골매는 날개를 퍼덕거리며 사내의 머리 위에서 빙빙 돌고 있었다.

주인의 신호가 떨어지면 두 번째 공격을 할 참이었다.

"이만하면 저 흉악한 중국놈도 이빨 빠진 살무사 꼴이 되었으니 이젠 우리 손으로 저놈의 모가지를 비틀어 버리세."

휘파람 소리로 매를 불러들인 늙은이가 동반에게 눈짓을 했다.

"에잇! 이 천하에 몹쓸 중국놈아! 우리 얼굴에 오줌을 내깔기고도 모자라 우리마저 해치려 하다니, 어디 맛 좀 봐라."

어깨에 제법 불룩한 자루를 메고 있는 늙은이의 발길이 킁킁거리고 있는 사내의 옆구리에 내질러졌다.

"으윽."

숨 넘어가는 소리와 함께 주저앉아 있던 사내의 몸이 발랑 자빠졌다.

"여보게! 이 중국놈의 모가지를 잘라 제놈이 내갈겨 놓은 오줌 위에 얹어 놓고 고사나 올리세. 신령님도 기뻐하실 거야."

"그러세."

작은 칼을 뽑아 든 늙은이의 깡마른 손이 사내의 머리털을 움켜잡았다.

"잠깐만요, 어르신. 저는 명인(明人)이 아니라 고려 사람입니다. 그저 죽을죄를 지었으니 제발 살려 주십시오."

목젖에 싸늘한 쇠붙이의 감촉을 느낀 사내는 유창한 고려 말로 다급하게 애원했다.

"뭐! 네놈이 고려 사람이라고? 어림없는 소리 말아라. 이놈아! 고려 사람이라면 결코 네놈처럼 그런 불경한 짓은 저지르지 않는 법이야, 흥."

"저놈이 더러운 제 목숨 하나 구걸하려고 이젠 자기 조상마저 바꾸려 하는군. 망설일 것 없네. 어서 베어 버리게."

늙은이의 칼이 사내의 목젖을 따고 들어가려는 찰나 우야소가 고함을 치면서 달려왔다.

    끌려온 사내를 본 바로한이 벌떡 일어나 시내의 오금을 걷어차 꿇어앉혔다.

    "네놈은 이 모도리님이 그날 그 장소에 도착할 것을 어떻게 알고 그곳에서 기다리고 있었느냐? 너희들과 내통한 자의 이름을 대면 살려줄 것이나 그렇지 않으면 실어서는 이 여진 땅을 벗어나지 못할 것이다. 그러니 어서 냉큼 토설하거라"

    "어서 말하지 못할까?"

    대답 없는 사내의 귓볼을 향해 모도리의 주먹이 퍼부어졌다.

    "······."

    알쏭달쏭한 소도(蘇塗) 법이라는 것 때문에 두 번이나 끊어지려는 명줄을 보존할 수 있었지만 자신의 소행으로 보아 이 야만인들이 절대 그냥 놓아 줄 것 같지 않다. 그러니 총관이 신신당부한 그 일의 내막을 밝히지 않고 죽는 것이 사내로서의 의리를 지키는 것이 아니겠는가.

    이런 생각으로 사내는 눈을 내리깔고 입을 닫고 있는 것이다.

    부그런님, 그리고 바로한님! 저놈이 끝내 자백을 하지 않으려고 작정한 모양이니 이 바쁜 시간에 쓸데없는 실랑이를 할 필요가 어디있겠습니까? 그러니 그만 마을로 끌고 내려가 모도리님더러 설분이나 하게 합시다."

    성질 급한 완안 노인이 답답한 듯 소리치자 모두들 고개를 끄덕이며 부그런을 쳐다보았다.

    부그런이 일어섰다.

"내 눈 앞에서 거듭된 저 사람의 못된 소행은 죽어 마땅한 것이었습니다. 그러나 이곳은 한(韓, 汗)님의 거룩한 가르침을 이어 받들고 있는 곳이 아니오. 그러니 죽이는 길보다 살 길을 열어 주기 위해 최선을 다하는 것이 내 소임이라 생각합니다. 콜록콜록."

부그런의 말소리가 들려 오자 모두들 조용해졌다.

부그런의 연약한 모습은 사내 앞으로 옮겨졌다.

"그대는 자칭 고려 사람이라 했다던데 거짓은 아니겠지요? 내가 보건대 그대는 한 목숨 구걸코자 자기 조상을 바꿀 그런 뼈대 없는 사내로는 보이지 않기에 이렇게 묻는 것이라오."

"…… 예, 저는 분명 고려 땅에서 고려 사람을 부모로 하여 태어났습니다."

사내는 여러 사람들에게 존경받고 있는 부그런이 자신을 제법 뼈대 있는 사나이로 보아주고, 비밀과는 관계 없는 일을 묻자 그제서야 입을 열었다.

"그렇다면 무엇 때문에 명인(明人)의 끄나풀이 되어 우리 여진인들을 모살(謀殺)하는 데 앞장섰습니까? 그대의 청수(淸秀)한 상으로 보아 결코 돈과 재물에 몸을 팔 그런 사람으로는 보이지 않는데 말입니다.

이번에도 사내의 입은 쉽게 열렸다. 그렇지만 은근한 조롱이 들어있는 대답이었다.

"사람다운 사람과 짐승 같은 사람이 있다면 마땅히 사람다운 사람을 도와야 하지 않겠소."

"그렇군요. 그렇다면 중국인들은 어째서 사람다운 사람이며, 우리는 어째서 짐승 같은 야만인이오?"

"중국은 문화 문명의 종주국으로서 많은 성인(聖人)들이 태어난 나라이므로 사람들 역시 마땅히 사람들이 갖추어야 할 인의예지신(仁義禮智信)을 두루 갖추고 있지요. 그러나 흉맹한 말갈족의 후예인 그대들은 그렇지 못하지 않소?"

두 사람의 문답을 듣고 있던 여러 사람들의 안색이 시퍼렇게 변했다. 눈을 부릅뜬 그들의 입에서 세찬 욕지거리들이 튀어 나올 것 같고 금방이라도 한 주먹 내지를 것처럼 주먹을 부르르 떨었다.

그러나 부그런의 얼굴에는 오히려 살풋한 웃음기마저 어려 있었다.

"호호호, 그래서 짐승 잡는 기분으로 아무 거리낌 없이 여진인들을 모살(謀殺)했군요. 이해합니다. 그런데 그대는 어떻게 그 사실을 알 수 있었습니까. 또 만일에 그대와 한 핏줄인 고려인들도 우리처럼 미개한 야만인이라면 그대는 우리 여진인들에게 한 것처럼 그렇게 하겠습니까?"

한 번 두 번 열리기 시작한 사내의 입은 이제 거침이 없었다.

"문명하고 미개한 사실은 많은 서책에 쓰여 있는 것이니 조금이라도 글을 안다면 누구나가 알 수 있는 사실이 아닌가요. 또 짐승도 제 핏줄을 아는데 하물며 인간의 탈을 쓴 내가 어찌 내 동포(同胞)를 짐승 잡듯 그렇게 할 수 있겠소"

"옳은 말이오. 우리들도 제 동포만은 짐승 사냥하듯 하지 않습니다. 그러면 그대는 고려 사람이라니 고려 사람의 생각과 풍속, 그리고 조상의 역사, 고려인의 신체적 특징을 잘 알겠군요?"

"태어나서 십수 년간을 고려 땅에서 살았으니 대강은 알고 있소. 그런 것을 모른다면 결코 고려 사람이라 할 수 없지요."

그대의 그 말씀은 우리들이 부모의 나라라고 받들고 있는 고려의 백성다운 말씀입니다."

은근한 말투로 사내를 치켜세운 부그런은 바로한에게 눈길을 돌렸다.

"얘야! 지금 즉시 천신당(天神堂)에 가서 그곳에 있는 신녀(神女)들을 몽땅 모아 이리 내려오도록 이르고 우야소의 갓난애기를 안고 오너라."

잠시 후 돌이 갓 지난 애기를 안은 바로한과 부그런의 제자 다섯명이 방으로 들어왔다.

꽃다운 나이 또래인 신녀들은 고개를 숙인 채 스승의 뒷자리에 앉았다. 칭칭이 들고 온 김이 무럭무럭 나는 삼탕을 몇 모금 넘긴 부그런은 눈만 껌벅거리고 있는 사내에게 시선을 던졌다.

"그대에게 몇 가지만 묻겠소. 그대는 고려 땅에 있는 서낭당 옆의 돌무더기와 우리 마을 밖에 있는 돌무더기에 경배하는 풍속을 어떻다 보시오? 대장부답게 솔직히 말씀해 주시오."

"에…… 매우 비슷합니다. 그렇지만 우리들의 풍속을 그대들이 흉내 낸 것이라 생각하외다."

"그럴 수도 있겠지요. 그러면 그대는 고려 어린애의 엉덩짝에 있는 새파란 반점, 즉 삼신반점(三神点)을 본 일이 있겠지요?"

"예, 어릴 적 내 엉덩짝에도 있었고 동무들의 엉덩짝에도 있었는데 어찌 그것을 보지 못했겠소."

사내의 말소리가 떨어지자 바로한의 손에 안긴 아기를 받아 든 부그런이 아기를 가리키며 말했다.

이 애는 우리 여진인인 우야소의 아들이오. 그런데 이 애의 엉덩짝에도 고려인과 같은 삼신반점이 있소. 이것 또한 우리들이 고려인을 흉내 낸 것이라 할 수 있겠소?"

그것은 사람이라면 모두 있는 것이 아니외까?"

"그렇지 않습니다. 이 반점은 중국인들에게는 없고 한님(檀君)의 피를 받은 피붙이에게만 있는 특징이오.

칭칭아! 너는 중국 하남성이 네 고향이므로 잘 알 것이다. 어디 중국 아이들에게도 이런 반점과 돌무더기가 있더냐?"

"부그런 마님! 저는 중국 땅에서 30년을 넘게 살았지만 결코 그런 반점과 돌무더기는 한 번도 보지 못했습니다."

칭칭의 말을 들은 사내의 머리 속에 번쩍 요동 총관의 아들 엉덩짝이 떠올랐다. 분명 총관의 아들에게는 그것이 없었다. 사내의 얼굴에 곤혹스런 표정이 미미하게 나타났다.

8

소도(蘇塗)의 스승이 제자에게
전해 주는 옛 이야기

눈을 내리뜬 채 눈알을 이리저리 굴리고 있는 사내를 슬쩍 쳐다본 부그런은 엄숙한 표정으로 입을 열었다.

"여러분께서 보시다시피, 콜록콜록……. 몹쓸 병이 골수에까지 스며든 이 몸의 생명은 그야말로 가을 바람에 흔들리는 촛불과 같습니다. 그래서 이 자리 이 기회에 수천 년 동안 소도(蘇塗)의 스승이 제자에게만 입에서 입으로 전해 주던 옛 이야기를 모두에게 공개할까 합니다.

이 옛 이야기와 스승에게 배운 것들은 바깥 사람들에게는 공개하지 않는 것이 하나의 전통이었으며 불문율(不問律)이었습니다. 그런데 내가 이 전통을 깨뜨리려 하는 것은 이런 까닭입니다.

오늘 일어난 몇 가지 일로 살펴보건대 우리 피붙이들이 제 조상의 거룩한 정신과 그 발자취를 바로 알지 못하고 있을 뿐만 아니라 심지어 자기 자신이 누구인가도 잘 모르고 있습니다. 이에 따라 우리들은 얼토당토않은 야만인 소리까지 듣게 되었고 동족이 동족을 짐승 잡듯 잡아 죽이는 끔찍한 비극이 생기고 있는 현실이 되었습니다. 콜록콜록."

부그런의 말을 여기까지 들은 사내의 눈동자가 불안한 빛을 내비쳤다.

'이 여자의 말은 이들 여진족과 고려인인 내가 한 핏줄을 지닌 동족(同族)이란 말인데, 그렇다면 나는 짐승만도 못한 사람이 되는 것이 아닌가? 아니야, 절대로 그럴 리 없어. 나뿐만 아니라 우리 고려 사람 모두가 이들을 오랑캐라고 부르며 멸시하고 있지 않나. 그렇지, 나를 꾀려는 수작일 거야……. 그렇지만 엉덩짝에 있는 반점과 돌무더기 풍습은 어째서 똑같지? 그리고 중국 말을 배우기는 참으로 어려웠는데 여진 말은 쉽게 익힐 수 있었어. 여진 말과 우리 말이 아주 똑같기도 하고 비슷한 말도 많았는데, 이것은 또 어쩐 일이지? 참으로 알 수 없는 일이군.'

하얀 수건으로 입가에 묻은 핏자국을 닦아낸 부그런은 차 한 모금을 마신 다음 말을 이어 갔다.

"우리 살만은 수천 년 전부터 한님의 거룩한 뜻을 이어받아 그 뜻을 널리 퍼뜨리는 한편 어리석은 백성들과 하느님을 연결해 주는 다리 역할을 해 왔습니다. 그런데 겉만 번지르르한 문명의 발달로 인해 순박하기 그지없던 사람들의 심성이 점점 교활 영악해져 지금에 이르러서는 한님의 뜻뿐만 아니라 한님의 존재마저 부정하고 있는 현실로 이어졌습니다.

이렇게 되니 옛날에 누렸던 살만의 권위는 땅에 떨어지고 그에 따라 살만의 소임과 가치도 무너지게 되었습니다. 이런 세상에 사람들이 홀로 간직한 지식과 지혜는 더 이상 큰 힘을 발휘하지 못하게 되었습니다. 그러기에 누구나가 알고 있어야만 되겠다 생각하는 것 한 가지를 여러분 모두에게 공개하려는 것입니다. 이것은 우리 핏줄들이 잃어버렸던 뿌리와 제 자신의 모습을 되찾는 데 도움이 될 수 있는 중요한 이야기입니다.

바로한아! 젊디젊은 너는 이 에메의 말을 잘 기억해 두었다가 반드시 잃었던 우리의 글자를 찾아 그것으로 기록해 놓거라."

부그런은 잠시 눈을 감고 호흡을 고르고는 천천히 입을 열었다.

"아득히 먼 옛날 저 북쪽 사백력(시베리아) 땅은 지금처럼 메마르고 얼어붙은 불모의 땅이 아니었습니다. 이때 호수(바이칼) 부근에 한 무리 종족이 살았습니다. 이들은 큰 새를 타고 이 땅에 내려온 하늘님의 자손이 그들의 조상이며, 큰 알 속에서 알을 깨고 나왔다고 믿었습니다. 그리고 사람이 죽었을 때는 그들의 영혼이 새를 타고 아버지 하늘님 곁으로 간다고 생각하였지요. 그런 연유로 하늘을 자유로이 오르내리는 새를 하늘님의 사자로 생각하여 하늘님의 뜻에 부합하는 훌륭한 행동을 한 자에게는 새의 깃털을 머리에 꽂아 그의 위업을 기렸으며, 꼭대기에 새가 앉아 있는 솟대를 소도(蘇塗)의 입구에 세워 그 땅이 하늘님의 영역임을 표시한 것이지요……."

그리고 그들은 높이 자란 큰 나무를 매우 신성한 것으로 여겼다. 땅에 뿌리를 박고 하늘 높이 솟아오른 나무는 하늘에서 내려오는 신(神)의 숨결을 제일 잘 받아들여 이 땅에 전달하는 것으로 생각했기 때문이다. 이들은 하늘님을 믿고 따른다는 표시로 매년 어김없이 천제(天祭)를 올렸다. 뿐만 아니라 풍성한 수확이 있을 때, 결정해야 할 중요한 일이 있을 때,

그리고 흉(凶)함을 몰아내고 복을 빌 때에도 천제를 올려 감사의 마음을 드렸고 하늘의 뜻을 물었다.

천제는 높이 솟은 자작나무 옆에 단을 쌓고 올렸는데, 신(神)과 영적으로 교류할 수 있는 특별한 사람만이 주관할 수 있었다. 이들도 역시 새의 깃털로 장식된 모자를 썼다. 사람들은 이들을 살만 혹은 만신이라 불렀으며 이들의 어른(祭司長)을 한(韓, 汗) 혹은 단군(檀君)이라 불렀다. 살만이 될 수 있는 길은 두 가지가 있었다.

첫째는 신(神)에 의한 선택, 즉 신들림에 따르는 것, 둘째는 지극한 수련으로 천지 삼라만상의 이치를 깨닫는 길이었다.

이들 종족은 처음에는 사냥으로 생활했다. 그러다가 살만의 지도로 차츰 야생 동물을 가축화시켜 나갔고 먹을 수 있는 식물을 재배하기도 했다. 그러나 오랫동안 사냥은 이들의 주된 생활 수단이었다. 이들의 사냥 도구는 주로 큰 활(大弓)이었다. 그들이 그곳에서 그런 생활을 하는 동안 무수한 세월이 흘렀다. 어느 날 천지가 한 차례 요동했다. 그리하여 사철 내내 살기 좋던 그곳도 추워지기 시작했다. 바로 겨울의 땅으로 변해 가기 시작한 것이다.

지금으로부터 약 만여 년 전의 일이었다.

갑작스레 닥친 환경의 변화에 미처 적응하지 못한 수많은 동식물이 죽어 갔다. 사람들도 좀더 살기 좋은 곳을 찾아 이동할 수밖에 없었다. 그곳에 잔류한 사람들도 있었으나 대부분의 사람들은 크게 두 갈래로 나뉘어 이동하기 시작했다. 한 갈래는 저쪽에 있는 미지(未知)의 대륙(美洲大陸)으로 향했다. 나머지 한 갈래는 이쪽 태양과 좀더 가까워질 수 있는 남행로를 택했다. 미지의 대륙으로 간 그들의 소식은 알 길 없었으나 이쪽으로 내려온 종족들은 지금의 몽골 평원에서 오랫동안 살았다.

그들은 그곳에서 야생 말을 길들여 타고 다니면서 목축과 수렵으로 생활했다. 이렇게 생활하던 그들은 밀려오는 추위 때문에 다시 이동할 수밖에 없었다. 이들의 이동은 또 두 갈래로 갈라지게 되었다. 한 갈래는 태양을 쫓아 만주 쪽으로 동진(東進)했으며 한 갈래는 남쪽으로 이동해 갔다. 물론 그곳에 잔류한 사람들도 있었다. 그 당시 중원 땅에는 후일 한족(漢族)이라 불리게 될 화하족(華夏族)이 살고 있었다. 이들은 주로 양자강 유역 주변 산 속에 흩어져 살고 있었다. 그러나 황하 일대와 만주 지방은 무인지경이었다. 요하·흑룡강·송화강·목단강이 흐르는 만주 쪽으로 진출한 갈래는 그곳에 터를 잡고 목축과 사냥을 위주로 한 생활을 했다. 그러던 그들 중의 일부는 요하를 건너 중국의 산동(山東) 지방으로 남하(南下)했고 반도(半島)쪽으로도 내려가 터를 잡았다. 이런 이동은 오랜 세월에 걸쳐 서서히 이뤄졌다. 이런 탓으로 큰 활을 메고 말을 탄 산동(山東) 쪽의 우리 겨레를 한족(夏華族)들은 동이(東夷)라 불렀던 것이다.

처음 우리와 마주친 그들은 경외의 눈으로 우리들을 보았다. 그러나 차츰 양을 비롯한 가축을 키우며 밀농사를 짓는 우리들을 군침도는 약탈물로 보기 시작했다. 크고 작은 약탈 습격이 여기저기서 벌어졌다. 그렇지만 빠른 말을 타고 활을 쏘아 대는 우리 겨레를 그들로서는 도저히 당해 낼 수 없었다. 결국 그들은 싸움다운 싸움도 제대로 못해 보고 굴복했다. 그들은 조직적인 저항은 엄두도 못 냈지만 훔치고 빼앗고 죽이는 여러 가지 말썽을 일으켰다. 야만적인 습성을 못 버린 그들로서는 당연한 일이었다. 이것을 안타깝게 여기신 한님(환웅)께서는 그들을 교화시키는 한편 우리 겨레의 심성(心性)도 더욱 밝게 해 주기 위해 여기저기에 신시

(神市)를 열어 천경(天經)을 가르쳤다. 이 천경은 ≪천부경(天符經)≫이라 하기도 했고 그 속뜻(內意)에 따라 ≪삼황내문경(三皇內門經)≫이라 하기도 했다. 여기에는 하늘과 땅의 이치와 그 이치에 따라 삶으로써 아름다운 세상을 만들 수 있는 인간의 길, 그리고 우주심(宇宙心)과 하나 되어 맑고 밝은 지혜를 터득하는 길이 담겨져 있었다.

그러는 한편 한님께서는 강수(姜水)가에서 양을 키우고 있던 살만 한 명을 그들의 땅으로 내려보내 화하족을 다스리게 했다. 한님에게 증표를 받은 살만은 지금의 산동(山東) 땅 곡부(曲阜)에 신시(神市)를 열고 한님의 가르침을 펴는 한편 백 가지 식물을 맛보아 사람에게 해로운지 유익한지를 가려 내였고 가지고 온 곡식 종자를 그들에게 주어 농사 짓는 법을 가르쳤다."

※ 지금의 중국 땅 여기저기서 출토된 기원전 3000~2500년경의 청동기 유물이 있다. 세 발 달린 솥, 제사에 쓰는 제기(祭器)와 화폐, 도검(刀劍)류인데 여기에는 한결같이 고대의 상형 문자가 새겨져 있었다. 이런 문자와 고대 비석 등에 새겨진 문자를 금문(金文) 혹은 금석문(金石文)이라 한다. 오랜 세월 동안 여러 사람들이 이런저런 해석을 해 보았지만 그 당시의 금문(金文) 내용이 무엇인지 그 실체를 정확히 짚어 내지 못했다. 이것을 불세출의 금문(金文) 대가(大家)인 북경의 낙빈기(樂貧基 1917~1993)선생이 새로운 시각으로 그 비밀을 밝혀 냈다. 그제야 오랜 세월 동안 유학자(儒學者)들에 의해 거짓으로 꾸며졌던 중국 역사의 틀에서 벗어난 것

이었다. 그의 ≪금문신고(金文新考)≫와 한국 고문자 학회 김재섭 선생의 해석에 따르면, 중국의 상고사(上古史)는 고조선(古朝鮮)의 역사이며 신시(神市)는 산동(山東) 곡부(曲阜)에 신농씨(神農氏)에 의해 세워진 것이라고 한다.

이렇게 그들의 배고픔을 면하게 해 준 그는 이번에는 누에 치는 법과 베 짜는 법을 가르쳐 그들의 헐벗은 몸을 가릴 수 있게 해 주었다. 이때에 서로간의 뜻을 전달 표시할 수 있는 상형 문자도 새로이 만들었다. 살만의 이런 노력에 의해 기본적인 의식주를 해결하게 된 화하족들은 차츰 차츰 인간다운 사람으로 되어 갔다. 그래서 그들은 그 살만을 신(神)처럼 받들어 그 이름마저 신농씨(神農氏)라고 부른 것이다.

어느 정도 인간다운 사람으로 된 그들은 세월이 흐르자 민족적인 자각을 했고 그에 따라 지배자로 군림하고 있던 동이족의 위치를 넘볼 생각까지 하게 되었다. 이런 시기에 공손 헌원이란 총명한 화하족이 이들을 부추겼다. 벌떼처럼 일어난 이들은 자기네들을 사람답게 이끌어 준 동이족을 공격하기 시작했다. 그들을 정벌하기로 결심한 한님(자오지 천황, 치우)께서는 구리와 쇠를 캐어 병장기를 만들어 출정했다.

똘똘 뭉친 화하족들은 헌원의 영도 아래 필사적으로 덤볐다. 그렇지만 아직도 석기 문명을 벗어나지 못한 그들로서는 철기(鐵器)로 무장한 치우 군대를 상대조차 할 수 없었다. 두 종족이 사력을 다해 맞붙은 이 전쟁은 후일 탁록대전으로 불리는 큰 전쟁이었다. 이 전쟁에 대한 중국인들의 솔직한 기록은 이렇다.

한족(漢族)의 조상인 헌원이 삼두육비(三頭六臂)에 동두철액(銅頭鐵額)을 지닌 채 안개까지 뿜어 낼 줄 아는 마왕(魔王) 치우를 정벌하기 위해 탁록에서 싸웠다. 치우의 귀졸(鬼卒)들도 구리 몸에 쇠대가리(鐵頭)를 지닌 귀물이었다. 죽창으로 찌르고 몽둥이로 때려도 피를 흘리지 않았고 돌도끼와 돌칼로 후려쳐도 그들은 죽지 않았다. 이런 그들을 상대한 헌원은 일곱 번 싸워 열곱 번 모두 질수밖에 없었다. 방향을 가리키는 지남침(指南針)도 치우가 피워 낸 안개 속에서 빠져 나오기 위해 그때 처음으로 헌원이 사용한 것이다.

부그런의 말이 여기에 이르렀을 때 '흥' 하는 코방귀 소리가 들려왔다. 아직도 꿇어앉아 있는 고려인의 눈에는 경멸의 빛이 어렸고, 그 입술은 삐쭉 불거져 나와 있었다. 모두의 성난 눈빛이 고려인에게 퍼부어졌다.

부그런은 잠시 말을 끊고 고려인을 쳐다보더니 차 한 모금을 마신 후 한 마디 했다.

"자기가 알고 있는 사실과 다르다고 무조건 반발심부터 나타내는 것은 좋은 태도가 아니지요. 내 말이 끝난 다음 우리 서로 아는 바를 비교해 봅시다."

부그런의 부드럽고 옳은 말에 사내는 고개를 숙이고 말았다. 부그런은 말을 이어 나갔다.

그렇게 그들을 또 한 번 정벌하신 한님께서는 헌원의 교활한 마음을 씻어 내고 의(義)로움을 심어 주기 위해 자부 선생(광성자)을 통해 헌원에게 ≪삼황내문경(三皇內門經)≫의 깊은 뜻을 전수케 하였다.

풍산(風山) 삼청궁(三淸宮)에서 ≪삼황내문경(三皇內門經)≫의 깊은 뜻을 깨우친 헌원은 비로소 의(義)로움으로 돌아섰다. 이에 따라 천하는 평화스러워졌다.*

이에 대한 기록은 ≪위서(僞書)≫와 ≪포박자(抱朴子, 기원후 23~343)≫, 그리고 우리의 소도경전 ≪본훈≫ 「제5」와 ≪단기고사≫에 실려 있다.

산동(山東) 지방에 터를 잡았던 동이(東夷)와 몽골 남쪽에서 중원으로 진출한 서이(西夷)는 이런 곡절 끝에 오랜 세월 동안 화하족과 같이 생활했다. 비록 지배자와 피지배자의 사이이긴 했지만 어느정도의 통혼(通婚)도 이뤄졌다.

그런데 오랫동안 지배자로서 물질적 풍요를 누리며 화하족들에게 신(神)으로 공경까지 받게 된 이족(夷族)들은 그만 물질 중심의 가치관에 빠져들어 교만해졌다. 그리하여 백산(白山, 白頭山)에 계시는 한님을 존경하지 않을 뿐만 아니라 그 가르침마저 잊어버렸다. 정신적 맥(脈)을 잃고 타락의 길을 걷던 그들은 끝내 분열되어 동족끼리도 피를 흘리며 다투게 되는 지경에까지 이르렀다. 그러자 천하는 다시 어지러워졌고 온 중국 땅을 다스렸던 동이의 은왕조(殷王朝)도 이때에 망하고 말았다.

천자(天子)의 나라가 망하자 한님과 한님의 가르침을 잊지 않은 일부 사람들은 아수라장이 된 중원을 떠나 황하 이북으로 넘어가 영화로웠던 옛 꿈을 되살리려 노력했다(箕子朝鮮). 그리고 중원에 남았던 대부분의 이족(夷族)들은 옛 영광을 되찾으려 몇 번 발돋움했지만 정신적 맥을 상실한 그들로서는 역부족이었고, 마침내 화하족으로 동화(同化)되어 버렸다. 마치 중원을 정복한 거란이 오히려 중국화(中國化)되어 버린 것처럼 중원 쪽으로 진출한 이족의 역사는 이러했다.

그리고 요동과 반주 및 반도에 터를 잡고 있던 이족의 역사는 이러하다.

한님의 핏줄들이 세운 나라가 저쪽 중원 땅에서는 여러 이름으로 불리어지다가 결국 사라지고 말았다. 그러나 이쪽(황하 이북, 만주)에는 조선 혹은 주신이란 이름을 지닌 한님의 나라가 겨레들을 다스리고 있었다.

바로 양자강 일대의 중원 지방은 식민지였고 이쪽은 본국(本國)이었던 셈이다. 오랫동안 평화롭게 지내 오던 한님의 나라는 마한 · 변한 · 진한이라 칭하는 세 나라로 갈라지게 되었다. 이렇게 갈라지게 된 내력은 이러하다. 삼한(三韓)의 명칭에 있는 '한(韓)' 이란 말은 '더 없이 크고 높다, 하나(一)이다.' 라는 뜻을 지닌 말로서 발음상 칸(汗) 혹은 간(干)으로도 불렸다. 동족(同族) 각부(各部)가 살고 있는 조선의 땅은 한없이 넓고 크기에 한님의 가르침이 곳곳에 똑바로 미치기엔 어려움이 있을 수밖에 없었다. 그래서 한님께서는 천경(天經)의 이치를 깨우친 살만에게 한(韓, 汗)이란 명칭을 주시고는 각 지방의 여러 부족을 다스리게 한 것이다. 즉 54개의 부족이 모여 있는 한 지방을 다스리는 총책임자로서 한(살만)을 보내었는데 그 부족 연맹 이름을 마한(馬韓)이라 부른 것이다. 그리고 12부족으로 구성된 진한과 변한 역시 이와 같다.

이런 한(韓)과 구별하여 삼한의 연방체인 조선의 큰 임금을 대칸(大汗, 大韓) 혹은 큰한님으로 불렸다. 후일 천하를 통일한 요(遼)의 야율아보기와 금(金)의 아골타, 그리고 몽골의 칭기즈칸이 대칸[大汗]의 칭호를 받게 된 것도 이런 연유에서다. 큰한님께서는 각 지방에 내려보내는 한(살만)에게 세 가지 징표, 즉 신물(信物)을 주셨는데 그것은 구리 방울, 칼, 거울이였다. 이것들 중 거울에는 한님의 뜻이 문자(文字)로 새겨져 있었다. 한님의 사자며 대행자인 살만들은 동족들이 있는 바다 건너 왜국으로도 갔고 먼 인도 땅 남쪽으로도 갔다.

하여튼 삼한(三韓)은 큰한님의 가르침이 서린 신시(神市)와 소도(蘇塗)의 옛법을 오랫동안 지켜 나갔다. 바다로 둘러싸여 외부의 영향을 적게 받을 수밖에 없는 왜국(倭國)도 순수한 우리 종족만의 나라는 아니었지만, 한님이 보내신 살만을 신(神)으로 받들어 모셨다. 그리고 큰한님의 존재가 없어진 다음에는 삼한(三韓)에서 보낸 대리인들을 왕(王)으로 모셨다."

※ 일본에서 발견된 고대의 청동 거울과 여기에 새겨져 있는 아히루 문자라 부르는 가림토 문자, 그리고 일본 규슈 미야자키 현(北諸顯郡)에 있는 마토노(的野)신사(神社)의 돌비석에 새겨져 있는 단군 때의 문자(가림토 문자, 이것은 1994년 12월 9일자 ≪문화일보≫에 보도됨), 또 신사에서 신으로 받들어지고 있는 주인공들은 대부분이 삼한(三韓)에서 건너간 인물이란 사실을 참고해 보면 신사(神社)라는 것도 조선의 신시(神市)가 축소된 형태일 것으로 생각된다.

이런 우리에게 한바탕의 큰 회오리 바람이 몰아쳐 왔다. 이족(夷族)의 진(秦)이 망하고 화하족의 나라인 한(漢)이 중원을 통일하자 두 종족 사이에 또 한 차례 큰 전쟁이 벌어진 것이다. 산동 쪽의 동이(東夷)와 서쪽에서 들어온 서이(西夷)의 세력을 흡수한 화하족의 나라는 예전 같지 않았다.

이 전쟁으로 조선의 국력은 쇠퇴했다. 결국 황하 이북 조선 땅 여기저기에 한사군(漢四郡)이 설치되는 수모를 받게 되었다. 이렇게 되자 큰한님의 신성한 권위와 그 가르침은 빛을 잃었다. 얼마쯤 세월이 지나자 여기저기서 자신이야말로 진정한 하늘님의 대행자인 대칸이라고 내세우는 사람들도 생겨났다. 바로 조선이란 큰 둥우리 속에 하나가 되어 있던 우리 겨레들이 여러 조각으로 흩어져 남남이 되어 버린 것이다. 이것은 한님의 대행자 역할을 하던 살만의 시대가 끝나고 물리적인 힘이 지배하는 세상으로 되어졌음을 의미하기도 했다.

이때부터 저 화하족의 나라는 대국(大國)이 되고 우리 조선의 여러 나라는 소국(小國)으로 자리바꿈하게 된 것이다.

"콜록콜록."

심하게 기침을 한 부그런이 한 모금 피를 뱉어 내고 땀을 닦았다.

"에메! 그만 하시고 쉬시도록 하소서."

"아보개 살만이시여! 조신(調身)함이 시급하겠소이다."

"아니 됩니다. 지금 하지 않으면 영원히 말할 기회가 오지 않을 것 같습니다. 이제 얼마 남지 않았으니 너무 걱정 마세요…….

그 이후에는 여러분들도 대강 알고 있듯이 부여가 일어났고 여기에서 고구려가 갈라져 나왔으며 고구려에서 백제가 갈라져 나왔지요. 그리고 진한 땅 12 소국 중의 사로국에서 김알지·박혁거세가 나타나 신라를 다졌지요. 그런데 잊지 말아야 할 중요한 사실은 이들 나라의 시조 모두가 큰 알에서 태어났다는 사실입니다. 이들뿐만 아니라 우리 한님의 핏줄을 받고 나라를 일으킨 시조들의 이야기에는 언제나 이 알과 새(鳥)가 관계되어 있습니다. 이런 이야기는 결코 화하족의 시조 이야기와는 다른 내용입니다.”

부그런의 말이 이 부분에 이르자 바로한의 눈에 강렬한 빛이 어렸다.

‘어쩌면 에메의 이 이야기에서 내 출생에 대한 의혹을 풀 수 있는 한 가닥 끄나풀을 잡을 수 있을 거야.’

바로한은 침을 모아 입술을 축였다.

“하지만 사람이 어찌 동물처럼 알에서 태어날 수 있겠습니까? 그러므로 이 이야기는 우리 후손들에게 하나의 뜻을 전달해 주기 위해 꾸며진 이야기라 생각됩니다.”

‘그럼 그렇지. 그렇고말고! 그렇다면 내 아바는 도대체 어떤 사람일까?’

부그런의 말에 고개를 끄덕이던 바로한의 귀는 더욱 쫑긋해졌다.

“여기에 대해 제 스승님께서는 이렇게 말씀하셨습니다.

‘알(卵)이란 것은 내부적으로 꽉 찬 것이 밖으로 원만하게 나타난 모양으로 이 우주(지구)를 닮았다. 그러므로 정신적인 얼의 완성을 뜻한다. 그리고 새(鳥)는 하늘의 사자로서 하늘의 뜻을 전달하는 것으로 믿고 있다. 이런 점에서 보면 우리의 시조는 정신적인 얼의 완성자(알찬 사람)며 지혜로운 사람의 아들로 태어나 그런 맥을 이어받은 것을 뜻했다. 여기에 새(鳥)가 관계되면 하늘의 뜻을 받은 그런 사람이란 뜻과 새(鳥)를 더한다는 뜻이 더해졌다. 그런데 이런 뜻을 되새겨 조상의 거룩함을 이어받을 생각은 아니 하고 한족의 화려하게 보이는 겉치레 문명에 점점 물들어 가고 있으니 참으로 우리의 앞날이 걱정스럽군.'

그날 한숨을 푹 쉬며 말을 끝낸 스승님에게 저는 이렇게 물어 봤습니다.

"스승님! 우리가 저들에게 물들어 동화(同化)되어 버린다 해도 한평생 신나게 잘 살 수만 있다면 괜찮은 일이지 그것이 무슨 큰 일이 되겠습니까?"

스승님께서는 노안(老眼)을 치뜨고 소리 쳤습니다.

"뭐라고! 어찌 그런 소리가 살만인 네 입에서 나올 수 있느냐? 자, 한 가지 물어 보자. 저 화원(花園)에 색색의 꽃이 만발했을 경우와 한 가지 색깔만의 꽃들로 뒤덮여 있을 경우에 너는 어느 쪽이 더 아름답다고 생각하느냐? 또 까마귀 우는 소리만 가득한 산(山)이 있고 온갖 새가 자유롭게 울고 있는 산이 있다면 너는 어떤 산에 올라가겠느냐?"

"스승님! 저뿐만 아니라 모는 사람이 온갖 꽃이 만발한 화원과 온갖 새가 지저귀고 있는 산을 택하겠지요."

"그렇다. 바로 그 때문에 큰 세력으로 밀려오고 있는 저들의 문화 문명에 우리 후손들이 물들어 버릴 것을 걱정한 것이니라, 이젠 알겠느냐?"

"스승님! 그렇다 하지만 우리 것만 지키고 남의 것을 받아들이지 않는다면 결국 우리들은 시대에 뒤떨어지는 꼴이 될 것이 아닙니까?"

"그렇다. 내 말은 남의 것을 무조건 배척하라는 말이 아니다. 다만 받아들이되 우리 자신의 것을 먼저 안 다음에 받아들이고 우리에게 해롭지 않은 것만 받아들이라는 말이다. 즉 동화(同化)돼서는 안 된다는 말이다."

"그 당시엔 알쏭달쏭하기만 한 말씀이었는데 요 근래에야 확연히 깨닫게 되었습니다. 콜록콜록……."

이런 뜻을 지닌 알에서 태어난 그분들의 후손은 오늘의 저처럼 조상님의 뜻을 깨달았습니다. 그리하여 한님의 거룩한 뜻을 잊지 않기 위해 좀더 적극적으로 노력하기 시작했습니다.

기골찬 젊은이들을 뽑아 한님의 뜻을 배우고 익히는 하나의 제도를 둔 것입니다. 바로 신라의 화랑, 고구려의 조의(皂衣)선인, 백제의 수사(修士)들이 그렇게 교육받은 젊은이들인 것입니다.

한결같이 새 깃털을 모자 위에 꽂은 이들은 겨레의 기대에 어긋나지 않게 자기들의 나라를 위해 큰 일을 많이 했습니다. 화랑 출신인 김유신, 조의선인 출신의 을파소와 을지문덕, 그리고 수사 출신의 계백 등이 그 대표적인 인물인 것입니다. 그러나 많은 사람들은 세월의 강 속에서 밀물처럼 밀려오는 중화문명(中華文明)에 점점 물들어 그 얼을 빼앗기기 시작했습니다. 이리하여 또 한 번 화하족의 간담을 서늘케 해 주었던 삼한(三韓)도 결국 망하게 되었지요.

그 후 고구려의 옛 영광을 되찾기 위해 말갈부의 대조영이 대진국(大震國)을 세웠으나 3백 년도 못 채우고 망했습니다. 원래는 한 핏줄이었으나 이미 남이 되어 버린 거란족에게였지요. 반도(半島) 쪽에는 신라의 옛 땅을 차지한 고려 또한 고구려의 옛 땅을 되찾으려는 힘찬 꿈을 꾸었지요. 그러나 이미 옛날의 호방한 얼을 잃고 중화정신에 주눅이 들어 버린 그들로서는 역부족이었습니다. 이쪽은 이랬지만 우리와 같은 종족이었던 저쪽 몽골인만은 크게 떨쳐 일어나 온 세상을 그들의 손아귀에 넣고 호령했답니다. 이것은 중원과는 비교적 왕래가 없었던 탓으로 중화 정신에 오염되지 않았기 때문입니다. 즉 그들에게는 우리의 얼이 살아 있었다는 말입니다. 그러나 그들이 중국을 점령하고 그에 따라 중화 정신에 물들게 되자 그들도 순식간에 망할 수밖에 없었습니다.

요(遼)도 그랬고, 우리의 금(金)도 그랬습니다.

이제 이 땅에 고려를 대신한 조선이 들어섰습니다만 중화 정신에 얼이 빠진 그들로서는 종 노릇밖에 할 수 없겠지요. 어둔 세상에 문화 문명의 횃불을 켜 들고 온누리를 석권했던 우리 종족이 지금 이렇게 초라한 신세로 전락하여 중국의 눈치나 살피며 옹색한 삶을 꾸려 갈 수밖에 없는 까닭이 무엇이겠습니까?

바로 저들의 정신에 동화(同化)되어 버린 데 그 까닭이 있다 하겠습니다. 따라서 우리들이 또다시 웅비(雄飛)할 수 있는 길은 '우리가 과연 누구인가?' 하는 점을 되돌아봐야 할 것이고 잃어버렸던 한님의 거룩한 얼을 되찾아 그 맥을 이어 나가야만 할 것입니다."

말을 끝낸 부그런은 고려 사내 쪽으로 다가갔다.

"내 옛날 얘기를 듣고 코웃음을 친 것으로 보아 그대는 사대부(士大夫)의 후손으로 많은 서책을 읽은 선비인 듯하군요. 그래도 한 가지만 물어보겠습니다. 그대의 나라가 고려라는 이름에서 조선이란 이름으로 바뀌었는데 그 땅에 살고 있는 백성들도 모두 다른 종족으로 바뀌게 되었습니까?"

"나라의 이름과 임금의 성(姓)만 바뀌었을 뿐 그 땅에 뿌리 박고 살던 백성들이야 어디로 가겠습니까, 그 백성이 그 백성이지요."

"그렇다면 그대는 고구려의 피를 이어받은 후손이라 생각합니까, 아닙니까?"

"허허, 우리 조상님이 세운 나라가 고구려라는 것은 삼척동자도 알고 있는 사실 아닙니까."

사내는 별 싱거운 것도 다 묻는다 싶어 약간 빈정거리는 말투로 대답했다.

"좋습니다. 그런 것조차 모른다면 어찌 자랑스런 한님의 후손이라 할 수 있겠소. 그러면 만주, 그리고 몽골 땅 여기저기에 흩어져 있던 여러 한님의 피붙이들을 통일한 후 중원(中原) 회복의 기치를 내걸고 천하에 위엄을 크게 세운 대금국(大金國)이 신라인의 후손들에 의해 세워진 사실을 알고 있습니까?"

너무나도 뜻밖의 말이 나오자 사내는 반박할 생각도 없이 멍하니 부그런을 쳐다보며 눈만 깜박거렸다. 사내뿐만 아니라 그곳에 있던 젊은 측에 드는 사람들의 표정 역시 마진가지였다. 그렇지만 치하르 노인과 완안 노인만은 고개를 가볍게 끄덕거렸다.

"콜록콜록, 황당무계하게 들리는 이런 얘기가 모두 역사책에 기록되어 있는 엄연한 사실이랍니다.

≪발해국지≫와 ≪대금국지(大金國志)≫를 보면 금(金)의 시조(始祖) 어른인 위합부(一名 함보)님은 본래 신라에서 왔다고 되어 있습니다.

그런 탓으로 나라 이름 역시 자신의 성(姓)인 김(金)을 따 금(金)이라 했다고 기록되어 있지요(大金國志云, 金始祖爲含甫 本自新羅).

이런 탓으로 함보님의 후손들인 우리 부족을 완안부(完顔部)라 부른답니다(완안은 金을 뜻하는 여진 말). 콜록콜록……."

심하게 기침을 한 부그런은 가쁜숨을 몰아쉬며 잠시 말을 끊었다.

*　독자들의 이해를 돕기 위해 잠시 여진인들의 뿌리를 더듬어 보기로 한다. 중국인들이 쓴 사서(史書)를 보면 수(隋)·당(唐) 시대부터 말갈이란 종족 이름이 보이기 시작하며 여진인들을 말갈의 후손이라 해 놓았다. 그러면 이 말갈족은 어디에서 비롯되었을까? 앞에서 잠깐 살펴보았듯이 사오천 년 전부터 중원(中原)과 요동, 만주, 그리고 몽골을 다스리던 고조선이란 나라가 있었다. 이때에 요동과 만주 일대를 근거로 한 하나의 제후국(諸侯國)이 있었는데, 이를 숙신국(肅慎國)이라 했다.

　조선이 한(漢)의 세력에 망하고 나자 숙신이란 이름도 사라지고 부여씨(夫餘氏)가 세운 부여가 등장했다. 얼마의 세월이 흐른 후 부여에서 갈라져 나온 고구려에 의해 부여라는 이름도 사서(史書)에서 자취를 감추고 말았다. 이때에 고구려의 깃발 아래로 뭉친 숙신의 후손들은 후일 고구려인이라 불려졌으나 고구려에 동참하지 않은 부족들은 그 사는 곳에 따라 흑수(黑水, 黑龍江) 말갈, 속말 말갈, 혹은 물길(勿吉) 읍루 등의 명칭으로 불렸다.

　고구려가 당(唐)에 의해 망하고 나자 고구려의 유민과 말갈로 불리던 여러 부락을 규합한 발해가 일어났다. 이때에도 발해의 세력에 가담한 부족을 후일 발해인이라 불렀고 그렇지 않은 부족을 그 사는 곳의 지명과 족장의 성(姓)에 따라 호실(號室) 말갈, 백돌 말갈, 철림 말갈 등으로 불렀다.

　발해가 거란에게 망하자 말갈이란 이름도 사라지고 대신 여진(女眞)이란 이름이 등장하는데, 이 여진이란 말은 주여진(朱女眞),

주선(朱先) 등으로도 불리어졌지만 모두 숙신(肅愼)의 음전(音轉)에 불과하다(여진어로 肅愼을 주선·주신으로 읽는다)

만주와 요동 일대를 지배하게 된 거란은 이들을 북(北) 여진, 갈소관 여진, 황룡부 여진, 수화국 여진, 압록강 여진, 장백산 여진 등으로 불렀고 크게 숙여진(熟女眞)과 생여진(生女眞)으로 나눠 불렀다. 즉 거란 세력에 동참하여 적(籍)을 지닌 여진을 숙여진이라 했는데 이들은 주로 거란의 북쪽에 거주했다. 그리고 거란의 적(籍)에 들지 않는 여진을 생여진이라 불렀는데 이들은 주로 흑룡강과 장백산 사이에 거주했다.

이 생여진은 완안부(完顔部)를 중심으로 하나의 부락 연맹을 구성하고 있었는데 이 완안부가 여진의 여러 세력을 규합하여 거란을 멸망시키고 중원의 심장부에 있던 송(宋)을 남쪽으로 내몬 금국(金國)을 세운 것이다.

이때의 여진은 그 핵심 부족의 이름을 따 완안부 여진, 오고론 여진, 도안부 여진 등으로 불려졌다.

그러다가 원 말(元末) 명 초(明初)에는 금(金)의 망민(亡民)이 된 그들을 건주 여진(建州女眞)·해서여진(海西女眞)·야인(野人) 등으로 부르기도 했고, 우디거·오랑카이·오도리 등으로 부르기도 했다.

우디거라는 말은 여진 말로 들(野)을 뜻하기 때문에 우디거족을 야인(野人)이라 부른 것이다. 그리고 목단강과 송화강이 합류하는 동쪽 호리개(胡里改)에 살던 오랑카이족과 해서강(송화강) 동쪽과 목단강 서쪽에 살던 오도리족이 서진(西進)하여 건주여진을 구성했기 때문에 건주 여진이라 불렀던 것이다. 그리고 송화강(西海江)

유역에 머물러 있던 부족을 해서 여진이라 불렀던 것이다.

이때까지 살펴본 바에 따르면 결국 하나의 민족을 그 사는 곳에 따라 또 그 시대에 따라 여러 가지 이름으로 불렀음을 알 수 있다.

그런데 지금에 와서 오랑캐는 흉악하고 야만적인 이민족(異民族)을 지칭하는 대명사가 되었고, 말갈족은 우리 핏줄이 아닌 미개한 족속으로 인식하게 되었다.

≪한단고기≫, ≪만주원류고≫, ≪발해국기≫, ≪동북민족원류≫, 참조

기침을 타고 나온 핏물을 닦아 내고 잠시 숨을 가다듬은 부그런은 말을 이었다.

"이렇기에 우리 대금국(大金國)은 몽골과 중원 대륙에 있던 여러 족속과 나라들을 무력으로 굴복시켰지만 부모의 나라인 고려 땅으로는 화살 한 대 날린 일이 없답니다. 어디 그뿐이겠습니까? 일찍이 거란이 고려를 침공했을 때 고려 편에 서서 싸우기도 했더랍니다.

이런데도 그대를 비롯한 고려인 모두는 우리를 이족(異族) 야만인으로 알고 있으니 참으로 답답하기만 합니다…….

자, 그대는 지금 가고 싶은 곳으로 가시오. 아무도 그대를 해치거나 앞길을 막지 않을 거요. 다만 두 번 다시 당인(唐人, 明人) 쪽으로만 가지 않길 빌 뿐이오."

'이렇게 쉽게 나를 놓아주시다니…….'

어안이 병벙해진 사내에게서 시선을 뗀 부그런은 바로한과 모도리,

그리고 다섯 족장을 향해 말했다.

"이때까지 얘기를 들은 여러분께서는 왜 내가 이 사람을 곱게 놓아 보내는지 그 까닭을 잘 아실 거요. 그러니 이 사람이 가고 싶은 곳으로 안전하게 갈 수 있도록 조처해 주시기 바랍니다."

'이것이 꿈이냐, 생시냐!'

눈을 휘둥그레 뜬 고려 사내는 여러 사람들의 표정을 조심스레 살핀 다음 밖으로 나갔다.

고려 사내가 떠나가자 회맹(會盟)의 결론을 냈다.

날짜는 7월 15일, 장소는 동하국(東夏國, 1215년에 포선만노가 세운 나라로서 1233년 몽골에 멸망)의 남경이 있던 성자산(成子山, 지금의 연길에서 동쪽으로 10km지점에 위치) 아래로 했다. 그리고 병든 부그런 대신 바로한이 여진 각부(女眞各部)를 순희하기로 했다.

이튿날 아침 부그런에게 하직 인사를 드리고 나온 비로한은 말을 타려다 말고 다시 부그런의 방으로 들어갔다.

"갈 길이 먼데 어서 떠나지 않고……. 콜록콜록."

"에메! 아무래도 이번 출행은 오래 걸릴 듯하니 아바에 대해 한 마디만이라도 듣고 떠나야 하겠습니다. 에메! 제 아바는 누구입니까? 지금 살아 있습니까, 아니면……?"

부그런이 누워 있는 침상으로 다가가며 말한 바로한의 목소리에는 애처로움과 강한 의지가 서려 있었다. 그러나 부그런은 아무 말없이 두 손으로 가슴을 껴안으며 눈을 감아 버렸다.

"아보개[天]님의 알[卵]을 먹은 부그런님이 낳은 너에겐 우리와 같은 아바가 없는 거야."

어릴 때에는 남들의 이런 소리를 당연한 것으로 여기고 추호의 의심도 하지 않았다. 그러나 사람은 아비가 있어야만 태어날 수 있다는 것을 알게 된 후부터 바로한은 어머니인 부그런에게 수없이 물었다. 어떤 때는 어리광을 부려 가면서, 또 어떤 때는 칭얼칭얼 떼를 써 가며 물었다. 제법 나이가 든 후에는 정색을 하고 의젓하게 묻기도 했다. 그때마다 부그런은 오늘처럼 가슴을 부여안고 먼 허공을 바라보거나 눈을 감는 것이었다. 열다섯 살이 되고부터는 되도록 아버지 얘기는 끄집어 내지 않았다. 아버지 얘기가 나오면 습관처럼 나타나는 부그런의 태도는 가슴 아픈 어떤 사연을 지닌 어머니의 슬픈 그림자라는 것이 어렴풋이 느껴졌기 때문이었다.

'도대체 에메는 아바에게서 어떤 지울 수 없는 상처를 입었을까?'

그런 어머니를 볼 때마다 얼굴도 모르는 아버지와 어머니의 관계가 궁금하기만 했다. 그에 따라 아버지에 대한 그리움은 더욱 두텁게 자리 잡았다. 이 그리움은 손에 손을 잡고 자기 아버지와 같이 사냥을 나가는 또래들을 볼 적마다 걷잡을 수 없이 타올랐다.

이럴 때면 바로한은 자신도 모르게 불쑥 아버지 얘기를 끄집어 내곤 했다. 그러나 언제나처럼 나타나는 어머니 부그런의 슬픈 그림자 때문에 어물쩍 물러날 수밖에 없었다.

그러나 지금의 바로한은 이빨을 깨물었다.

깊은 병이 들어 오늘내일 하는 어머니를 두고 몇 달이 걸릴지도 모르는 출행을 해야 하는 바로한으로서는 당연했다.

"에메! 이젠 말씀을 해 주셔야 할 때가 아닙니까? 제 핏줄도 모르는 사람을 어찌 올바른 사람이라 할 수 있겠습니까. 더 이상 하느님의 아들이란 소리도 듣기 싫습니다. 오직 진실만을 알고 싶을 따름이고 자식으로서 그 아바를 알고 싶을 따름입니다. 에메! 어서 말씀해주세요. 그러면 에메의 뜻대로 장가도 들겠습니다. 어서요."

바로한은 어머니의 두 손을 잡아당겨 가슴에서 떼어 놓으며 말했다.

"바로한아! 네 말이 맞다. 언제까지나 내 가슴 속에만 묻어 둘 수는 없는 노릇이고 네게 말해 주어야 할 때도 되었다. 그러나 지금은 한마디만 하겠다. 네 아바는 아직도 살아 계시는 것 같다."

"에메! 아바가 아직도 살아 계신다고요? 어디에 계시며 누구신지요?"

바로한은 눈을 빛내고 어머니의 연약한 손을 세차게 흔들며 말했다.

"그래! 네가 일을 마치고 돌아오는 날 내 모든 것을 말해 주마."

"아니 됩니다. 또 미룰 필요가 어디 있겠습니까. 지금 말해 주세요."

"얘야! 난 아직 죽을 날이 멀었다. 그러니 안심하고 다녀오너라. 지금 안다 해도 어차피 어쩔 수 없는 일이 아니냐. 나 역시 희맹에 참가해야 하니 우리 성자산(成子山) 밑에서 만나기로 하자. 이 일은 참으로 중요하니 즉시 떠나거라."

부그런은 그렇게 말한 후 옆으로 돌아눕고 말았다.

"에메, 돌아가시면 안 됩니다. 지금 돌아가시면 제 가슴에 두 번 못을 박는 것입니다. 부디 건강하십시오."

바로한은 말을 탔다.

바로한이 떠난 사흘 후 상처가 대강 아문 모도리도 이만주의 본거지로 가기 위해 갑주 나루로 나갔다. 허천강에서 배를 타고 북상하여 압록강을 건널 참이었다. 오전 중참쯤에 모도리의 발길은 고 노인의 주막 앞에 닿았다. 주막 안으로 들어서는 모도리의 발 앞에 한 사내가 덥석 나타났다. 그는 불구대천의 원수인 키 큰 사내였다.

'아하, 이 자가 여기서 내 목숨을 노리고 있었구나, 어차피 잘된 일이다.'

어금니를 꽉 깨문 모도리의 손이 허리에 찬 칼에 닿았다. 그러나 사내의 태도는 뜻밖이었다.

"오시길 기다리고 있었소이다. 이놈이 저지른 짐승보다 못한 소행, 어찌 용서를 빌 수 있겠소. 어서 이놈의 목을 베어 주시오."

사내는 모도리의 발 앞에 넙죽 꿇어 엎드렸다.

사내를 내려다 보는 모도리의 눈 앞에 여러 개의 그림이 동시에 떠올랐다. 부릅뜬 눈으로 창끝에 꿰어져 있던 아버지의 목과 훨훨 타오르는 불길 속으로 던져지던 아들, 그리고 겁탈당한 후 수치스럽게 죽어 가던 아내와 동족 여인들, 또 자신을 살리기 위해 스스로의 목숨을 초개처럼 내던지던 여러 용사들의 모습이었다.

'어서 저놈의 목을 베어 이 억울한 영혼의 한을 풀어 주오.'

그들은 하나같이 아우성치고 있었다.

모도리의 눈엔 핏발이 서고 두 손은 덜덜 떨렸다.

드디어 모도리의 손아귀에 힘이 들어갔다. 쓰윽 뽑혀진 칼이 사내의 머리 위에서 서릿발 같은 냉기를 내뿜으며 휘둘러졌다. 땅바닥으로 한 줌의 머리카락이 떨어져 나풀거렸다.

"그래, 예전의 네 소행이야 죽어 마땅하지. 그렇지만 대장부라 자처하던 내가 목숨마저 내놓고 잘못을 비는 사나이에게 어찌 차마……. 이 한 번의 칼질로 과거의 너는 내 손에 죽은 것이야."

모도리는 빼어 든 칼로 사내의 상투를 잘라 낸 것이다.

꿇어 엎드린 사내는 땅에 떨어진 머리카락 한 줌을 집어들고 돌아서는 모도리를 불러 세웠다.

"잠깐! 이 몸의 한 마디만 듣고 가시오. 이만주의 측근인 저탕개 추장을 조심하시오. 그리고 또……."

"또 무슨 말이 있소이까?"

돌아선 모도리의 눈에 눈물에 젖어 있는 사내의 얼굴이 들어왔다. 고려 사내는 손에 들고 있는 자신의 머리카락을 품 속에 넣으며 말했다.

"지금 명 황제(明皇帝)의 은밀한 명(命)을 받은 흠차관 배준이 대내고수(大內高手) 백여 명을 데리고 여진 각부를 순방하고 있소이다. 그 목적은 여진인들을 분열시켜 명의 지배하에 두려는 것입니다. 그들은 수단과 방법을 가리지 않고 그 목적을 달성하라는 엄명을 받았습니다. 요동 총관 역시 그런 밀명을 받고 배준과 함께 그 일에만 매달려 있답니다. 그래서 그대로 인해 발의된 여진 각부의 회맹 건을 저탕개에게서 귀띔받은 요동 총관은 나를 보내 그대를 막게 했지요. 그러는 한편으로 배준에게도 연락을 보내 회맹을 사전에 막을 방도를 강구하라 했지요. 내게 맡긴 일이 실패할 것에 대비한 것이랍니다. 제가 드릴 말은 이것뿐입니다."

'이 자의 말이 맞다면 그야말로 큰 일이로구나. 이 일을 어떻게 하지?'

고려 사내가 털어놓은 비밀을 듣고 난 모도리는 잠시 동안 골몰하다가 완안 노인이 있는 여진 마을로 발길을 돌렸다.

한편 모도리에게 용서를 구한 고려인 사내 이조학은 터벅터벅 남쪽으로 발걸음을 옮겼다. 그의 머리 속에는 아련한 여인의 모습 하나가 떠올랐다.

'보셔요. 뭇 사내들의 뜨거운 눈길을 한 몸에 받고 있는 이 몸과 함께 할 편안하고 멋진 미래가 당신을 기다리고 있는데, 어디로 가시는 겁니까? 국화향 가득한 뒤뜰 정자에서의 황홀했던 그 밤을 잊으신 건 아니겠죠? 보셔요! 당신을 기다리는 내 뜨거운 가슴 속으로 어서 들어오세요. 봄은 결코 길지 않답니다. 어서요.'

여인은 녹을 듯한 눈웃음을 지으며 손짓하고 있었다.

'안 돼! 이민족에 붙어서 한 핏줄을 살상해야 하는 그런 끔찍한 일을 계속해서는 안 돼! 게다가 사내와 사내끼리의 약속을 저버릴 수는 없어.'

이조학은 머리를 흔들었다. 그러나 그것은 사라지기는커녕 또다른 그림을 이끌고 왔다.

'이보게, 이번 일만 성공하고 오면 우린 장인과 사위 간이 되겠다고 천지신명께 약속하지 않았던가? 여보게! 딴맘 먹지 말고 돌아와 내 사위가 되게. 그리 되면 내 모든 것을 물려받아 호기로운 일생을 살 것이 아닌가. 어서 오게.'

어깨를 다독이며 격려해 주던 요동 총관 왕필상의 모습이었다.

'그렇다. 어느 쪽으로 가든, 사내끼리의 약속 하나는 배신할 수밖에 없는 것. 그럴 바에야 현실적으로 득이 되는 것을 따라야 되겠지.

조국, 핏줄, 이런 케케묵은 올가미에 묶여 고통과 옹색함을 뒤집어 쓸 순 없음이야……. 하나, 두 의형제를 잃고 임무를 완수하지도 못한 몸으로 어떻게 그를 찾아가나……. 그래, 우선은 그를 뒤쫓아가서 어떻게든 결말을 보기로 하자.'

품 속의 머리털 한 줌을 꺼내어 지나는 바람결에 날려 버린 이조학은 발길을 돌렸다.

9

가슴 속의 가죽 주머니, 신척(神尺)

비록 곁눈질이지만 하니는 몇 날 며칠 동안 김 처사의 일거일동을 눈 속에 넣었다. 지금이라도 푸른 하늘을 유유히 날아다닐 것 같은 하얀 구름덩어리는 볼수록 더욱 푹신하게 다가왔다. 언 몸을 따뜻이 감싸 줄 목화(木花)덩어리 같기도 했고 더없이 아늑한 아버지의 품자락 같기도 했다.

하찮은 떠돌이 점쟁이, 나약해 보이는 몸체, 그러나 그 속에 숨어있는 엄청난 힘을 보았다.

'하얀 구름을 타고 가없는 푸른 하늘을 유유히 날아다니는 한 마리 백학. 그래, 그것도 하나의 멋진 그림이 될 거야.'

상을 들고 별당으로 들어서는 하니의 입술에 살포한 웃음이 어렸다. 하니는 밥 뚜껑과 함께 자신의 귀를 열어 놓고 상머리에 다소곳이 앉았다. 지금쯤이면 여느 사내들처럼 튀어 나올 그의 은근한 목소리를 기다렸다. 그러나 그는 여전히 망연한 눈빛으로 쳐다보다가 묵묵히 수저질만

했다.

수저질이 멈춘 후 한참을 더 기다렸다. 그래도 그의 입은 열리지 않았다. 며칠을 더 기다렸지만 그의 태도는 변함이 없었다.

'저러다가 어느 날 갑자기 훨훨 날아가 버리는 것은 아닐까?'

하얀 구름덩이를 쳐다보는 하니의 마음엔 차츰 조바심이 나기 시작했다.

주인 대감이 임지인 경상도 땅으로 떠나가던 날, 저녁 밥상을 물린 김 처사 앞으로 바짝 다가간 하니는 입을 열었다.

"나으리께선 사람의 이름을 풀어 그 사람의 미래 운명까지 아신다고 들었사옵니다. 쇤네의 운명은 어찌 될지 말씀해 주시와요."

"그래! 무슨 자(字) 무슨 자(字)로 불리고 있소이까?"

하니의 은근한 접근이 바로 이것 때문이라고 생각한 김 처사는 빙긋 웃으며 말문을 열었다.

"연꽃 하(荷) 진흙 니(泥)로 쓰고 있사옵니다."

김 처사는 하니의 얼굴을 한동안 쳐다보다가 한숨을 길게 내쉴 뿐 좀체 입을 열지 않았다.

속박을 벗어나 사람답게 살 수 있으리라는 이름 풀이를 기대했던 하니였다. 그런데 김 처사의 태도는 시원스럽지 못할 뿐 아니라 어떤 불길함을 감추려 하는 듯하지 않은가!

'설마, 바로 내 코 앞에까지 날아온 파랑새가 흔적 없이 사라지기야 하려구?'

"나으리! 어서 말씀해 주시와요, 어서요."

하니는 대답을 재촉했다. 그러나 애써 상냥하게 가꾼 그 목소리는 떨리고 있었다.

김 처사의 무겁게 닫혀 있던 입이 벌어졌다.

"칼(匕=刀)을 품고 송장(尸)처럼 진흙 땅(土) 속에 파묻혀 있던 생명이 한 송이 연꽃[荷, 불교를 상징]이 되어 세상에 나오는 상이니, 처자는 노비의 신세를 면하기는 하나 비구니로 일생을 마칠 것이외다."

하니의 눈에서 밝은 빛이 번쩍했다. 그러나 그 빛은 이내 의혹과 불신의 빛으로 바뀌었다. 하니로서는 그 풀이가 앞뒤가 맞지 않는 것이었다.

주인 대감이 내건 자유의 조건은 김 처사와 부부의 연을 맺는 것이고, 그리 되면 하니는 한 사내의 아낙이 되어야 정리(定理)이지 결코 비구니가 될 수는 없기 때문이었다. 끓는 피를 지닌 꽃다운 나이에 그 어느 누가 세상을 등진 비구니의 길을 가려 하겠는가. 하니 역시 추호도 그럴 생각은 없었다. 오직 면천되어 한 사람의 지어미로서 아기자기하고 오붓한 삶을 살고 싶을 따름이었다.

'분명 면천은 될 수 있다 했으니 저이와 내 연분도 쉽게 맺어질 수 있겠군. 그리 되면 비구니 팔자는 저절로 없어지는 것이 아니겠어? 그리고 만일 저이가 나를 떠난다 해도 나만 세상을 등지지 않으면 되지, 뭐.'

더욱 자신감이 생긴 하니는 고맙다는 인사를 깍듯이 올린 후 문 밖에 준비해 뒀던 물통을 들여왔다. 모락모락 김이 오르는 따뜻한 물이 담겨 있었다.

의아한 눈빛을 보내는 김 처사에게 하니는 다가갔다.

"나으리! 여기에 발을 담그세요. 쇤네가 씻어 드릴게요, 어서요."

말과 함께 나온 하니의 손이 김 처사의 발목을 잡았다.

엉겁결에 꽁무니를 빼다가 발을 담그게 된 김 처사의 눈에 검은 치마,

흰 적삼을 입은 하니의 모습이 들어왔다. 그러나 아롱아롱 피어오르는 김 속에 나타나 있는 사람은 하니가 아니었다. 씻기 싫어 엉덩이를 뒤로 빼던 자신의 발을 잡아채어 따뜻한 물 속에 담가 주던 손길도, 흡사한 모습에서 나타나 보이는 그 표정도 그랬다. 그리고 발가락 사이사이를 곰살 맞게 씻겨 주고 있는 부드러운 손의 감각 또한 그랬다. 김 처사는 먼 기억 속의 한 여인을 보고 있었다. 일곱 살 때 사별한 어머니. 아들과 지아비를 살리기 위해 죽음 속으로 스스로 뛰어들었던 아름다운 어머니의 모습이었다. 그때 마지막으로 들었던 어머니의 소리, 처절한 외마디의 소리도 들려 왔다.

수건으로 발을 닦아 주던 하니와 김 처사의 눈길이 마주쳤다.

애절한 그리움이 서린 눈동자 하나가 하니의 가슴 속으로 들어왔다. 오래 전, 한 순간에 하니의 가슴을 쑤셔 놓은 잊을 수 없는 눈빛이었다. 노비 신세인 가족들이 산지 사방으로 팔려 갈 때 네 살 아래인 남동생이 어머니에게 보내 주던 바로 그 눈빛이었다.

김 처사가 아닌 먼 세월 저쪽의 남동생을 바라보고 있는 하니의 눈자위가 축축해졌다.

'발을 씻어 준 후 안쓰럽게 내 얼굴을 바라보던 촉촉하게 젖은 저 눈매.'

어머니의 환영을 보고 있는 김 처사의 가슴 속에서 애절한 그 무엇이 뭉클 치솟아 올랐다. 두 사람의 눈동자는 누가 먼저랄 것도 없이 서로에게 다가갔다. 하니의 벌린 손이 김 처사 아니 남동생의 뒷덜미를 감싸안았다. 김 처사의 얼굴도 하니가 아닌 엄마의 보드라운 품 속에 파묻혔다. 코는 서로의 체취를 맡았고 손은 서로의 몸을 어루만졌다. 얼마쯤의 시간이 흘렀을까. 두 사람의 얼굴은 점차 붉어지기 시작했고 숨소리마저 거칠어져 갔다. 서로는 뜨거워진 몸과 함께 혈육이 아닌 이성(理性)을 느끼고 있었다.

김 처사의 손이 하니의 허리께 속살을 더듬었고 하니의 손도 김 처사의 가슴팍 속으로 들어갔다. 온몸을 녹여 줄 것 같은 사내의 체온과 심장의 고동 소리가 하니의 손끝을 타고 아랫배 쪽으로 들어갔다. 생전 처음 느껴 보는 짜르르한 감각이 정신을 아득하게 했다. 부르르 몸을 떤 하니는 스르르 눈을 감았다. 그 황홀함 속에 하니의 손이 무엇인가를 잡았다. 따뜻한 살덩이는 아니었다. 무엇일까, 하니의 손은 그것을 확인해 갔다. 그것은 어린애 주먹만한 가죽 주머니였다. 손끝에 딱딱하게 느껴지는 것으로 보아 주머니 속엔 어떤 물체가 들어 있는 것 같았다. 딱딱하고 서늘하게 느껴지는 그것이 자신의 살과 그의 살[肉]을 가로막는 것 같았다.

그 순간 김 처사의 몸이 흠칫했다. 이어서 뜨거워져 있던 몸둥이도 차가워졌다. 그뿐이 아니었다. 번쩍 눈을 뜬 김 처사가 하니의 몸을 밀쳐 낸 것이다.

'아니, 왜?'

하니는 돌변한 김 처사의 반응에 눈을 크게 떴다.

의혹이 가득 찬 큰 눈 속엔 아직도 꿈꾸는 듯한 빛이 나가기가 싫다는 듯 웅크리고 있었다. 하니의 눈을 한 번 쳐다본 김 처사는 죄지은 사람마냥 고개를 폭 숙였다. 그런 다음 자신의 가슴팍 그 주머니를 어루만지며 눈을 감았다.

그런 김 처사를 쳐다보는 하니의 얼굴이 더욱 빨개졌다. 같은 붉은 색이나 조금 전과는 다른 빛이었다.

'이대로 물러나면 안 돼! 그러면 더욱 비참해질 거야.'

하니는 입술을 깨물어 쏟아지려는 눈물을 삼켰다.

"나으리! 쇤네 비록 천한 계집종의 신분이오나 아직도 청백한 몸이옵니다. 그런데 쇤네가 무슨 잘못을 범했사옵니까, 아니면 천한 신분이기 때문이옵니까?"

앙칼지고 단호한 목소리였으나 울먹이고 있었다.

김 처사도 감았던 눈을 번쩍 떴다.

"무슨 말씀을……. 이 몸을 낳아 준 부모님도, 또 나도 그대와 같은 노비 신분이었다오."

"그렇다면 이 몸이……."

"아니외다. 처자는 이때껏 내가 본 그 어떤 여인보다 더 아름답소이다. 그리고 나 역시 아직은 뜨거운 피가 끓고 있는 건장한 몸으로 어찌 그대 같은 가인을 마다하겠소? 다만 나에겐, 아……."

한숨인지 탄식인지 모를 긴 소리를 마지막으로 뽑아 낸 김 처사는 눈을 감아 버렸다. 앉은 자세는 석상 같았으나 손 하나는 여전히 가슴 속의 그것을 어루만지고 있었다.

'다만이라니? 지금도 만지작거리고 있는 그 가죽 주머니가 문제의 해답이란 말인가. 그럴 거야. 그렇다면 그 가죽 주머니 속엔 도대체 무엇이 들어 있단 말인가?'

야속한 눈길로 한동안 김 처사를 바라보던 하니는 자리에서 일어났다.

자신의 거처로 돌아온 하니는 이불을 뒤집어쓰고 흐느꼈다.

사내에게 거부당한 처녀의 수치감 때문일까? 아니면 새삼 느껴지는 서러운 신세 때문이었을까? 무엇이 하니의 가슴을 할퀴었는진 모르지만 그저 하염없이 울기만 했다. 방 안의 등잔불이 크게 일렁거렸다. 방문이 열리고 그림자 하나가 들썩이고 있는 이불을 확 잡아 젖혔다. 얼굴을 가린 하니의 손가락 사이로 상전의 큰 아들 근보 도련님의 얼굴이 보였다.

하니는 후다닥 일어나 외면을 하며 고개를 숙였다.

"누나! 왜 그래? 누가 누나를 이토록 슬프게 했어?"

비록 주종 관계이지만 삼문은 단둘이 있을 때면 언제나 하니를 누나라 불렀다. 하니의 등짝에 업혀 컸기도 했지만 친동생처럼 보살펴 주는 하니에게 친누나 같은 감정을 가지고 있어서였다.

"누나! 울지만 말고 어서 말해 봐. 누가 그랬어?"

이제 막 변성되기 시작하는 삼문의 목소리가 여러 번 흘러 나왔지만 하니는 고개만 흔들었다.

'이때껏 그 어떤 일에도 눈물 한 방울 보이지 않던 당찬 누나가 무슨 일 때문에?'

고개를 갸웃거린 삼문은 안방으로 들어갔다.

"뭐라고? 하니가 울고 있다고?"

제법 사내 티가 나고 있는 아들을 물끄러미 쳐다보던 성승 부인은 고개를 두어 번 끄덕이더니 나직하게 말했다.

"얘야! 네 스승만이 하니를 면천시켜 줄 수 있는데 돌부처 같은 네 스승이 하니를 싫어하는 것 같구나."

'으음, 그렇게 된 것이로군. 그런데 왜?'

음양의 이치를 어렴풋이 깨닫고 있던 삼문은 빙긋 웃다가 고개를 또 한 번 갸우뚱거리며 하니에게 달려갔다.

"누나! 스승님께서 누나를 보기 싫다 하셨어?"

삼문의 입에서 이 말이 나오자 하니는 발그레진 얼굴로 고개를 저었다.

"누나! 그럼 뭣 땜에 울었어?"

"좋아! 누나가 끝내 그 이유를 말해 주지 않는다면 난 여기서 이 밤이 새도록 꼼짝도 하지않을거야."

삼문은 이불 위에 벌렁 드러누우며 억지를 부렸다.

과년한 계집종의 방에서 장가들 나이가 가까워진 도련님이 밤을 새우겠다니 이 무슨 망측한 소린가.

한 번 한다면 꼭 하고 마는 삼문의 고집을 익히 알고 있는 하니는 입을 열지 않을 수 없었다.

"나으리 가슴에 매달린 가죽 주머니 때문이에요."

그러했다. 뜨거워지고 있던 사내의 몸이 그것을 건드리는 순간 싸늘하게 변하지 않았는가. 하니로서는 그것밖에 다른 원인을 끄집어 낼 수 없었던 것이다.

'스승님의 가슴에 매달려 있는 가죽 주머니 때문이라고?'

어리둥절해 있던 삼문은 이내 눈알을 바쁘게 굴렸다.

'스승님의 가죽 주머니 속엔 무엇이 들어 있길래 석란꽃 같은 누나를 받아들이지 못하게 할까 ……? 도통한 도인들의 품 속엔 온갖 도술(道術)을 부릴 수 있고 요사스런 기운을 제압하는 신척(神尺)이라는 신기한 물건이 있다던데 그것이 아닐까? 예부터 도인에겐 여색(女色)이야말로 최대의 마(魔)라 했으니 그것이 스승님과 누나 사이를 가로막은 것일 게야. 그래, 틀림없이 가죽 주머니 속엔 그 신비한 신척이란 것이 있어. 그렇지 않고

서야 연약해 보이는 나이 든 스승께서 어떻게 범과 곰 같은 두 장사를 가볍게 떼어 놓을 수 있었겠어.'

몇 년 전에 성승을 찾아온 과객이 들려 준 신척 이야기와 며칠 전 운종가에서 목격했던 스승의 모습을 결부시킨 삼문은 힘차게 고개를 끄덕거렸다.

"누나! 눈물을 닦아. 내 어떻게 해서든 누나의 소망이 꼭 이뤄지도록 해 줄게."

제법 의젓하게 한 마디 한 삼문은 자기 방으로 돌아가 손에 잡히는 책 한 권을 펼쳐 들었다. ≪논어≫였다. 그러나 책 속에 있는 공자의 말씀은 눈에 들어오지 않았다. 대신 신척을 들고 신기한 도술을 부리는 스승의 하얀 그림자와 스승의 신척을 물려받아 그것을 들고 천하의 못된 무리들을 통쾌하게 혼내 주는 자신의 모습들만 어지럽게 춤추고 있었다.

'그런데 그 신척은 어떻게 생겼을까? 누나가 면천되려면, 또 스승께서 꽃 같은 각시를 얻어 편안한 노후를 보내려면 그것이 스승의 몸에서 잠시 동안이나마 떨어져 있어야 하는데…… 어떤 방법이 좋을까?'

오랫동안 환상에 잠겨 있던 삼문은 책을 덮고 이부자리 속으로 들어갔다.

이른 아침부터 여름을 재촉하는 비가 쏟아지고 있었다. 아침 수련을 마친 삼문은 봉창을 열고 허공을 쳐다봤다. 잔뜩 찡그리고 있는 하늘은 쉽사리 주름살을 펼 것 같지 않았다.

'그래, 오늘 내내 이렇게 비만 내려라.'

봉창을 닫는 삼문의 얼굴엔 즐거운 빛이 가득했다.

삼문의 바람대로 김 처사는 방 안에 틀어박혀 있었다.

"스승님! 이 구절 해석을 구하고자 하옵니다."

아침 문안 인사를 드리기 바쁘게 삼문은 어젯밤에 건성으로 본 ≪논어≫를 펼쳤다. 삼문이 가르침을 청한 것은 공자가 말한 '군자(君子)는 괴력난신(怪力亂神)을 논하지 않는다.' 라는 구절이었다.

김 처사는 근보의 머리를 쓰나듬어 주며 고개를 끄덕였다. 근보의 물음이 흡족하다는 표시였다.

"근보야! 이 구절을 정확히 해석하기 위해선 먼저 군자의 뜻과 괴력난신이라는 말뜻부터 파악해야 하느니라. 군자라는 말은 소인(小人)과 상대되는 말로서 자신보다 이 세상 사람 모두를 위하는 사람이고 인간의 삶을 발전시켜 나갈 사람을 일컫는 것이다. 그리고 괴력난신이라는 것은 현실적인 이치로는 도저히 설명일 수 없는 신비한 현상, 즉 걸어다녀야 마땅할 사람이 하늘을 날아다닌다든가 또는 짚으로 만든 허수아비를 걷게 하는 이상한 힘, 그리고 음유(陰幽)의 세계에 있는 혼령들이 이승에 나와 어떤 이해 못 할 조화를 부리는 일 등을 말함이란다. 이런 일들은 사람에게 일시적인 충격과 영향은 줄 수 있으나 근본적으로 이 세상의 발전에 큰 영향을 줄 수는 없단다.그러므로 이 구절의 뜻은, 군자는 그런 것에 현혹되어 자신의 길을 잊어버리면 안 된다는 것으로 해석해야 한단다."

"그러면 스승님! 전설 중의 이인(異人)들이 행한 여러 가지 신기한 방술도 괴력난신에 해당되는 것이옵니까?"

"그렇다고 할 수 있다."

"그렇다면 스승님! 전국 시대(戰國時代)의 귀곡 선생(鬼谷先生), 한(漢)나라 창업 공신 장량(張良), ≪삼국지≫에 나오는 제갈공명, 그리고 아국(我國)의

을지문덕과 김유신 같은 분들은 모두 도(道)를 닦은 도인이라 알고 있는데 그분들 역시 인간 세상에 아무 도움도 주지 못했사옵니까?"

당돌하게 반문하는 제자를 김 처사는 그윽이 쳐다봤다. 사랑스럽고 대견스럽다는 빛이 가득했다.

다래끼에 담긴 냉수를 한 모금 마신 김 처사는 입을 열었다.

"얘야! 네가 말한 분들도 어찌 보면 괴력(怪力)이라 할 수 있는 힘을 지니고 있었던 것은 사실이다. 그러나 진정한 도를 닦아 얻는 힘과 소인배들이 방술을 습득해서 얻게 된 그런 힘을 착각해선 안 된단다. 알겠느냐?"

"예, 잘 알아들었사옵니다."

얼른 머리를 조아린 삼문은 묻고 싶었던 말을 꺼냈다.

"스승님! 제자가 듣기론 도인들의 품 안엔 신척이라는 신기한 물건이 있어 신통 조화의 힘을 발휘한다던데, 사실이옵니까?"

"그래, 그런 것이 있긴 하지."

"그것은 어떻게 해야 얻을 수 있사옵니까?"

삼문은 눈을 반짝이며 스승 앞으로 바짝 다가갔다.

"인간의 마음이 지극하여 천지의 정령(精靈)과 감응할 때 얻어지는 것으로만 알고 있거라."

스승이 자세한 방법을 설명해 주지 않자 조금 시무룩해진 삼문은 김 처사의 가슴팍을 쳐다보며 물었다.

"스승님께서도 지니고 있……?"

"왜? 너도 갖고 싶으냐?"

이 말이 떨어지자마자 삼문의 얼굴은 언제 시무룩했느냐는 듯이 확

밝아졌다. 뿐만 아니라 목소리마저 환희에 젖어 떨리고 있었다.

"스승님! 갖고 싶고말고요. 그것을 지니고 다니면서 불쌍한 사람들을 도와 주고 고약한 무리들을 응징한다면 그 얼마나 신나고 즐거운 일이겠습니까. 스승님! 빨리 그 방법을 일러 주세요."

입마저 헤하니 벌리고 몽롱한 눈빛을 하고 있는 삼문을 쳐다보던 김 처사는 빙긋 웃으며 말했다.

"네 생각이 그렇다면 내 어찌 그 습득법을 일러 주지 않을 수 있겠느냐. 그러나 그 전에 네게 묻겠다. 얘야 너는 사람을 깜짝깜짝 놀라게 할 뿐 만사람에게는 별 도움이 되지 않는 신척을 원하느냐, 아니면 이 세상을 밝혀 만백성이 사람다운 사람으로 살 수 있도록 하는 그런 신척을 원하느냐?"

눈을 반짝이며 듣고 있던 심문은 거침없이 대답했다.

"스승님! 사내 대장부라면, 그리고 공맹의 학을 배우고 있는 선비라면 당연히 만백성을 이롭게 할 그런 신척을 원해야 하지 않겠습니까?"

근보의 시원스런 대답을 들은 김 처사는 무릎을 치며 하하하 웃었다.

"좋구나! 좋아! 내 너를 제자로 삼은 것이 참으로 좋구나. 근보야! 지금부터 일러두는 내 말을 가슴 깊이 새겨 놓고 매일매일 가슴 속을 들여다보도록 해라. 얘야! 이 세상에 일어나는 온갖 조화는 모두 사람의 마음에서 비롯된 것이란다. 즉 사람의 마음이야말로 온갖 조화를 이뤄 낼 수 있다는 말이다. 그렇지만 결코 변하지 않는 참(眞)이란 것으로 그 마음이 채워져 있어야만 이 세상의 빛이 될 좋은 조화를 이뤄 낼 수 있단다. 여러 가지 이치 중의 참된 이치(眞理), 이런 정 저런 정 아닌 참된 정(眞情), 이 마음 저 마음이 아닌 진심(眞心)으로 쓰이는 참(眞)이란 말이다. 이것은 두터운 어둠과 거짓 속에 묻혀 있는 진실을 밝혀 내려는 피나는 노력과 만사람이 거짓을 참이라 할 때 그것은 아니다라고 부르짖을 수 있는 용기가 있어야만 얻을 수 있는 것이란다. 물론 혼잡하게 뒤섞여 있는 것 중에서 참과 거짓을 분별해 낼 수 있는 밝은 지혜가 바탕이 되어야 하는데 이것은 역(易)을 공부하면 얻을 수 있단다. 이렇게 내가 일러 준 대로 하면 네 마음 속에 하나의 참된 구슬(眞珠)이 생겨나 이윽고 아무도 앗아 갈 수 없는 너만의 신척이 되어 세상을 빛나게 할 것이니라."

삼문의 이름 풀이를 해 본 바 있는 김 처사는 여기까지 말하고 눈을 감았다.

먼 뒷날의 얘기지만 계유정란을 일으킨 수양대군은 어린 조카를 밀어내고 왕위에 오른다. 그에 따라 의(義)와 불의(不義), 일족 몰사와 부귀영화라는 갈림길에 서게 된 삼문은 엄청난 갈등을 겪게 된다. 그렇지만 스승의 가르침을 가슴 속에 담고 있던 삼문은 서슴없이 일족 몰사라는 참된 길을 택하는 것이다.

스승의 말이 끝난 것을 느낀 삼문은 눈을 깜박거리며 몇 번인가 고개를 갸우뚱거렸다. 엄청난신통 조화를 부릴 수 있는 신척을 얻는 방법치곤 너무나 평범하고 간단했기 때문이었다.

'진정, 진심, 진리, 이것이 모든 조화를 이룬다고? 스승님의 말씀 속에 틀림없이 깊은 뜻이 있을 거야. 그것은 나중에 두고두고 생각해 보기로 하고 누나의 일이나 처리해야겠군.'

삼문은 조심스럽게 스승을 불렀다. 김 처사는 왜 그러느냐는 듯 눈을 떴다.

"스승님! 저어……."

삼문은 여기까지만 말을 뱉어 낸 후 더 이상 말을 잇지 못했다. 삼문은 '하니 누나가 면천될 수 있도록, 또 스승님께서도 꽃 같은 새 각시를 얻어 노후를 편안히 보내시도록 품 안에 있는 가죽 주머니를 며칠 동안만이라 도 제자에게 맡겨 주세요.' 하고 말하려 했다. 그러나 감히 그 소리는 뱉 어 내지 못하고 망설이기만 했다.

"삼문아! 사내 대장부가 할 말이 있으면 시원스럽게 뱉어 내야지 뭣 때문에 뒷말을 삼키느냐?"

삼문의 뒷말을 기다리던 김 처사가 재촉했다.

삼문은 계속 우물쭈물하며 뒤통수만 긁었다.

생각해 두었던 말을 해야겠는데 말은 나오지 않고, 이때 마침 기침 소 리와 함께 방문이 열렸다.

점심상이 들어온 것이었다. 삼문은 옳다구나 하고 스승의 밥 뚜껑을 열어 주며 점심 들기를 권했다.

김 처사는 점심상을 들고 온 섭섭이를 한 번 쳐다본 후 무언가 말을 할 듯하다가 수저를 들었다. 스승이 수저 들기를 기다린 삼문은 겸상으 로 차려 온 상 앞에 다가갔다.

섭섭이가 빈 상을 들고 나가자 김 처사가 은근히 물었다.

"얘야! 하니란 처자가 안 보이는데 어디 몸이라도 아픈 게냐?"

그날 이후부터 하니는 처녀로서의 자존심과 부끄러움 때문에 손 아래 계집종인 섭섭이에게 김 처사의 수발을 맡기고 있었던 것이다.

'음……. 누나의 안부를 묻는 것을 보니 스승께서도 누나를 좋아하고 있나 봐. 그래, 이 참에 말해야겠군.'

삼문은 비로소 용기를 얻었다.

"스승님! 하니 누나는 면천이 못되어 몇 날 며칠째 울고만 있사옵니다."

"뭐? 면천이라 했느냐?"

"그렇사옵니다. 스승님의 가죽 주머니만 아니면, 아니 스승님의 신척만 없었더라면 쉽게 면천될 수 있을 텐데 말입니다. 그러니 스승님! 그 가죽 주머니를 이 제자에게 며칠 동안만이라도 맡겨 놓으시면 아니 되겠는지요?"

마음 속에 있었던 말을 당돌하게 뱉어 낸 삼문은 조마조마한 마음으로 스승의 눈치를 살폈다.

그러나 스승은 아무 말 없이 눈만 감고 있었다. 앉아서 자는 듯했지만 이마 한복판에 있는 눈 같은 상처 자국이 실룩거렸다. 한동안 그러고 있던 김 처사는 손으로 자신의 상처 자국을 한 번 만진 다음 눈을 뜨고 삼문을 쳐다봤다.

"얘, 삼문아! 너는 너의 하나뿐인 심장을 잠시 동안만이라도 꺼내어 내게 맡겨 둘 수 있겠느냐?"

"……."

"이처럼 사람에겐 남에게 줄 수도 맡길 수도 없는 자신만의 것이 있단다. 그리고……, 하니 처자에겐 면천될 수 있으니 울음을 그치라고 말해 주어라."

"예, 알았사옵니다."

스승의 말이 그치기도 전에 삼문의 엉덩이는 방문 쪽을 향했다.

어느 새 비는 그쳤고 섬돌 앞 마당에는 진주 몇 알을 입에 문 모란꽃 하나가 환하게 웃고 있었다. 탐스런 젖가슴을 살며시 만져 보는 손끝에 두근거리는 소리가 잡혔다. 그날 밤 그 사내의 가슴팍에서 느껴지던 그 소리였다.

'도련님! 정말 고마워요.'

실안개처럼 피어오르는 김 사이로 깡충깡충 뛰어 오르는 근보 도령의 모습이 흐릿하게 나타났다.

"누나! 스승님께선 누나의 안부를 묻곤 면천될 수 있으니 이젠 울지 말라고 했어. 그러니 더 이상 그 가죽 주머니가 누나를 슬프게 하지 않을 거야. 그리고 나에겐 신척을 얻을 수 있는 방법을 가르쳐 줬어. 아무나 쉽게 얻을 수 없는 신기막측한 신척을 말이야. 진정, 진심, 진리, 진실로 말할 수 있는 참(眞)을 가슴 속에 새겨 두고 있으면 자연히 얻게 된대."

하나의 마음 속에 이젠 흐릿하게 막을 친 안개 속에서 또 하나의 모습이 나타났다.

얼굴도 제대로 기억나지 않는 아버지의 모습과 가슴 미어지도록 보고 싶은 동생의 눈동자가 겹쳐진 모습이었다. 그리고 또 하나가 있었다. 포근하게 자신을 안아 들고 걸림 없는 저 세상으로 날아가 줄 한 덩이 하얀 구름, 빨리 달려가 안기고 싶고 인아 주고 싶은 그 모습이었다. 목욕물에 몸 담고 몸 구석구석을 재빠르게 씻기 시작하는 하니의 눈은 쌍무지개 위에 앉아 있는 파랑새를 보고 있었다.

늦은 밤 청사초롱 하나가 어둠을 쫓으며 별당으로 가고 있었다. 그 뒤엔 주안상을 받쳐 든 하니가 뒤따랐다. 삼문이가 들고 있는 청사초롱은 원래 정삼품(正三品)과 정이품(正二品)의 관원들이 야행을 할 때 쓰이는 것이었다. 그러나 스승과 누나를 축복하기 위해 삼문은 아버지의 것을 손수 들고 앞섰던 것이다. 물론 성승 부인의 묵인하에서였다. 별당 문 앞까지 온 삼문은 하니에게 한쪽 눈을 찡긋해 보이곤 재빨리 본채 쪽으로 방향을 틀었다. 몇 걸음쯤 걷던 삼문은 몸을 돌려 하니의 옷자락을 잡아당겼다. 의아해하는 하니의 귓속으로 나직하나 힘 실린 삼문의 속삭임이 들어왔다.

"누나! 이번엔 결코 울어선 안 돼. 온 마음을 다한 진심을 나타내면 그 가죽 주머니 속의 신척도 누나를 어떻게 하진 못할 거야. 알았지?"

하니는 멀어져 가는 초롱불을 향해 힘있게 고개를 끄덕였다. 잠자리 속에 누워 있던 김 처사는 주안상을 들고 들어온 하니를 보자 잠자리에서 벌떡 일어나 앉았다.

놀란 듯 눈은 크게 벌어져 있었고 당황한 눈동자는 어디로 가야할지 갈피를 못 잡고 있었다. 가까이 다가오는 하니의 차림은 제대로 갖추진 못했지만 분명 첫날밤을 치르는 신부의 차림이었다.

'아……, 이 일을 어찌하누.'

김 처사의 코 앞에 상을 놓고 술 한 잔을 따른 하니가 다소곳이 고개를 숙이고 있은 지 오래지만 김 처사는 한숨만 쉴 뿐이었다. 어느새 첫닭이 울었다. 그래도 김 처사는 술잔을 들 생각조차 없이 갈피 못 잡은 눈만 껌벅거렸다. 그런 김 처사를 살짝 올려다 본 하니는 입술을 깨물며 입을 열었다.

"나으리! 밤새도록 이렇게 앉혀만 두실 겁니까?"

그래도 김 처사의 난감해 하는 표정은 풀리지 않았고 더욱 어쩔 줄 몰라 했다.

"나으리! 소녀가 이렇게 당돌한 것은 결코 소녀의 면천 때문만은 아니옵니다. 소녀는 오로지 참된 마음으로 나으리를……"

삼문의 귀띔대로 자신의 속마음을 털어놓은 하니의 볼이 빨개졌다. 그렇지만 김 처사의 손은 여전히 하니 곁으로 오지 않았다. 침묵이 한참 흘렀고 또 한 번 새벽을 깨우는 닭 울음 소리가 들려 왔다. 한 번 더 입술을 꼬옥 깨문 하니는 스스로의 손을 놀려 하나둘 입성들을 벗겨 내기 시작했다. 고운 옷들이 벗겨져 한 곳에 쌓이는 소리가 사르룩사르룩 들렸다.

김 처사의 호흡이 가빠졌고 눈동자는 더욱 당황해 하는 빛을 내뿜었다. 속옷만 입은 하니가 김 처사의 몸 곁으로 다가오며 등잔불을 꺼 버렸다. 어둠과 함께 지분 냄새와 합세한 여인의 살 냄새가 김 처사의 코 속으로 왈칵 밀려들었다. 이어서 이불깃을 들치고 자리 속으로 파고드는 기척도 들려 왔다. 김 처사의 머리 속에 하나의 그림이 그려졌다. 아늑한 문을 열어 놓고 하늘을 싸안으려는 대지의 모습이었다. 심장은 더욱 거센 풀무질을 해 댔고 뜨거운 피는 아랫배 쪽으로 뛰어갔다. 드디어 터질 것 같은 살덩이 하나가 불끈 치솟아 올랐다. 뜨겁고 거친 숨소리와 함께 김 처사의 손이 움직였다.

자신의 옷고름을 풀던 김 처사의 몸이 갑자기 부르르 떨렸다. 섬뜩한 느낌을 지닌 물건 하나가 김 처사의 손에 닿았기 때문이다. 아아……, 그것은 김 처사의 가슴팍에 매달려 있는 가죽 주머니였다.

김 처사는 벌떡 일어나 꺼진 등잔에 불을 밝혔다.

이제나저제나 기다리던 하니의 감은 눈 앞에서 갑자기 나타난 밝은 빛 하나가 문을 두드렸다. 열린 눈 속으로 꼿꼿이 앉아 있는 하얀 모습 하나가 들어왔다.

그러나 그것은 목화(木花)가 아닌 얼음덩어리 같았다. 뜨거운 설렘만 가득 찼던 하니의 가슴은 이내 서늘해졌고 그 속에서 진한 슬픔 하나가 왈칵 고개를 쳐들었다.

'이젠 이 길밖에 없구나.'

슬픈 눈으로 김 처사를 바라보던 하니의 손이 속옷 자락에 매달린 은장도를 잡았다. 싸늘한 감촉이 손끝에 느껴졌고 어머니의 얼굴과 남동생의 애처로운 눈망울이 떠올랐다.

'어차피 이 세상에선 만나 볼 수 없는 얼굴들, 저승에서나 만나야지.'

하니는 살며시 일어나 앉았다. 먼동이 트고 있는지 흐릿한 빛들이 창호지를 뚫으려고 안간힘을 쓰고 있었다. 마지막을 예감한 듯 등잔불은 더 큰 몸짓으로 춤을 추고 있지만 김 처사의 몸은 여전히 미동도 없었다.

빼어 든 칼날을 가슴 앞에 갖다 댄 하니는 이빨을 악물고 앞으로 엎어졌다.

"흑……, 으음."

바람 빠지는 듯한 소리와 고통을 억누르는 비명 소리가 함께 나왔다.

방바닥을 낮게 기는 작고 가는 소리였다. 그렇지만 이럴 수도 저럴 수도 없는 갈등 속에 빠져 예민해 있는 김 처사의 눈을 번쩍 뜨게 하기엔 충분했다.

'곧고 자부심 강한 처녀의 수치감……. 아차, 큰일났구나.'

후다닥 일어난 김 처사는 쓰러져 있는 하니를 안아 들었다. 주르륵 피가 흘렀다. 두 손으로 감싸쥔 칼은 명치 조금 위쪽에 박혀 있었다.

손목의 맥부터 짚어 본 김 처사는 하니의 속옷을 찢어 냈다. 그리곤 하니의 몽실한 두 젖가슴 위를 한 손으로 누르며 박혀 있는 칼을 뽑아 냈다. 피가 솟아났고 하니의 입에서 또 한 번 무거운 신음 소리가 나왔다.

'칼끝이 조금만 더 깊이 들어갔다면 큰 일 날 뻔했군.'

벽에서 뜯어 낸 황토를 씹어 하니의 상처에 발라 준 김 처사의 입에선 긴 한숨이 나왔다.

이튿날 문안 인사를 드리러 온 삼문에게 김 처사는 말했다.

"얘야! 하니 처자는 간밤에 큰 병이 들어 저렇게 누워 있단다. 나 때문에 생긴 병이니 내가 보살펴 줄 수밖에 없구나. 자당께 그리 전하도록 해라."

누워 있는 하니와 스승의 얼굴을 번갈아 힐끔거리며 의아한 표정을 짓고 있던 삼문은 기쁜 얼굴로 벌떡 일어났다. 빨리 달려가 자기 어머니께 이 소식을 전하고 하니의 노비 문서를 받아 올 참이었다.

'어제까지 멀쩡하던 누나가 갑자기 큰 병이 들다니 참으로 이상하구나. 혹시 스승과 누나의 합방을 못마땅하게 여긴 그 신척이 누나에게 이런 벌을 내린 것이 아닐까? 그래 그것 말고는 다른 이유가 있을 턱이 없지만 어쨌든 잘 된 일이야.'

달려가는 삼문의 고개가 몇 번인가 갸우뚱거리더니 끝내 끄덕임으로 바뀌었다.

김 처사는 운종가에도 나가지 않고 며칠 동안 꼬박 하니의 옆을 지켰다. 하니는 이틀째 저녁 무렵에야 의식을 되찾았고 닷새째부터는 상반신을 스스로 일으켜 세울 만큼 기력도 회복되었다.

"하니 처자! 그토록 갖고 싶은, 아니 없애고 싶은 종이 쪽지가 여기 있소이다. 자, 받으시오."

김 처사가 건네 주는 노비 문서를 받아 든 하니의 눈시울에 금방 이슬이 맺혔다.

"나으리! 몸을 팔아서라도 없애고 싶은 것, 바로 이 족쇄이지만 소녀는 그렇게 하지는 못하옵니다. 마음 없이 몸만을 판다는 것 역시 족쇄라 여겼기 때문이지요."

쇤네라는 용어 대신 소녀라는 용어로 바꾸어 말하는 하니에게 김 처사는 황급히 손사래를 쳤다.

하니 처자! 순백한 처녀로서의 부끄럼을 무릅쓰고 내 곁으로 온 것이 단지 면천 때문이라곤 절대 생각하지 않소이다. 그리고 나 역시 그대를 가까이하고 싶을 뿐만 아니라 오랫동안 아니, 영원히 같이 있고 싶은 심정이외다. 그러나 나는 선뜻 그대를 받아들일 수 없는 몸이외다. 그러니 몸이 회복되는 대로 아름다운 곳을 찾아 훨훨 날아가도록 하시오."

김 처사는 차마 못할 말을 한 듯 눈을 감아 버렸다.

"나으리! 그 이유를 말씀해 주실 수 있을는지요?"

한참 동안 눈을 감고 가슴팍을 어루만지고 있던 김 처사는 결심한 듯 눈을 번쩍 떴다.

"전에도 말한 것처럼 내 부모님과 나는 종의 신분이었다오. 우리는 도망을 쳤소. 내가 일곱 살 되던 때였소. 처자와 쏙 빼어 닮은 어머님께선 주인 되는 자의 손에 붙잡혀 처참하게 이 세상을 떠났소이다. 며칠 후 아버님마저 화살을 맞고 내 곁을 떠났다오. 하루 아침에 천애고아가 된 나를 키우게 된 스승님께서는 부모님의 죽음과 유언을 상기시켜 주시며 이렇게 말씀하시곤 했소.

'알아! 네 부모님의 죽음을 값지게 할 수 있는 것은 주인도 종도 없는 세상을 만드는 일이란다. 네 일생은 그 일에 바치도록 해라.'

그때부터 부모님이 그리울 때마다 그 일에 이 한 몸을 바치기로 다짐

하고 또 다짐했다오. 그러니 한 여인을 포근히 감싸 줄 지아비 노릇을 어찌 잘 할 수 있겠소이까."

소나 말 같은 종살이의 서러움, 그런 설움을 씹어 가며 죽지 못해 살아가고 있는 사람들을 위해 그늘에서 평생을 바치고 있는 눈 앞의 사람. 하니는 두 손으로 뭉클한 가슴을 감싸안았다.

"나으리! 소녀는 그런 일을 하는 나으리를 모실 수 있다는 것만으로도 더없는 행복을 누릴 수 있을 것 같사옵니다."

하니는 자신 있게 말하며 눈을 빛냈다. 웃음기까지 번지고 있는 하니의 얼굴을 피하며 김 처사는 헛기침을 했다.

"어험, 또 하나의 이유가 있소이다. 내겐 이미 마음 속에 묻어 둔 한 사람의 여인이 있고 그 여인과의 언약이 있소이다……."

이 말을 들은 하니의 얼굴은 금방 굳어졌고 눈동자엔 의아로운 빛이 나타났다. 하니의 눈빛을 본 김 처시는 말을 이었다.

"25년 전에 내 생명을 구해 준 여진 여인이 있었지요."

'25년간이나 그 여인만을 가슴에 간직한 채 홀로 지냈다고?'

하니는 눈을 크게 떴다. 눈동자엔 의아로움 대신에 놀람의 빛이 가득했다. 고개를 숙이고 잠시 생각하던 하니는 고개를 번쩍 쳐들었다.

"그런 여인이 있었다면 왜 여태껏 홀로 지냈사옵니까?"

"뜻하지 않은 일로 헤어졌는데……, 찾을 길이 없었소이다."

"그렇다면 그 여인이 지금 현재까지 살아 있는지 아닌지도 모르시겠군요."

"분명 이 세상 어디엔가 살아 있을 것이외다."

"만약 그 여인이 이 세상 사람이 아니거나 또 이미 다른 사람의 지어미가 되어 있다면 그땐 어떻게 하시겠습니까?"

"그땐 스스로 옭아맨 마음의 족쇄도 풀어 버릴 수 있겠지요."

"한 가지만 더 묻겠사옵니다. 그 여인과는 얼마나 오래 지냈기에 그렇게……."

"한 달 정도 같이 지냈지만 서로의 마음을 주고받기는 불과 보름 정도였다오."

보름에 불과한 사랑을 25년간이나 가슴 속에 묻어 두고 홀로 지내 왔다니……. 이 얼마나 참된 사랑인가. 그리고 이런 사랑을 받고 있는 미지의 여진 여인은 도대체 누구며 어떻게 생겼을까?

김 처사를 쳐다보는 하니의 눈동자엔 존경과 흠모의 빛이 가득했다. 한동안 바라보고 있던 하니의 입에서 단호한 목소리가 또박또박 흘러 나왔다.

"은장도를 품고 이 방으로 들어설 때 이미 소녀의 마음은 굳어졌사옵니다…그 여진 여인이 이 세상 사람이 아니거나 다른 사내의 아낙이 되어 있기만을 바라며 언제까지나 나으리 곁에서 기다리겠습니다."

김 처사는 말없이 하니를 쳐다봤다. 그 눈이 입 대신 한숨을 쉬고 있었다.

10

임금과 점쟁이

세종이 탄 연은 왕세자와 문무백관을 뒤에 매달고 채붕(綵棚)ㅣ이 걸린 궁성문(宮城門)을 벗어나 영은문(迎恩門) 모화루로 나갔다.

이날은 궁성문뿐만 아니라 각 성문과 종루 곳곳에도 울긋불긋한 비단 폭들이 요란스럽게 매달려 있었다. 무심한 그들은 지나치는 바람결에 몸을 실은 채 황홀한 웃음들을 색색으로 토해 내고 있었다. 그렇지만 여기 저기서 웅성거리고 있는 백성들과 왕의 행렬 앞에 꿇어 엎드린 백성들의 얼굴에는 어두운 구름만이 짙게 덮여 있었다.

"퉤, 뙤놈들이 요번에는 또 어떤 행패를 부릴까?"

"그야 뻔하지. 기름진 음식에 불룩해진 배때기를 내밀고 이곳저곳 어슬렁거리며 계집 사냥부터 먼저 하겠지. 그런 다음 아무거나 트집을 잡아 재물 긁어 낼 궁리를 하겠지. 이것 봐, 수복이! 자네 딸이 열다섯 살이라구? 딸 간수 잘 해야 되겠네."

"어디 내 딸뿐이겠나. 반반하게 생긴 자네 안사람 역시 조심해야 할 걸, 저놈들이 어디 여염집 아낙이라 해서 그냥 두던가?"

"그러게 말일세, 그저 저놈들 눈에 띄지 않게 하는 것이 상책이지."

이렇게들 수군거리는 백성들을 뒤로 한 왕의 행렬은 드디어 영은문에 도착했다.

"조선 국왕은 황제 폐하의 칙서를 받으시오."

고개를 수그리고 공손한 태도로 다가온 세종에게 황룡(黃龍)이 그려진 칙서를 펼쳐 든 명의 사신이 아랫배를 내밀며 거드름을 피웠다. 세종이 무릎을 꿇자 뒤따르던 사람들도 무릎을 꿇었다.

머리를 세 번 조아린 세종이 명 황제의 칙서를 받아 들고 또 한 번 사은숙배를 올렸다.

"일국(一國)의 지존으로서 이렇게 무릎을 꿇고 머리를 조아려야 하다니……."

자존심이 상한 세종의 미간에는 굵은 주름이 잡혔다.

이튿날까지도 침침한 주름살은 퍼지지 않았다.

그런데 또다른 일이 세종의 가슴 속에서 큰 숨을 내쉬게 만들었다.

"전하! 상국(上國) 사신들이 공녀(貢女) 간택을 내일 이 편전에서 거행하겠다 하옵니다."

"뭣이라고! 아무리 상국의 사신이라 해도 어찌 이토록 무례하단 말이오? 그것은 결코 허락할 수 없는 일이 아니오?"

"전하! 저들이 황제의 칙명이라며 한사코 우기고 있으니 참으로 난감할 따름이옵니다……. 만약 허락지 않으시면 황제의 명을 거역하는 불충(不忠)이 되오니 성찰하옵소서."

만백성을 위한 정사(政事)를 논하고 베푸는 지엄한 편전에서 그들의 노리개로 삼을 우리 여인네들을 고르는 일을 하겠다니, 이것은 참으로 해도해도 너무 하는 일이 아닐 수 없었다. 그러나 이런 수모는 사대모화(事大慕華)를 표방하고 스스로 자청한 것이 아니던가.

세종은 사대모화에 젖어 저들의 말이라면 무엇이든 굽실거리기만 하는 신하들을 묵묵히 내려다 보다가 한숨을 길게 내쉬고 말았다. 침전에 든 세종은 잠이 오지 않았다.

'이렇게까지 된 근본 원인은 바로 우리 나라가 약소국(弱小國)이기 때문이야. 그렇지, 대대(代代)로 매년 되풀이되는 이런 수모에서 벗어나기 위해서는 하루 빨리 우리도 대국이 되어야만 해. 그렇다면 큰 나라가 될 수 있는 길이 무엇일까?

맹자께서 나라의 근본은 백성이라 했으니 백성들 하나하나가 커져야만 큰 나라가 될 수 있는 것이 아닌가. 그래, 임금의 소임은 바로 모든 백성을 살찌우고 키우는 데 있는 것이야. 날이 밝으면 답답한 이 궁(宮)을 벗어나 우리 백성들의 모습 하나하나를 살펴보자. 그런 다음 어떻게 하면 그들을 살찌우고 키울 수 있는지 그 방법을 찾아 보자.'

이 생각으로 밤을 지새운 세종은 날이 밝자 내관 엄자치를 불러 미복 잠행 채비를 시켰다.

"자……, 운종가(종로)로 인도하렷다."

세종은 내관 엄자치를 앞세우고 내금장 징석과 갑사(甲士) 한 명만을 뒤따르게 한 후 궁문(宮門)을 나섰다.

운종가는 초입에서부터 가지각색의 사람들이 살아가는 가지각색의 소리들로 시끌벅적했다. 질질 따라오며 물고 늘어지는 여립꾼 소리, 이것저것 만지작거리며 살 듯 말 듯 애를 태워 가며 금(값)묻는 소리, 핏대를 올려 가며 아귀다툼하듯 흥정하는 소리 등등이었다.

여기엔 엄숙한 법도 속에 빈틈없이 돌아가는 답답한 대궐과는 달리 자유분방한 삶의 소리가 넘쳐흐르고 있었다. 이곳저곳을 유심히 살펴보며 느릿느릿 걷고 있는 세종의 마음도 차츰차츰 시원해지기 시작했다. 유기전 앞에 이른 세종의 귀에 바가지를 두드리며 걸쭉하게 뽑아내는 각설이 타령이 들려 왔다.

"얼~ 시구시구 들어간다. 작년에 왔던 각설이 죽지도 않고 또 왔네, 절~ 시구~ 시구~ 들어간다. 저 입이나 내 입이나 뻥 뚫린 것 다 같은데 군침 도는 저 쌀밥은 양반님네 입만 찾아 잘도잘도 들어간다.

얼~ 시구시구 들어간다. 꽁보리밥 찬밥 한 술 사나흘에 겨우 한 번 찡그린 상판 뒷걸음질로 이내 입으로 들어간다.

부른 배 두드리며 트림하는 양반님네 적선하소 적선하소, 꼬르락 꼴꼴 지랄하는 이 뱃속에 적선하소……"

봉두난발을 한 각설이가 어깨춤을 추며 신세타령을 뽑아 내었건만, 유기전 주인은 반질반질한 그릇만 닦는 척하며 눈길 한 번 주지 않았다.

"그래! 이것도 삶을 노래하는 훌륭한 음악이며 내 백성의 배고픈 소리야."

세종은 고개를 끄덕이며 엄자치를 향해 손을 내밀었다.

상감의 뜻을 알아차린 엄자치는 소매 속에서 엽전 한 꾸러미를 끄집어 냈다. 엽전 꾸러미를 받아 쥔 세종이 각설이에게 다가가 팔을 뻗었을 때였다.

갓을 삐뚤게 쓴 선비풍의 중년 사내 하나가 각설이와 세종 사이로 후

다닥 뛰어들었다. 그 바람에 엽전 꾸러미는 땅에 떨어졌고 세종은 휘청했다. 좀 뒤에 떨어져 있던 징석의 눈이 번쩍 빛을 냈다. 징석은 억센 손을 뻗쳐 황급히 내닫는 사내의 앞을 막았다. 상감 쪽으로 불시에 뛰어든 사내가 어떤 발칙한 짓을 했는지 알아야 하기 때문이었다. 그러자 또 하나의 그림자가 황급히 뒤따라오더니 사내의 도포자락을 움켜잡으며 소리 쳤다.

"점잖으신 양반 체신에 어찌 이럴 수 있답니까. 술 한 상에 한 냥 돈까지 받아 챙겼으면 약속을 이행하셔야지 쉰네가 소피 보는 그 짬에 줄행랑을 놓으시다니……. 대명천지에 어찌 이럴 수가 있는 겝니까?"

뒤따라와 물고 늘어지는 그림자는 20여 세 되어 보이는 떠꺼머리 총각이었고 그 손엔 종이 한 장이 들려 있었다.

'으음, 이 자가 어수룩해 보이는 저 총각에게 어줍잖은 사기를 치다가 덜미를 잡힌 게로군. 어물전 망신을 꼴뚜기가 시킨다더니 선비 체모가 말이 아니긴 하지만 재미있는 구경거리는 하나 생겼구나.'

아무 말 없이 이쪽을 물끄러미 바라보고 있는 상감을 힐끗 쳐다본 징석은 사내에게 뻗었던 팔을 거두었다.

징석과 같은 생각을 한 세종의 발길이 움직였고 그림자 같은 엄자치도 움직였다. 땅에 떨어진 엽전 꾸러미를 잽싸게 집어든 각설이와 지나치던 장사꾼들도 사내 쪽으로 모여들었다.

여기저기서 많은 사람들이 모여들자 선비풍의 사내는 허둥대는 몸짓을 하며 황망스레 말을 뱉어 냈다.

"허……, 이 사람 좀 보게. 동그라미 다섯 개와 검은 칠을 한 동그라미 다섯 개가 있고 밤(栗) 세 개와 대숲에 사람 볼기짝이 그려져 있는 그 그림의 뜻을 이미 알려 주었거늘 어찌 이리 생떼를 쓰는가. 내 소피가 마려워 바지에 싸게 될 판이니 어서 나 좀 놓아 주게. 새겨듣지 못했다면 내 측간부터 다녀와서 다시 한 번 일러 주겠네."

"뭣이라구요? 이 그림의 뜻이 밤 세 개 먹고 관격이 들어 대숲에 들어가 볼기를 까고 열 번이나 설사를 내갈겼다구요? 그런 엉터리 해석이 어디 있습니까?"

총각이 내민 그림을 쳐다보고 총각의 말을 들은 여러 사람들의 입에서 웃음 소리들이 터져 나왔다.

일의 전말을 짐작한 세종의 입가에도 빙긋 웃음기가 어렸다. 벌겋게 달아오른 얼굴로 허둥대던 사내는 얼른 한 냥 돈을 총각에게 내밀며 세종을 가리켰다.

"이보게, 뱃속에 들어간 술은 이미 똥이 되고 오줌이 되었으니 어찌하겠는가. 이 한 냥은 돌려줄 테니 저기 저 학식 깊어 뵈는 어른께 물어 보도록 하게."

한 냥 돈을 받아 쥔 총각의 눈길의 선비와 세종의 얼굴을 번갈아 쳐다보았다. 호기심을 느낀 세종이 고개를 끄덕이자 총각은 움켜잡고 있던 선비의 도포자락을 놓아 주었다. 그림을 받아 든 세종은 그림을 뚫어지도록 쳐다보며 머리를 굴려 보았다. 여느 선비들보다 공부를 더 많이 한 세종이지만 그 그림이 무엇을 의미하는 것인지 알 수 없었다.

세종의 이마에 땀방울이 맺혔다.

"이 그림은 누가 그린 것이며 어떤 연유로 자네 손에 있게 되었는가?"

땀방울을 훔친 세종이 물었다.

"예, 이 그림은 어떤 처자가 그린 것이옵고……. 쇤네가 사모하는 처자인뎁쇼."

얼굴을 붉히며 총각이 떠듬떠듬 대답하자 옆에 있던 엄자치가 참견을 했다.

"여보게, 좀더 자세히 아뢰어 보게."

"예, 쇤네는 새우젓 장사를 하는뎁쇼. 에 또, 새우젓을 팔러 다니다가 돈의문 밖 주막집 딸을 알게 되었습죠. 처자에게 맘을 뺏긴 쇤네가 몇 번인가 은밀한 눈길을 주며 손목을 잡으려 했습죠. 그랬는데 매번 쌀쌀맞은 태도로 뿌리치기만 하던 그 처자가 오늘 아침녘에 새우젓을 지고 간 쇤네에게 은근한 태도로 이 그림을 건네주는 것이 아닙니까. 엉겁결에 받긴 받았지만 무슨 뜻인지 알 수 있어야지요. 그래서 이 사람 저 사람을 붙들고 묻다가 아까 그 선비님을 만나게 된 것이지요."

'아하 …, 그렇다면 이 그림은 남녀간의 사랑에 대한 내용임이 분명하군. 그림을 그려 준 것은 받아들이겠다는 뜻이 있음이 분명하나 무슨 내용인지 영 종잡을 수 없군. 학식 깨나 있다 자부하던 내가 글 모르는 어린 계집이 그린 이 그림의 뜻마저 해석 못할 줄이야. 참으로 딱하게 되었군.'

세종의 얼굴에 땀방울이 송송 맺혔다.

이때 옆에서 세종의 얼굴을 힐끔거리며 서 있던 각설이가 입을 열었다.

"여보게 총각! 아무리 학식 깊은 선비님일지라도 이렇게 번잡스럽기 짝이 없는 장터 거리 한복판에서 무슨 좋은 생각이 떠오르겠는가. 그러니 여기서 이렇게 시간만 보낼 것이 아니라 저 위쪽 어물전 옆 팥죽집으로 가 보게. 그곳에 가면 신통스런 도사 한 분이 계시는데 그분께서는 무슨 일이든 척척 풀어 내고 앞 일을 짚어 낸다네. 그러니 늦기 전에 어서 그곳으로 가 보게."

각설이가 세종의 난처한 입장을 모면케 해 주려 입을 열자 그 옆에서 맞장구치는 소리가 들려 왔다.

"오, 그 신선(神仙) 어른 말이로군. 그렇지 그 어른께선 과거 현재 미래를 훤하게 꿰뚫어 보시니까 그까짓 그림의 뜻을 푸는 건 누워서 팥죽 먹기보다 더 쉬운 일일 거야. 총각, 여기서 어물쩍거리지 말고 어서 그곳으로 가 보게! 조금 후 신시(申時)가 되면 그 어른은 딴 일을 하기 위해 자리를 뜬다네."

거들고 나선 사람은 징석이었다.

징석은 아우인 징옥에게서 신통스런 김 처사의 얘기를 들었기 때문에 상감의 난처한 입장을 풀기 위해 거들고 나설 수 있었던 것이다.

옆에서 기웃거리고 있던 어떤 장사꾼의 입에서도 신통스런 김 처사의 행적을 지껄이는 소리가 터져 나오자 총각은 세종의 손에 든 그림을 받아 들고 휑하니 달려갔다.

사람들이 흩어지자 이마를 훔친 세종이 징석을 불렀다.

"그대가 말한 그 신통스런 사람이 정말 그곳에 있는가?"

"이 몸의 아우 되는 징옥에게 들었는데 그곳에 그런 신통한 이인(異人)이 분명 있다 하더이다."

"도대체 어떤 사람이기에 마치 신선(神仙)이나 되는 것처럼 말하는 겐가? 어디 자세히 말해 보게."

징석은 징옥에게 들은 대로 낱낱이 아뢰었다.

"음…… 정말이라면 참으로 대단한 사람이로군. 그런데 그 사람은 신시 말(申時末)이 되면 다른 일을 한다고 했는데 무슨 일을 하는지 아는가?"

"예이, 그분은 사시(巳時)에서 신시(申時)까지만 인간의 길흉화복을 점쳐 주는 일을 한답니다. 그 이후에는 그 옆 팥죽집에서 글 모르는 사람들을 위해 서찰을 읽어 주고 대신 써 주는 일을 한다 하더이다."

"우, 그런 사람이 이 도성에 있었다니…… 어서 그곳으로 인도하게 나."

세종은 그 그림의 뜻을 그 사람이 풀 수 있을지 어떨지와 그 내용이 궁금하기도 했다. 그렇지만 그보다도 까막눈인 백성들을 위해 그런 훌륭한 일을 하는 그 사람이 도대체 어떤 사람인지 만나 보고 싶어진 것이었다.

팥죽집 옆 공터에는 네댓 명이 쪼그리고 앉아 있었다. 떠꺼머리 총각도 그림을 손에 들고 앉아 있었다. 그들 앞에는 수염과 긴 머리털을 내리뜨린 중늙은 점쟁이가 평발을 치고 태산같이 앉아 있었다.

세종은 합죽선으로 얼굴을 절반쯤 가리고 서 있는 사람들의 어깨너머로 점판을 살펴보았다.

"도사님! 도사님 말씀대로 그렇게 일이 이뤄진다면 얼마나 좋겠습니까요, 일이 되고 난 다음 꼭 찾아와 고맙다는 인사를 올리겠습니다요."

"인사는 무슨 인사요, 그 일이 잘 되는 것은 모두 그대의 복이지 어디 내 힘입니까?"

30대 여인이 얼굴에 함빡 웃음을 지으며 일어나자 명태포를 질겅질겅 씹고 있던 선비풍의 중년 사내가 잽싸게 그 자리에 앉았다.

중년 선비는 글자판 위의 문자(文字)들을 쭉 훑어보더니 동쪽에 있는 글자를 짚을까 하다가 서쪽에 있는 글자 중의 문(問) 자 위에다 손가락을 찍으며 우물거리는 입으로 말했다.

"이 물을 문(問) 자 하나로 묻겠소이다. 하시사로통야(何時仕路通也)?"

바로 언제쯤 벼슬 길로 나갈 수 있겠는가 하는 말인데 일부러 선비 티 낸다고 문자를 쓴 것이었다.

점쟁이의 입가에 희미한 웃음이 번졌다.

"문진유구(門前有口, 문 앞에 입이 있다)에 구식(口食, 입으로 먹고 있다)이니 그대는 동쪽 대감집 서쪽 대감집을 들락거리며 식객(食客) 노릇을 하고 있겠구려. 무릇 학문을 깊이 닦은 후에야 벼슬을 바라는 것이 정리(正理)일 것인데, 그대는 엉뚱한 짓거리로 아까운 세월을 허송하고 있구려. 썩어빠진 시대에서는 통했으나 영명하신 임금이 있는 지금 시대에는 통하지 않는답니다. 그러니 지금부터라도 열심히 학문을 닦으시오. 그런 다음 다시 한 번 문복(問卜)함이 순서인 듯싶소."

점쟁이의 충고 어린 풀이를 들은 중년 선비는 쓰다 달다 말도 없이 엽전 두 닢을 휙 던져 주곤 자리에서 일어났다.

'무릇 시대를 꿰뚫어 볼 줄 알아야 영특한 판단을 할 수 있는 법이지. 저 이름 없는 점쟁이가 밝은 세상을 이룩하려는 내 뜻까지 꿰뚫고 있다니 과연 보통 인물은 아니로군.'

세종의 마음은 흐뭇해졌다. 웃음기 어린 전하의 얼굴을 본 징석의 마음도 덩달아 흐뭇해졌다.

중년 선비가 비운 자리를 떠꺼머리 총각이 차지했다.

"어르신! 지는 이 그림의 뜻을 알지 못해 왔습니다. 속 시원히 가르쳐 주십시오."

얼굴을 붉히며 내놓은 그림을 받아 든 점쟁이는 총각을 보고 물었다.

"이 그림은 서대문 근방 대나무 숲이 있는 곳에 사는 처자가 그린 그림이지?"

놀란 눈을 뜨고 고개를 끄덕이는 총각을 본 세종도 눈을 크게 떴다.

'과연 대단한 안목이로고, 한 번 척 보고 어디 사는 누가 그린 것까지 알아 내다니.'

총각의 끄덕이는 고갯짓을 본 점쟁이는 크게 웃으며 총각의 어깨를 두드려 주며 말했다.

"이보게 총각! 자네 소원이 이뤄졌네. 요번 5월 단오날 삼경(三更)에 처자가 사는 곳에 있는 대숲(竹林)에서 만나자는 전갈일세."

"고맙습니다. 어르신 정말 고맙구먼요."

쩍 벌어진 입으로 세 번이나 엎드려 큰 절을 하고 난 총각이 깡총거리는 걸음걸이로 뛰어 나가자 엄자치가 수작을 걸었다.

"이보시오! 어떤 연유로 그런 해석을 하게 되었는지 궁금하기 짝이 없구려, 좀 일러 주지 않겠소?"

"허허, 무엇이 그리 신기하다고 궁금증을 내시오. 내 설명해 드리지요, 검게 칠해진 동그라미 다섯 개는 달(月)을 뜻하고 그냥 그려진 동그라미 다섯 개는 날(日)을 뜻하지요. 즉 5월 5일이란 뜻입니다. 그리고 밤(栗) 세 개는 밤(夜) 삼경(三更)을 나타내지요. 또 죽림 속의 엉덩짝은 짝이 되자는 뜻을 나타내고 있답니다."

"듣고 보니 아주 쉬운 문제군요. 그런데 그 총각이 여기저기 글 잘하는 사람들에게 물어 보았을 때 어째서 그 뜻을 해석하는 사람을 못 만났을까요?"

엄자치는 세종이 궁금하게 느끼는 점을 대신 말하는 듯 점쟁이에게 물었다.

"그것은 해석하려는 사람들이 그림을 그린 사람의 심정으로 살피지 않고 자기 자신의 안목으로만 살폈기 때문이라오. 자, 우리가 문자(文字)를 모르는 사람이 되어 한 번 생각해 봅시다.

월(月)은 달(月)을 뜻하고 일(日)은 해(日)를 뜻하지요. 그리고 해와 달을 나타내려면 그 형상을 따 둥글게밖에 그릴 수 없겠지요. 또 두 개(해와 달)를 동시에 나타내려면 달(月)을 뜻하는 동그라미를 검게 칠할 수밖에 없는 것이 아니겠소.

이런 식으로 생각해 보면 그 외의 그림풀이도 쉽게 할 수 있는 것이지요."

"그러면 서대문 근처에 사는 처자란 것은 어떻게 알았소이까?"

"그것은 섬세한 그림의 모양으로 보아 여자인 것을 알았으며 그림을 들고 온 총각의 얼굴 어미(魚尾), 눈초리 부근에 도화색(桃花色)이 있기에 총각이 사모하는 처자에게서 은 전갈인 줄 알았던 게요. 그리고 밤 율(栗)자는 서(西)와 목(木)으로 구성되는 글자가 아닙니까. 즉 밤[栗] 그림을 글자로 바꿔서 추단한 것이지요. 그래서 서대문(西大門) 근방에 사는 사람인 줄 알 수 있었던 거요"

갓 쓴 양반님네들이 넷이나 되고 그들 중의 하나가 점쟁이와 어려운 문답을 길게 나누자 흥미를 잃은 상민(常民)들은 모두들 뿔뿔이 흩어졌다. 쪼그리고 앉았던 엄자치가 일어서자 세종이 앞으로 나섰다.

"이보시오, 이 몸도 글자 한 자로 문복(問卜)하겠소이다."

"어떤 글자든 한 자 선택해 보시지요."

점쟁이의 말이 떨어지자 세종은 징석의 손에 들린 죽장검(竹藏劍)을 받아 들고 땅바닥에 한 일(一) 자를 죽 그었다. 세종이 그린 한 일(一) 자를 쳐다보던 점쟁이의 눈이 크게 떠졌고 몸은 미미하게 떨렸다.

주위를 한 번 휘 둘러본 점쟁이는 떨리는 듯한 목소리로 말했다.

"한 자만 더 선택해 주시지요."

세종은 이번에는 글자판 중의 문(問) 자를 짚었다. 조금 전에 문전식객(門前食客) 노릇 하던 선비가 짚었던 글자였다.

이것을 본 점쟁이는 벌떡 일어나더니 땅바닥에 무릎을 꿇고 머리를 조아렸다.

"전하! 귀하신 몸으로 어찌 이곳까지 납시었사옵니까?"

점쟁이가 그렇게 대례(大禮)를 올리건만 세종은 긍정도 부정도 하지 않으며 물었다.

"그대는 무슨 까닭으로 이 몸을 군왕(君王)으로 보는 게요?"

"예, 그렇게 추단한 문리(文理)를 말씀 올리지요. 전하께서는 처음에 땅[土]에다 한 일(一) 자를 쓰셨는데 그것은 왕(王)을 뜻하는 글자였습니다. 즉 땅은 토(土)이고 그 위에 일(一) 자가 더해지면 왕(王)자가 되는 것이지요. 깜짝 놀란 소인은 다시 한 번 확인해 보기 위해 또 한 자를 선택해 보십사 했는데 전하께서는 서슴없이 문(問) 자를 택하셨습니다.

잘 아시다시피 문(問) 자는 이리 봐도 군(君) 자며 저리 봐도 군(君)자가 되는 글자이지요. 그래서 소인은 전하께서 미복 잠행을 나오신 것으로 추단한 것입니다."

"그렇다면 조금 전에 그 선비도 나처럼 문(問) 자를 짚었는데 어째서 풀이는 이처럼 차이가 나오?"

"그것은 이렇사옵니다. 아까 그 사람은 비록 선비의 복색을 갖추었지만 그 행동거지는 선비가 취할 태도가 아니었습니다. 즉, 글 공부를 못한 상민(常民)들도 남에게 말을 할 때는 입에 든 음식을 삼키고 난 다음에야 말을 하는 것이 예의인데 그 사람은 연신 명태포를 씹어 가며 문복(問卜)을 했지요. 이런 태도는 비록 선비의 행색은 하고 있으나 참다운 선비가 아님을 말해 주고 있었습니다. 그리고 그는 글자를 택할 때도 손가락으로 이쪽저쪽을 집적대다가 문(問) 자의 구(口) 자 부분을 택했습니다. 이것은 마치 동쪽 서쪽의 대문 앞에서 호구지책을 마련키 위해 기웃거리는 모양이었습니다.

그런데 전하께서는 손에 목봉(木棒)을 들고 글자를 취하셨지요. 무릇 봉(棒)이란 것은 예부터 힘과 권위의 상징인데 이것으로 땅(土)에다 일(一) 자를 그었으니 바로 힘과 권위를 지닌 왕(王=土+一)이란 의미가 아닙니까?

또 날카로운 칼(刀)을 감춘 죽봉으로 문(問) 자를 짚었으니 틀림없는 군왕(君王)의 상이었습니다."

설명을 마친 점쟁이는 또 한 번 머리를 조아렸다.

"참으로 대단한 통찰력이외다."

웃음기 어린 입술 사이로 한 마디 던진 세종은 발걸음을 옮겼다.

'품 속에 넣고 밤마다 은밀히 행한 내 염공(念功)이 결코 헛되지 않았군. 앞으로 또 만나게 될걸.'

세종의 뒷모습을 쳐다보며 중얼거린 김 처사는 품 속에서 뭔가 끄집어 내어 가만가만 어루만져 보았다. 그것은 성승을 통해 얻은 상감의 손때 묻은 접부채였다.

11

만이활하(蠻夷猾夏)

　　3월 중순 어둑살이 짙게 깔린 장터 거리는 허전해진 지 오래고 팥죽
집에 찾아왔던 글 빌러 온 사람들도 모두 제 갈 길로 가 버렸다.

　　그렇지만 웬일인지 김 처사는 팥죽집에 홀로 앉아 문 밖만을 쳐다보
고 있었다. 드디어 키가 껑충한 그림자 하나가 헐레벌떡 문 안으로 들어
섰다. 징옥이였다.

　　"휴우, 스승님! 아직까지 이곳에 계셨군요. 이곳으로 달려오면서 스승
님께서 안 계시면 어쩌나 하고 무척 마음 졸였습니다. 스승님, 저……."

　　"그래 말 안 해도 내 이미 알고 있다. 어서 앞장서거라."

　　김 처사는 급히 달려온 징옥의 말을 더 들어 보지도 않고 자리에서 일
어섰다.

　　'아니 스승님께선 내가 찾아올 것을 이미 알고 있었단 말인가? 하기야
신선(神仙) 같으신 어른이시니 이미 알고 계실 거야. 그렇지 않고서야 할

일도 없는 이곳에서 이렇게 나를 기다리고 계실 턱이 없지.'

징옥은 스승의 얼굴을 슬쩍 쳐다본 후 앞장을 섰다.

징옥은 퇴궐한 징석한테서 전갈을 받고 부랴부랴 김 처사를 찾아왔던 것이다. 형 징석의 전갈은 이랬다. 상감께서 오늘 밤 징석의 집에서 김 처사를 만나 보겠다 하셨으니 어서 김 처사에게 전하라는 것이었다.

밤이 이슥해지자 내시 엄자치를 앞세운 세종의 조용한 발걸음이 징석의 집 문턱을 넘어섰다.

"과인이 그대를 청한 것은 몇 가지 가르침을 받기 위해서요. 오늘은 군왕(君王)의 몸으로 그대를 만난 것이 아니고 그대 역시 속진(俗塵)을 벗어난 몸이니 지나친 예의와 격식을 덮어 두고 기탄없이 가르쳐 주기 바라오."

세종은 엎드려 대례(大禮)를 드리는 김 처사를 부축해 일으키며 은근한 태도로 자리를 권했다.

김 처사가 미리 차려진 조촐한 주안상 앞에 앉자 징석은 징옥을 불러 세종께 대례(大禮)를 올리도록 주선했다.

"과연 듣던 대로 헌헌장부로고. 그래 무과(武科)는 보았는고?"

세종은 엎드려 머리를 조아리는 징옥을 내려다 보며 자상하게 말을 건넸다.

"아직까지 응시하지 않았나이다."

"네 형인 징석보다 뛰어난 용력이 있다면 무과 급제는 떼어 놓은 당상일 터인데, 어찌 아직도 응시하지 않았는고?"

"이 아이의 용력만은 어디에 내놔도 모자람이 없으나 병법을 모르면 큰 일에 쓰이지 못하겠기에 이 몸이 말렸습지요."

징옥이 미처 대답하기도 전에 김 처사가 나섰다.

"그렇지요. 참으로 옳은 말씀이외다. 그래, 병서(兵書) 공부는 잘되고 있느냐?"

세종은 김 처사의 말에 맞장구를 친 다음 징옥을 내려다 보았다.

"예이, 태어날 때부터 둔한 머리통이었으나 여기 계신 스승님께서 잘 이끌어 주신 덕에 ≪육도삼략(六韜三略)≫을 끝내고 이젠 ≪손오병서(孫吳兵書)≫를 보고 있는 중이옵니다."

"그래, 어서 빨리 익혀 이 나라의 간성(干城)이 되도록 해라."

징옥과 징석이 뒷걸음질로 물러가자 세종은 김 처사를 치하했다.

"문자를 모르는 백성들을 위해 그렇게 애쓰시고 빈민(貧民) 구휼(救恤)에 이 나라의 장재(將材)감마저 만들고 있다니 과인은 그저 고마울 따름이오."

"이 나라에 발 붙이고 사는 백성이라면 마땅히 해야 할 일인데, 이렇게 전하의 치하를 받게 되니 그저 황송할 따름입니다."

"도인께서는 사람의 심사뿐만 아니라 앞 일까지도 훤히 꿰뚫어 보시는 지혜가 있으니 과인이 그대를 청한 까닭이 무엇일 것 같소?"

세종은 마치 친한 동무에게 말하듯 빙긋 웃는 얼굴로 김 처사를 떠보았다.

"단 한 자, 백성 민(民)자 그것 때문인가 하외다."

김 처사 역시 빙긋 웃음 지으며 스스럼없이 말했다.

"하하하, 그렇소이다. 도인께서는 어찌 그것을 아셨소?"

"영명(英明)하고 줏대가 있는 군왕이라면 다른 나라 사신 앞에 무릎을 꿇는 일에 자존심이 상할 수 밖에 없겠지요. 그리하여 어떻게 하면 강국

(强國)이 되어 그런 수모를 받지 않을까 생각하게 되고 결국은 나라의 근본이 되는 백성들이 밝고 강해져야 된다는 결론에 도달하게 되겠지요. 남달리 영명하시고 줏대가 강하신 전하이신지라 그 일 말고는 소인을 이렇게 불러 주실 리 없을 것이라 생각되오이다.”

“그렇소이다, 그렇소이다. 바로 그 일 때문에 도인을 청했던 게요. 그런데 조정에도 학문과 경륜이 탁월한 대소신료들이 수두룩한데 왜 하필 그대를 청하겠소?”

“전하께서 소인을 부른 까닭이 입에 발린 말이 아닌 직언(直言)과 조정 대신들이 잘 알지 못하는 백성들의 실상을 낱낱이 듣고자 함이시니 입에 올리기 거북한 말이라도 서슴없이 하겠습니다.”

“좋습니다, 좋고말고요. 바로 그것을 듣기 위함이오.”

세종은 김 처사의 맑게 빛나는 두 눈동자를 마주 쳐다보며 새삼 가슴을 크게 폈다.

“전하! 일반 백성들보다 사대부(士大夫)들이 더 밝고 똑똑한 것은 바로 글을 통하여 많은 지식을 소유하고 있는 탓이지 않습니까. 그런고로 모든 백성들에게 글을 익히게 하여 많은 지식과 이치를 습득하고 깨닫게 해 줘야겠지요. 그리 되면 자연히 무엇이 옳고 그른가를 스스로 분별할 수 있게 될 것이고 잘 살아갈 수 있는 방법마저 스스로 찾을 것이옵니다. 물론 여기엔 위정자(爲政者)들의 공평무사한 밝은 정치가 선행되어야 함은 당연한 조건이겠지요.”

“참으로 내 뜻과 부합되는 좋은 말씀이오. 내 일찍이 글 모르는 어리석은 백성들이 그 억울함이 있어도 제대로 호소조차 못하고 있다는 소리를 들은 바 있소. 그리고 과인이 백성들의 더 나은 삶을 위해 농사에 관한 책을 지은 바 있었지만, 막상 글 모르는 백성들에겐 별 소용이 없었소이다. 그런데 사대부(士大夫) 무리들은 현재의 문자를 익혀 잘 쓰고 있으나 상민(常民)들은 그렇지 못하니 그것은 어쩐 까닭이오?"

"그것은 우리가 현재 쓰고 있는 한문자(漢文字)가 너무 복잡하고 어려운 탓이옵니다. 전하께서도 잘 생각해 보시면 쉽게 그 까닭을 알 수 있을 것이옵니다."

김 처사의 말에 따라 잠시 궁리를 해 보던 세종은 무릎을 탁 치며 말했다.

"그렇군요. 밤낮으로 글만 읽으면 되는 사대부가의 권속들이야 별 문제 없겠지만 생업(生業)에 쫓기는 상민들이야 언제 어느 시간에 그 어려운 문자를 습득할 수 있겠소. 또 상형(象形) 표의(表意) 문자인 한문자(漢文字)로는 우리의 소리 말을 제대로 담아 낼 수 없으니 백성들이 어찌어찌하여 몇 글자 익힌다 해도 어찌 제 뜻을 시원스레 나타낼 수 있겠소?"

한 가지 사실로 여러 가지를 추리하는 세종을 쳐다보는 김 처사의 눈엔 영명한 군왕을 모신 백성의 자랑스런 빛이 어렸다.

"과연 소문과 다름없이 총명하신 전하시군요. 이 나라 만백성의 홍복인가 합니다."

"허허, 과찬의 말씀이외다. 그런데 중국도 우리와 마찬가지로 이 어려운 문자를 쓰고 있는데 어째서 중국 사람은 습득함에 어려움이 없고 우리만 그런가요?"

"그 원인은 두 가지가 있는데, 그 첫째는 민족성에 기인한다고 봅니다. 즉 중국인들의 성품은 매사에 서둘지 않고 느긋하게 처리하는 데 반해, 우리들은 모든 것을 빠르게만 처리하려는 조급한 성정을 지녀 끈기와 인내의 시간을 필요로 하는 그런 많은 문자를 익히는 데 적합하지 않기 때문이옵니다.

두 번째 원인은 중국인들은 과거와 근본보다 현실과 결과를 더 중시 여기는 생각을 갖고 있기 때문에 잘난 사람이라면 누구나가 출세를 할 수 있는 사회 구조를 가지고 있사옵니다. 그러나 우리는 예부터 현실과 결과보다 과거의 인연과 명분을 더 소중하게 여겨 왔기 때문에 글을 배워 똑똑해진다 해도 출세를 할 수 없는 사회 구조가 되어 있기 때문이옵니다.”

“오! 그렇군요. 그렇다면 배우기 쉬운 글을 만들어 백성들을 가르치고 신분 차별을 두지 않는 정사(政事)를 베푼다면 우리 나라도 남이 함부로 깔볼 수 없는 강한 나라가 될 수 있겠군요.”

“전하! 그렇습니다. 그러나 그보다 더 중요한 것이 있습니다. 백성 누구나가 글을 익혀 서책(書冊)을 읽을 수 있다 해도 참된 것을 배울 수 있어야만 올바른 얼을 지닌 알찬 백성이 될 수 있겠지요. 그렇지 않고 헛된 것과 거짓을 배운다면 사람들은 더욱 간교해지고 결국엔 사회적 혼란만 일으킬 따름이옵니다.”

“그렇소이다. 참으로 훌륭한 말씀이외다. 사람들이 글을 알아 성인(聖人)의 말씀은 배우지 않고 나쁜 것만 배운다면 그것은 차라리 글을 몰랐을 때보다 더 못하겠군.”

무릎을 탁 친 세종은 김 처사에게 술 한 잔을 따라 준 후 가슴을 펴고 시원스레 잔을 비웠다.

“그런데 전하! 전하께서 말씀하신 성인이란 누구를 말씀하시는 것이옵니까?”

김 처사는 조심스런 어투로 물었다.

"허허. 누군 누구겠소? 바로 문성(文聖)으로 일컬어지는 공부자(孔夫子, 孔子)이며 아성(亞聖)인 맹자(孟子)이지요."

마치 시험관 앞에서 시험이라도 치는 것 같은 느낌이 든 세종은 약간 언짢은 기색으로 김 처사를 쳐다보았다.

"전하! 언짢게 해 드려 송구스럽습니다만, 한 가지만 더 대답해 주시면 전하께서 의아롭게 생각하시는 그 점에 대해 자세히 말씀드리겠습니다……."

'도대체 이 도인이 내게 하려는 말이 무엇일꼬? 그렇지! 어떤 말이든 과인과 이 나라 이 백성을 위한 말일 테지.'

이러한 생각이 든 세종은 안색을 바꾸고는 시원스레 말했다.

"도인께서는 무엇이든 물어 보시오. 내 아는 대로 말하리다."

"그럼 전하께서는 만이조선(蠻夷朝鮮, 미개한 夷族의 나라 조선)과 만이활하(蠻夷猾夏, 미개한 이족이 夏나라를 침범하다)라는 말을 들어 보셨는지요?"

"예, 사마천의 ≪사기(史記)≫에 그렇게 쓰여 있고 공부자(孔夫子)께서 만이활하(蠻夷猾夏)라고 그의 서(書)에 언급해 놓으신 것으로 압니다."

"그렇사옵니다. 한(漢)의 사마천은 공자의 만이활하설(蠻夷猾夏說)을 답습한 역사관(歷史觀)으로 그의 ≪사기(史記)≫에 만이조선으로 왜곡된 기록을 했다 하옵니다.

안타깝게 이런 역사 왜곡이 유학(儒學)을 타고 세상에 널리 퍼지게 됨에 따라 온 세상을 뒤덮었던 찬란한 우리 선조의 발자취는 어둠 속에 묻히게 되었지요. 뿐만 아니라 오늘날의 우리는 동쪽 오랑캐(東夷)의 나라쯤으로 전락하고 말았답니다."

"이보시오, 도인! 그대의 말인즉 우리 역사와 중국인의 역사마저 왜곡시킨 원조(元祖)가 바로 공부자(孔夫子)란 말씀인데, 설마하니 문성(文聖) 공자께서 근거도 없는 말씀을 하셨겠소?"

떨리는 세종의 목소리에는 은은한 노기(怒氣)마저 들어 있었고 몸마저 부르르 떨었다. 당연했다. 김 처사의 이 말은 그 어떤 서적에서도 본 바 없고 어떤 이에게서도 들은 바가 없는 청천벽력 같은 말이었기 때문이다. 이 얼마나 엄청난 말인가.

세차게 도리질을 하고 있는 세종의 이마 위에 땀방울이 맺혔다.

'이 말이 사실이라면 공자를 제 할아비보다 더 추종하고 있는 이 나라 모든 사람은, 나 자신까지도 모두가……. 아! 아니야. 있을 수 없는 일이야. 이 사람이 신기막측한 재주를 지닌 사람인 것만은 분명하지만 어찌 2천 년 동안이나 문성(文聖)으로 추앙받고 있는 공부자(孔夫子)보다 그 학문과 식견이 높을 것인가? 이 사람이 잘못 알고 하는 소리일 거야.'

도리질을 치다가 고개를 끄덕거리는 세종의 모습을 보고 그 마음을 알아차린 김 처사는 침통한 목소리로 한 마디 던졌다.

"전하, 지자천려일실(知者千慮一失, 지혜로운 자가 천 번을 생각해도 한 번의 실수는 있을 수 있다)이란 옛말이 있사옵니다. 공자 역시 사람의 뱃속에서 태어난 인간인 다음에야 어찌 한 가지 실수가 없을 수 있겠사옵니까. 소인의 말이 결코 허튼소리가 아님을 증거할 기회를 주심이 선비의 도리며 군자(君子)의 아량이 아니올는지요."

'그래, 옳은 말이다. 전지전능한 하느님이 아닌 다음에야 누구에게나 실수는 있는 법이지. 이 사람이 이토록 자신만만한 것을 보니 문성(文聖)께서 미처 몰랐던 것을 알고 있는 것 같기도 하군. 이렇든 저렇든 왈왈(공자 왈 맹자 왈)거리는 소리만 가득 찬 이 세상에 불불(不不)거리는 소리 하나쯤은 들려야 재미있는 법이지.'

이렇게 생각한 세종은 온화한 표정을 회복하며 은근한 어조로 말했다.

"도인의 말씀이 너무나 뜻밖이라 내 잠시 어리둥절했소이다. 그럼 어디 그 증거를 한 번 볼까요?"

김 처사는 두 손을 합하여 세종에게 예(禮)를 드린 다음 방 한구석에 있던 지필묵이 얹힌 서탁을 끌어당겼다.

"전하! 지금의 문자는 그림을 그려 뜻을 나타내는(象形表意) 방법에서부터 시작되어 점차적으로 발전해 왔으므로 문자를 살펴 인간 생활의 역사를 알 수 있습니다. 예를 들면 큰 사람[大]이 머리 위에 비녀를 꼽고 있는 모양을 그려 낸 부(夫) 자를 통해 이 글자가 생겨날 그 당시엔 결혼한 남자는 머리에 큰 비녀를 꽂았다는 풍습이 있었음을 알 수 있사옵니다.

그리고 계집[女]과 낳다[生]로 이뤄진 성(姓) 자를 통해 그 당시엔 모계제(母系制) 사회가 있었고 그에 따라 어떤 여자에게서 태어난 누구라며 성명(姓名)을 말했음을 알 수 있사옵니다. 또 밭 전(田)과 힘쓸 력(力) 자로 되어진 사내 남(男) 자를 살펴 농경 사회 때 이뤄진 글자임을 알 수 있사옵니다. 즉, 문자는 그 시대의 생활 모습인 역사를 담고 있다는 말이옵니다. 그러므로 예부터 우리 국호로 했던 아침 조(朝) 자를 풀어 그 당시의 역사를 살펴보겠사옵니다."

김 처사는 펼쳐 놓은 종이 위에 우리의 국호로 했던 아침 조(朝)자를 전서체(篆書體)로 크게 그려 나갔다.

'그래, 지금의 문자 중 어떤 글자는 아득한 옛날엔 한 개인과 종족을

나타내는 표시였다 했지. 그래서 양족(羊族)의 여자라는 뜻으로 강[羊+女
=姜]이란 글자가 생겨났고 양족의 사람[羊+人]이란 뜻을 나타내는 글자
가 강(羌, 되놈)이라 했지. 어쩌면 이 사람의 글자 풀이를 통해 내가 미처
모르고 있던 사실을 알게 될지도 모르겠군.'

고개를 끄덕이고 있는 세종을 쳐다본 김 처사는 입을 열었다.

"전하! 전하께서도 우리의 뿌리인 환웅님께서 삼위태백에 무리 3천
(三千) 명과 함께 내려와 신단수(神檀樹) 아래에 신시(神市)를 연 이야기, 또
환웅님의 가르침을 받아들여 여자로 태어난 곰(熊)의 이야기, 이 웅녀(熊
女)와 환웅님 사이에서 단군(檀君)이 태어나 아사달에 나라를 열고 국호를
조선으로 했다는 이야기를 아실 것이옵니다. 그리고 소[牛] 얼굴에 사람
의 몸[牛頭人身]을 한 신인 신농씨(神農氏)에 대해서도 알고 계시리라 생각
되옵니다.

또 옛날에는 양(羊) 양(陽) 일(日) 자가 같은 뜻으로 쓰였으며 우리 겨레
는 태양과 같은 밝음을 숭상함에 따라 흰 옷을 즐겨 입었고 광명족(光明
族), 태양족(太陽族), 박달 겨레(배달 겨레) 등으로 칭했음을 아실 것이옵니
다."

"그러하오. 그 정도는 알고 있소이다."

"그렇다면 소인의 설명과 풀이는 아주 쉽게 될 수 있사옵니다."

김 처사는 크게 그려진 전서체의 조(朝) 자를 손가락으로 짚어 가며 말
을 이어 갔다.

朝 "왼쪽 十자는 손(手)의 원시체(元始體)로 '받들다' 는 뜻이고 日자는 오
늘날의 일(日) 자로 해님 즉 태양을 뜻합니다. 따라서 日자의 아래위에 손
[手, 十]이 있는 것은 '두 손으로 해님을 떠받든다(雙手奉日)' 는 뜻을 나타

낸 것입니다. 그리고 오른쪽의 글자 月은 곰 웅(熊) 자의 고체(古體)로서 달 사람[月人]이란 뜻입니다. 두 글자를 묶어 보면 달사람 월인(月人), 즉 웅족(熊族)이 양족(羊族, 陽族)을 받듦에 따라 어둠이 물러간 밝은 아침이 되었고 하나의 나라[王朝, 朝廷]가 이뤄졌다는 뜻이 되어 우리의 건국(建國) 설화(說話)와 일치되고 있사옵니다."

여기까지 듣고 있던 세종은 머리를 조용히 끄덕이기도 하고 갸우뚱거리기도 했다. 눈동자를 굴리며 무언가 생각하던 세종이 김 처사의 말을 끊었다.

"잠깐! 도인의 말씀인즉 우리 선조들의 역사, 즉 조선이란 나라가 생기게 된 그 내력이 반영된 글자가 바로 조(朝) 자라는 것이고 이것은 중원 대륙이 우리 선조들의 땅이었다는 것이구려. 참으로 믿을 수도, 안 믿을 수도 없는 말이외다. 그런데 달사람[月人], 즉 곰[熊]으로 묘사된 종족은 어떤 족속이고, 아사달은 지금의 어디를 말함이며, 어떤 연유로 옛조선(古朝鮮)의 임금들을 단군(檀君)이라 칭했소이까?"

잠시 숨을 가다듬은 김 처사는 입을 열었다.

"전하! 옛조선이 생겨난 자초지종을 설명하려면 여러 날 밤이 걸려도 모자랄 것이므로 그 대강만을 간추려 말씀 올리겠습니다. 불임금[炎帝]이라 불리던 신농씨(神農氏)가 이끌던 우리 피붙이들은 산동 지방을 중심으로 소[牛]를 이용하여 농경 사회를 이룩하고 있었습니다. 이는 신농(神農)이란 이름과 우두인신(牛頭人身)으로 그려져 전해지고 있는 그 모습에서 확실히 짐작할 수 있는 바입니다.

이때 중원의 서쪽에 거주하던 일단의 무리들과 마주치게 되었습니다. 곰[熊]과 호랑이[虎]를 자신들의 종족 표시로 내세운 서로간에 사촌쯤 되는 무리로서 황제(黃帝) 헌원의 영도하에 있었습니다.

사냥과 채집을 주된 생활 방편으로 하고 있던 이들은 신농씨족의 농경 사회에 동참하기를 원했습니다. 이들의 뜻을 가상하게 여긴 신농씨께선 그들을 자신의 영역[神市]에 받아들였지요. 그렇지만 호족(虎族)은 견디지 못하고 본래의 생활로 되돌아갔습니다. 적응력이 강한 곰족인 황제 헌원의 딸 상아(常娥)와 신농씨의 아들인 햇님(義和氏) 사이에 혼인이 이뤄졌습니다. 두 종족간의 영원한 평화를 도모하기 위해 맺어진 평화 서약인 셈이었지요.

이때부터 곰족(熊族)은 태양족(太陽族)인 우리와 상대되는 달사람, 즉 월인(月人)으로 불리어지게 되었습니다.

이에 따라 달(月) 속에 상아(常娥)가 있고 해님과 달님이 서로 혼인했으며 그 사이에 구슬 아기가 태어났다는 전설이 생겨난 것이옵니다. 달궁[月宮]에서 자란 구슬 아기는 할아버지의 땅인 아사달(아침의 땅)에 되돌아와 임금 자리에 올랐는데 중국 역사에 고양(高陽) 임금으로 기록된 분이 이분이랍니다. 바로 지금의 신동성 곡부(曲阜)가 그곳이었지요. 그러므로 설문해자(說問解字)에도 아(阿)를 일러 곡부라 한다(阿曰曲阜),'고 적혀 있는 것이랍니다. 이렇게 세워진 나라는 피붙이간의 분열로 인해 호족(虎族) 출신의 요(堯)가 권좌에 오르는 우여곡절을 겪다가 끝내 저들이 세운 하(夏)에 망하게 됩니다. 염제(炎帝) 신농씨 이후 하(夏) 이전까지의 이런 우리 역사를 저들은 소호금천씨, 고양씨(高陽氏), 고신씨(高辛氏), 요(堯), 순(舜) 등 다섯 임금이 다스리던 때라 하여 오제 시기(五帝時期)라 부르고 있습니다.

하(夏)를 세워 종주권(宗主權, 天祭를 올릴 주된 권한)을 쥐게 된 저들은 이때부터 하족(夏族) 또는 화족(華族)으로 불리게 됩니다. 그리고 5백여 년간 웅크리고 있던 선조들은 하(夏)를 멸망시키고 종주권을 되찾았는데 바로 은 (殷)나라였습니다.

이후 하족은 은(殷)을 멸망시키고 주(周)를 세웠습니다. 그러나 얼마 안 가 주(周)의 권위와 국력은 땅에 떨어지고 제후들이 날뛰는 춘추 전국 시 대가 7백여 년간 계속되었습니다. 그러자 천하창생은 하루도 편한 날이 없게 되었지요. 이때 서수(西垂) 지방에 쫓겨가 있던 우리 피붙이들은 잃 어버린 주권을 되찾기 위해 혁사만하(虩使蠻夏, 미개한 하족을 벌벌 떨게 하자)* 라는 구호를 들고 노심초사했습니다.

※ 진(秦)의 9대 목공 임호(任好)가 내건 '혁사만하(虩使蠻夏)'는 공자 (孔子)가 말한 '만이활하(蠻夷猾夏)'와 배치되는 개념이다.

그 결과 진(秦)은 강국이 되었고 끝내 천하 통일의 대업을 이루어 대제 국(大帝國)을 건설하게 되었습니다.

그러나 진(秦)의 준엄한 법치주의(法治主義)에 미처 적응치 못한 사람들 과 하루 아침에 권력과 부(富)를 상실하게 된 지방의 제후들과 토호(土豪) 들은 진(秦)을 미워했습니다. 여기에 공자의 종주주의(宗周主義, 종권은 夏族 인 周에 있다)를 답습한 유생들은 이족(夷族)인 진나라에겐 종주권이 없다고 떠들었습니다. 자신의 종주권뿐 아니라 조상까지도 욕보이는 유생들의 아우성에 참다 못한 시황제는 과감한 조치를 취했습니다. 바로 유교 경 전(經典)과 왜곡된 역사 서책을 없애는 것이었습니다. 거짓이 기록된 역사 서는 존재할 가치가 없다고 생각한 것입니다. 그러자 천하의 유생(儒生)들이 벌떼처럼 들고 일어났습니다. 시황제는 이들에게도 가차없이 철퇴를 내렸습니다.

그때까지 남아 있던 군법(軍法)에 따라 유생들을 생매장해 버린 것이었습니다. 이것이 바로 시황제에게 만고(萬古)의 폭군이란 소리를 듣게 한 분서갱유(焚書坑儒) 사건이지요. 시끄러워진 천하에 진(秦)의 힘을 내보이기 위해 시황제는 거대한 토목 공사를 연이어 벌였습니다. 대표적인 것이 아방궁과 자신의 능묘 공사였습니다. 부역에 시달리던 천하의 민심이 동요했습니다. 이런 때에 시황제가 죽었습니다. 그러자 진(秦) 내부에서도 권력 다툼이 벌어졌습니다. 결국 진(秦)은 망했고 그 뒤를 하족(夏族)이 이어받아 유교(儒敎)를 국교로 정하고 국호를 한(漢)이라 했습니다. 이때부터 하족(夏族)은 한족(漢族)으로 불리어지게 되었고 중국 문자 역시 한자(漢字)라는 이름으로 쓰이게 된 것입니다.”

여기까지 말한 김 처사는 붓을 잡고 박달나무 단(檀) 자를 크게 그려 놓은 후 세종을 쳐다봤다.

세종의 크게 뜬 눈 속엔 여러 가지 빛이 섞여 있었다. 조리 정연하고 해박한 김 처사의 문자 해석과 지식에 대한 경탄이었고, 자랑스런 선조의 발자취를 듣는 흐뭇함이었으며, 지금의 세상을 발각 뒤집어 놓을 엄청난 사실에 대한 두려움과 당혹감이었다. 동시에 이때까지 지니고 있던 자신의 지식을 부정하고 싶지 않은 부정과 회의의 감정이었다.

붓을 놓은 김 처사는 세종의 반응엔 아랑곳하지 않고 단(檀) 자를 가리키며 말을 이어 갔다.

“전하! 우리 겨레붙이들은 아득한 옛날부터 자작나무 옆에 제단을 쌓아 놓고 천제(天祭)를 올려 왔습니다. 개국 설화(開國說話)에 나오는 신단수

(神檀樹)가 바로 자작나무이지요. 이 신단수의 전통은 소도(蘇塗)에 높이 세워진 솟대로 이어져 왔습니다. 따라서 나무(木) 옆에 제단이 쌓아진 모양(亶)을 나타낸 단(檀＝木+亶) 자는 우리의 옛 풍속이 반영된 것이 아니고 무엇이겠습니까?

또 이 글자가 박달나무 단(檀)으로 읽혀지고 있는 것 역시 박달(밝은 땅)에서 자작나무 옆에 제단을 쌓고 천제(天祭)를 올렸던 우리의 풍속에서 비롯된 것으로 볼 수 있지 않습니까?

따라서 단군(檀君)은 제사와 정치를 모두 맡아 보는 박달(밝은 땅)의 군장(君長)을 의미하는 것으로 어느 한 개인의 칭호가 아닌 것입니다. 그러므로 고려 때 쓰여진 ≪단군세기≫에도 일세(一世) 단군, 이세(二世) 단군 등으로 기록되어 있는 것입니다. 이만하면 전하의 물음에 대한 해답이 되겠는지요?”

“도인의 말씀은 이치에 맞아 반박할 수 없군요. 그런데 우리들의 선조들이 중원 대륙의 주인이었다면 오늘날의 우리는 왜 이 좁은 땅에 살고 있습니까”

“전하! 하루 아침에 지배자의 위치에서 피지배자의 위치로 바뀌게 되면 어떻게 되겠습니까? 더욱이 핏줄도 다른 이민족 사이에서 말입니다. 당연히 밀어닥치는 박해를 피해 멀리 달아나야 하겠지요.”

“동이족의 진(秦)을 대신해 천하를 호령하게 된 한족(漢族)의 보복과 박해를 피해 이곳으로 도망을 왔다는 말씀이구려?”

“그렇습니다. 그 땅에 남아 간난신고를 감수하며 끝내 한화(漢化)되어 버린 피붙이들도 있었습니다. 그렇지만 진(秦)의 핵심 세력은 흉노 땅으로, 여진 땅으로 피난했다가 끝내 이곳까지 흘러오게 된 것입니다. 이에

대한 고증은 ≪위지동이전(魏志東夷傳)≫과 ≪삼국사기≫에서도 찾아 볼
수 있습니다.”

≪위지동이전≫에는 진한(辰韓)을 진한(秦韓)으로 쓴 기록이 있으
며 장성(長城) 부근의 흉노 땅에 있던 사람들이 신라 땅으로 들어
가 세운 나라라고 되어 있다. ≪삼국사기≫ 백제 편에는 ‘진(秦)의
망민(亡民)이 신라를 건국했다(秦之亡民 建國新羅)’ 라고 되어 있다. 위
두 기록 외에 신라와 가야인의 조상들이 대륙을 누비던 기마 민
족이었다는 고고학적인 여러 증거가 있다.

“기록적인 증거까지 내미는 도인의 역사 해석을 안 믿을 수는 없으나
끝내 한 가지 의혹이 풀어지지 않는구려.”
“무엇이온지?”
“역사상 그 어느 누구보다 학식이 깊고 덕망이 높아 문성(文聖)으로 추
앙받고 있는 공부자(孔夫子)께서 도인도 알고 있는 그런 사실을 몰랐다는
것이 끝내 이해가 되지 않는구려.”
그것은 이렇습니다. 우리 인간들의 지혜와 이에 따른 문화 문명은 계
단을 밟아 가듯 점진적으로 발달되어 왔습니다. 이 말은 아득한 옛날 사
람보다 지금의 우리들이, 또 지금의 우리보다 훨씬 뒷날의 사람들이 더
뛰어난 학문과 지혜를 소유할 수 있다는 자연스런 이야기입니다. 따라서
2천여 년 전의 공자가 지닌 지혜와 학식은 뒷사람보다 못할 수도 있다는
당연한 말씀이지요. 이런 점은 공자 자신도 후생가외(後生可畏)라 말한 바

있지 않습니까.

　그리고 역사라는 것은 어떤 시각, 어떤 눈으로 보느냐에 따라 그 해석이 달라지는 것 아니겠습니까? 일찍이 공자께서는 포악무도한 은(殷)의 주왕(紂王)을 미워했고 주(紂)에게 박해를 받은 주(周) 문왕(文王)의 덕을 사모했지요. 그런 데다가 계속되고 있는 혼란의 시대(춘추 전국 시대)를 빨리 마감하기 위해서는 주(周)나라의 권위가 서야 된다는 생각이 덧붙여졌지요. 이에 따라 공자의 머리 속엔 종주(宗主)주의가 자연스럽게 자리 잡게 되었고 이것을 뒷받침하기 위해 만이(蠻夷)가 하(夏)를 침범했다고 순(舜)임금의 입을 빌려 조작한 것입니다.

　전하! 순(舜)임금이 있던 시대는 하(夏)나라가 생겨나지도 않았지 않습니까? 그러므로 공자의 만이활하(蠻夷猾夏)설은 분명 앞뒤가 맞지 않는 역사 왜곡이라 아니 할 수 없지 않습니까?

　따라서 오늘날 우리 겨레가 변방의 오랑캐로 전락한 것은 공자에게 일차적인 책임이 있으나 그보다 옛 성현의 말이라면 무엇이든 맹목적으로 추종해야 된다고 믿고 가르치는 우리 유학자(儒學者)들에게도 더 큰 책임이 있다 하겠습니다."

　더 이상 반박할 말이 생각나지 않은 세종은 눈을 내려 감았다. 세종의 머리 속엔 여러 그림들이 그려지기 시작했다.

　'중화(中華)의 덕을 본받아야 한다.', '성인의 말씀에 어긋나니 아니 되옵니다.' 며 이구동성으로 아우성치는 꼬장꼬장한 조신(朝臣)들의 모습, 사후 세계 영혼의 안식을 위해 부처(佛)를 찾으려는 부왕(父王)을 한사코 가로막던 거머리 같은 사대부(士大夫)들의 모습, 그리고 자기 나라 역사도 모르면서 남의 역사는 달달 외우고 있는 과거장의 선비들, 또 자기 나라 말이 있음에도 중국 말로 지껄이기 좋아하는 지식인들의 모습이었다.

이런 그림들에 이어 명 황제의 칙서를 꿇어앉아 받아 드는 자신의 모습도 나타났고, 사시사철 향화(香火)가 꺼지지 않고 있는 문성묘(文聖廟)와 국조(國祖)를 모신 퇴락한 삼성전의 모습도 나타났다.

'그래, 이런 잘못된 것은 모두 왜곡된 역사를 아무 의심 없이 맹목적으로 받아들인 결과일 수도 있어.'

눈을 감은 채 한동안 고개만 끄덕이던 세종이 눈을 떴다. 세종의 눈엔 강렬한 빛이 번쩍했다.

"도인의 문자 풀이는 의문에 싸여 있는 우리 상고사(上古史)를 되찾을 수 있는 실마리를 제공한 것이었소. 근본적인 이런 역사 왜곡은 지금 이 시대뿐 아니라 먼 훗날까지 우리를 지금처럼 꽁꽁 묶어 놓을 것 같소이다. 하루 빨리 자랑스런 우리의 역사를 복원해야 할 것이나 지금의 처지로선 별다른 방법이 없으니 그저 안타까울 뿐이오."

공자의 유교가 국교(國敎)로 되어 있고 사대모화를 국시로 삼고 있는 지금의 조선. 왕권보다 유학에 세뇌된 사대부들의 힘이 더욱 강한 지금의 현실 속에서 공자의 만이활하설을 부정하는 것은 곧 임금 자리뿐 아니라 목숨마저 위태롭게 하는 엄청난 일이었다. 이런 세종의 처지를 알고 있는 김 처사는 명랑한 어조로 세종을 치켜세웠다.

"전하! 한 시대를 잘 다스리는 군왕이 되는 것은 어지간한 사람도 능히 할 수 있는 일이옵니다. 그러나 수백 년 아니 수천 년 이후의 세상까지도 밝게 하는 것은 성인(聖人)이 아니면 아니 되는데 전하께서는 수백 년 뒤의 후손까지 근심하시니 과연 성인에 필적할 만한 큰 그릇을 지니고 있으시옵니다."

"허허, 정말 감당 못할 말씀을 하시는구려……. 도인의 말씀대로 그런 성인이 되는 것을 마다할 까닭이 없지만, 이 몸의 능력이 미치지 못할 것 같으니 그것이 답답하구려."

"그렇지 않습니다. 전하께선 충분히 하실 수 있사옵니다. 먼저 왕권(王權) 강화에 힘쓰십시오. 그런 다음 조금 전에 말씀드린 문제, 즉 이 나라 만백성이 우리의 얼과 정신이 깃들인 우리말을 쉽게 표현해 내고 알아볼 수 있는 문자를 만들어 통용되게 하는 것입니다. 이렇게 되면 백성은 밝고 얼차게 되어 저절로 튼튼하고 강한 나라가 될 것이고 어둠 속에 묻혀 있던 모든 진실이 밝혀질 것입니다."

"이보시오, 도인! 문자라는 것은 하루 아침에 이뤄지지 않았다는데 이 몸이 어느 세월에 그걸 다 만들겠소?"

"한정된 세월 속에 비록 새로운 문자를 만들진 못해도 예전부터 있었던 것을 잘 다듬어 쓰일 수 있는 문자로 만드는 것은 그리 어려운 일이 아닐 줄 압니다."

"뭐라구요! 우리 말을 잘 담을 수 있는 그런 문자가 예부터 있었단 말이오? 참으로 금시초문이외다."

"그렇습니다. 여기 이 서책을 보십시오. 여기엔 '단군께서 신지(神志)에게 글을 만들게 하셨다(≪三聖紀≫, 579년), 경자 2년(기원전 2181년) 시속이 오히려 같지 아니하고 방언이 서로 달랐다. 상형 표의의 진서가 있었으나 십가(十家)의 읍(邑)마다 말이 달라 뜻이 통하기 어렵고 백리(百里)의 나라 글자가 서로 이해하기 어려웠다. 이에 삼랑을 보륵에게 명하여 정음(正音) 38자를 찬하니 이를 가림토라 한다. 신축 3년(辛丑三年) 신지고결에게 명하여 ≪배달유기(倍達留紀)≫를 편수케 했다(≪단군세기≫, 1207).'로 되어 있지 않습니까?"

김 처사가 내민 ≪단군세기≫를 살펴보던 세종은 한 가지 의문을 느꼈다.

"이런 가림토 문자가 있었다면 전해지는 우리 문헌이 어째서 한자(漢字)로만 기록되었소이까?"

"소인 역시 그 점을 궁금하게 생각했지요. 소인의 의문에 제 스승님께선 이렇게 답했습니다."

'얘야! 상형 표의의 진서(眞書)는 본시 지배 계층이 자신들의 발자취를 후세에 남겨 둘 목적으로 만들었지. 이러했기 때문에 우리의 큰 뜻인 광명이세(光明二世)와 홍익인간(弘益人間)엔 어울리지 않는 글자였단다. 이 점을 깨달으신 단군께선 급기야 만백성이 두루 쓸 수 있는 글자를 부랴부랴 만드신 것이야. 그런데 이런 가림토 문자가 만들어졌을 그 시기(기원전 2181년경)는 우리 양족(陽族, 羊族)이 중원의 지배권을 하족(夏族)에게 빼앗기고 요하 쪽으로 밀려나 있을 때였어. 그리하여 가림토 문자는 중원 대륙엔 퍼지지 못했고 겨우 지금의 요하 부근과 만주 일대에서만 통용되다 말았느니라. 진서(眞書)가 한자(漢字)라는 명칭으로 바뀌면서 오랜 세월 동안 통용되어온 것에 비하면 너무 짧은 수명이라 할 수 있겠구나. 가림토가 단명하게 된 것은 유목과 목축, 그리고 사냥과 채집이 주된 생활의 방편이었던 그때의 사람(요동과 만주 일대)들에겐 문자 생활이 별로 소용되지 않았기 때문인 것 같다. 글자뿐 아니라 문화(文化)라는 것도 만백성 속에 깊이 뿌리 박지 못하면 단명할 수밖에 없지. 그렇지만 그 글로도 ≪배달유기≫ 등의 역사 기록은 남겨질 수 있었어. 많은 전란 속에 소실되긴 했지만 말이다. 현재 우리에게 남아 있는 기록은 그때보다 훨씬 뒤인 삼국시대와 고려조 때 쓰여진 것이므로 당연히 한자로 기록될 수밖에 없지 않겠니. 그리고 우리와 중원 대륙의 종주권 다툼을 수천 년간 계속해 온 저들이 우리의 훌륭한 역사와 문화를 좋게 기록할 리 없겠지. 따라서 저들의 역사 기록을 베낀 것에 불과한 우리의 역사 역시 뻔하지 않겠느냐. 그렇지만 역사의 발자취는 분명 그 어딘가에 남아 있게 마련이지. 내 말이 허언이 아니라면 우리 선조들의 땅이었던 요동과 만주 벌판 그 어딘가에 남아 있을 거야.'

"전하! 전하의 의문에 답이 되겠는지요?"

"그렇소. 저들이 우리의 발자취와 얼을 말살키 위해 고구려와 백제의 서고(書庫)를 깡그리 태워 없앤 옛일을 생각해 보면 납득이 가는구려. 그러면 도인! 여기 있는 가림토 38자가 지닌 각각의 뜻은 무엇인지 말씀해 주시오. 내일이라도 집현전 학자들과 함께 연구해 봐야겠소."

마치 큰 보물이라도 얻은 듯 《단군세기》를 움켜잡은 세종을 향해 김 처사는 손사래를 치며 황급히 말했다.

"아니 되옵니다. 전하께선 기다리셔야 합니다."

"만백성을 밝게 깨도록 하는 것이야말로 한시가 급하다면서 기다리라니 그 무슨 말씀이오?"

"이 《단군세기》를 전하께 당장 올리자는 소인에게 스승님께선 이렇게 말씀하셨습니다."

'얘야! 모든 문화 문명은 중화(中華)에서 비롯된다고 믿고 있는 이 세상에 그것을 부정하는 것을 적어 놓은 책, 그것도 뜻이 있는 한 개인이 써 놓은 것은, 쉽게 받아들여지지 않을 뿐더러 성인이 말씀한 역사에 배치되는 위서(僞書)라고 낙인찍혀 심한 박해를 받게 된다. 그러니 확실한 실증을 얻기 전에는 함부로 내놓으면 안 된다. 내 오랫동안 수소문했던 바 강 건너 북녘 땅 어딘가에 그런 흔적이 있다 하더라. 내 그곳에 다녀온 다음 낱낱의 글자가 지닌 뜻과 그 활용법을 연구해 보자. 이런 후에 성상께 올려야 순서일 것 같다.'

"이러하오니 전하께선 스승님께서 실증을 찾아오실 때까지 참아주소서. 공연히 평지풍파만 일으킬 우려가 있사옵니다."

'그렇다. 일 개인이 쓴 그런 역사책을 불쑥 내밀었다간 유학에 물들어 있는 사대부들의 엄청난 반발을 받게 될 거야. 그리 되면 내 뜻을 펴기는커녕 왕권마저 위태롭게 될 거야.'

세종은 고개를 끄덕이며 스르르 눈을 감았다.

두 사람의 문답은 이튿날 새벽 닭이 울 때까지 계속되었다. 사대부의 세력을 누르고 왕권을 강화시키는 방안, 지금의 국제 정세와 조상의 옛 땅을 되찾는 문제, 그리고 밝은 세상을 위해선 더 이상의 역사 왜곡이 있어선 안 된다는 이야기 등이었다.

이 만남이 있은 얼마 후에 세종은 김종서에게 ≪고려사≫편찬을 명했고 압록강과 두만강까지의 영토 확장을 꾀하게 되었다.

〈2권에 계속〉

금인의 전설 1권

인쇄일	2023년 1월 12일
발행일	2023년 1월 17일
저 자	김용길(010-4119-5482)
발행처	뱅크북
신고번호	제2017-000055호
주 소	서울시 금천구 가산동 시흥대로 123 다길
전 화	(02) 866-9410
팩 스	(02) 855-9411
이메일	san2315@naver.com